NINRAGON

DER PROPHET UND DIE SÖLDNERIN

GESCHICHTEN AUS DER WELT
VON NINRAGON

HORUS W. ODENTHAL

Bibliografische Information der Deutschen Nationalbibliothek:

Die Deutsche Nationalbibliothek verzeichnet diese Publikation in der Deutschen Nationalbibliografie; detaillierte bibliografische Daten sind im Internet über http://dnb.dnb.de abrufbar.

Impressum

Copyright © 2015/2016/2017 Horus W. Odenthal
Overather Feld 20, 52525 Heinsberg
Alle Rechte vorbehalten
Lektorat: Django
Korrektorat: Uwe Tächl, Katrin Gönnewig, Judith Vogt
Covergestaltung:
Illustration: Arndt Drechsler
Layout: Elementi.studio
NINRAGON-Logo: Martin Schlierkamp

Verlag: BoD · Books on Demand GmbH, Überseering 33, 22297 Hamburg, bod@bod.de
Druck: Libri Plureos GmbH, Friedensallee 273, 22763 Hamburg
ISBN: 978-3-8192-7842-6

*Trage dich jetzt in meinen Newsletter ein und erhalte
kostenlos das eBook „Elfenränke" mit mit einem
Roman und einer Bonus-Prequel-Novelle. Unter
diesem Link bekommst du das kostenlose eBook:
http://eepurl.com/dEtt_5*

HORUS W. ODENTHAL

DER PROPHET UND DIE SÖLDNERIN

GESCHICHTEN AUS DER WELT VON NINRAGON

*Für Arndt Drechsler und Thomas Rabenstein,
zwei tolle Menschen, die sich das Rad der Wandlung
viel zu früh geholt hat.*

*Danke Arndt für meine ersten wirklich guten Cover,
wo immer du auch bist.*
*Eines davon könnt ihr als Titelillustration dieses Buches
bewundern. Ich denke an ihn und danke ihm für all die
wunderbaren Visionen, die er uns geschenkt hat, von Perry
Rhodan-Cover über andere unzählige SF-Romane
bis hinein in etliche andere Genres.*

*Thomas Rabenstein war ein ambitionierter Science Fiction-
Autor und vor allem ein unheimlich netter, gütiger Mensch.
Seine Hauptserie „Nebular" hat es auf 77 Bände geschafft.
Ich denke, da steht er als einzelner Autor neben seinem
Vorbild Perry Rhodan verdammt gut da. Ich bin sicher,
Thomas, du hattest noch Stoff für mindestens 1.000 weitere
Bände.*
*Ein Gemeinschaftsprojekt bot den Anlass für die
Hauptgeschichte dieses Bandes.*
Zu den Sternen, Thomas!

BEVOR DIE WELT SICH WENDET

KAPITEL 1

Kommt ein Mann in eine Kneipe. Und alle, die dort rumsitzen, wollen ihn umbringen. Skiar verpasste der Tür einen kräftigen Tritt, auf dass es ihren Rand splitternd aus der Schlossfalle riss und ihr Blatt drinnen polternd gegen die Wand prallte.

Das Geräusch hallte noch durch den Schankraum der „Galgeneiche", während sich aus der trüben Düsternis eine unbestimmbare Anzahl von Augenpaaren auf ihn hefteten. *Ein Korb voller Vipern, von dem du gerade den Deckel aufgerissen hast.* Er musste sich wegen seiner Größe unter dem Türsturz hindurchbücken, um in den Schankraum zu gelangen.

Alle hier drin wollen dich töten. Du hast heute Nacht eine Verabredung mit dem Tod. Das Rad der Wandlung wird Arbeit bekommen. Du spürst ihn doch schon, den Mahlstrom seines Schlundes. Deine Waffe ist bereit, bist du es auch?

Da stand er, und da saßen sie. Dunkelheit und Rauch vereinigten sich zu einem einzigen schweren Dunst, der den Raum zu verschlingen drohte, und den die blakenden Fackeln nur notdürftig durchdringen konnten. Beide Seiten maßen sich kurz, während ihre Hände schon zuckend auf dem richtigen Weg waren, zur der Situation angemessenen Maßnahme. Eine bunt gemischte Runde aus Angehörigen aller Rassen, Ninraé, Menschen, Mischlinge, auch ein, zwei Marani. Sein Blick ging umher: Kein Schankmädchen mehr da zu dieser Stunde, keine der Huren; wer von ihnen einen Kunden hatte angeln können, hatte sich mit ihm bereits irgendwohin verzogen. Gut.

Jeder Einzelne hier drinnen will dich umbringen. Das macht die Sache nur klarer.

Er fand den Blick von Urnam, der da noch immer inmitten seiner Zockerrunde saß, genauso wie er ihn beim letzten Mal verlassen hatte. Dessen Hand umfasste schon den Griff des Schwerts, das neben ihm lehnte, und eine viertel Elle bereits blankgezogener Stahl verlieh dem düsteren Tableau einen blitzenden Glanzpunkt. Es bedurfte keines Befehls von Urnam mehr. Alle anderen befreiten blitzschnell ihre Waffen aus ihrem Versteck der Scheiden und Holster. Mit einem Mal war das zuvor noch behäbige Medium eines rauchgesättigten Kneipeninneren starrend und durchbohrt von todbringendem Metall.

Skiars Finger fanden erneut das Leder am Knauf seiner viridanischen Kriegssichel, und diesmal umschloss er sie mit festem Griff. Mit eingeübter fließender Bewegung zog er sie aus ihrer Scheide und streifte gleichzeitig mit der anderen Hand den Mantel von seinen Schultern. Das gute Stück sollte nicht auch noch für seine Taten büßen.

Kurz lag ihm etwas auf der Zunge, was er hätte sagen können, etwas Bitteres oder Zynisches, aber er ließ es dann doch. Bevor es ihm noch im Halse stecken blieb.

Dann war die Gelegenheit für Worte auch vorbei, denn sie stürzten auf ihn zu. Wollten es durch ihre Übermacht schnell klarstellen, bevor noch Zeit für Zweifel blieb. Alle zugleich, von allen Seiten. Tod war unausweichlich. Schnell sicherstellen, dass es der Richtige war, der von ihm ereilt wurde. Es waren auch keine Worte, die aus seiner Kehle kamen, als er selber vorsprang, die schwere Sichel zum Schlag hebend.

Die Bahnen der Klingen durchzogen das Fackellicht. Ihre Positionen bohrten sich in sein Unterbewusstsein.

Es war nicht Urnam, der als erster starb. Sie alle hatten es so verdammt eilig. Die Sichel fraß sich durch ihre Bahn, und Blut spritzte, und Körper wurden zu durchtrenntem Fleisch. Es waren noch immer mehr als genug, um sein Leben zu beenden. Zu viel Metall in zu vielen feindlichen Händen war hier im Spiel. Urnams Schwert stieß auf ihn nieder. Seine eigene Klinge traf es und lenkte es scharrend an ihrem gebogenen Rand entlang.

Für einen erstarrten Moment trafen sich ihre Blicke und Skiar sah den Tod darin. *Mach dich bereit für die Domäne der Wandlung!*

Als das Ganze dann vorbei war, ließ Skiar sich schwer atmend auf eine der Bänke fallen, den Kopf in den Nacken sinken und schloss die Augen. Mit einem hässlichen Sirren scharrte die herabgesunkene Klinge der Kriegssichel über den rohen Steinboden. Der Laut fuhr ihm ins Hirn, als hätte man ihm einen Dolch hineingerammt, und durchdrang das dumpfe Brummen eines sich ballenden üblen Kopfschmerzes.

Skiar war ein hochgewachsener Mann, selbst für einen Ninraé. Seine Gestalt war langgliedrig, so sehnig, wie sein Gesicht ausgezehrt war, von den Spuren langer und ereignisreicher Jahre gezeichnet. Ungewöhnlich für seine Rasse war ebenfalls, dass seine dichten Haare grau, fast weiß waren, dass er sie kurzgeschoren trug und dass seine Wangen Spuren eines Stoppelbarts zeigten. Manche hätten ihn auf den ersten Blick nicht einmal für einen Ninraé gehalten, doch zeigte er die untrüglichen Merkmale, die ihn als Mitglied seiner Rasse kennzeichneten: die bleiche Haut und die Augenschlitze, die nichts als das glitzernde Schwarz eines polierten Onyx zeigten, ohne jedes Zeichen einer Iris.

Skiar saß still und zusammengesunken da, die Augenlider geschlossen, seine Waffe in der Hand, und es dauerte einige Zeit, bis er sich dazu bringen konnte, seine Augen wieder zu öffnen. Und dann starrte er zu einer verrußten Decke hoch, wunderte sich mit ertaubter Fantasie, was ihm die Formen dort sagen wollten, bevor er bereit war, sich der ganzen blutigen Schweinerei zu stellen.

Da war keiner mehr, der sich noch regte. Kein Schnaufen, kein Wimmern mehr. Seine einzige Verbündete in diesem Raum hatte gründliche Arbeit geleistet. Er ließ ihren Griff los und sie polterte zu Boden. Ein Kandelaber pendelte in trägem Schwung knarrend von der Decke. Blut tropfte daran herab.

Es machte es einfacher, wenn man sich vorstellte, dass sie einen alle umbringen wollten. Nicht viel, aber immerhin etwas.

KAPITEL 2

Isfayr, die größte der Letzten Inseln, nahe ihrer Hauptstadt Kaer Varnacht. Gleicher Ort, ein Tag vorher.

Die Kneipentür aus rohen Treibholzplanken fiel hinter ihnen ins Schloss und dämpfte die Geräusche von drinnen zu einem bloßen dumpfen Murmeln herab. Skiar und Nuava schauten sich stumm an. Ein Grinsen zuckte spiegelbildlich auf ihrer beider Lippen hoch.

Dann stapften sie los, traten schon nach ein paar Schritten aus dem Windschatten der „Galgeneiche" heraus in den Ansturm eines scharfen schneidenden Windes. Es regnete nicht mehr, aber von Nordwesten her rollten bereits neue Wolkenbänke heran, düster und braun und schwer.

Skiar hätte sich niemals träumen lassen, dass er irgendwann hier auf Isfayr, einer der Letzten Inseln bevor die Welt sich wendet, festsitzen würde. Er zog den Kragen seines Fellumhangs enger um sich, zum Schutz gegen den rauen Nordlandwind, der an ihnen zerrte und über das Marschland heulte.

Obwohl es erst Nachmittag war, breitete sich eine bleierne Düsternis über der Ödnis aus, und Dunst verwischte den mächtigen Umriss des Morn Braicar zu einem bloßen grauen Geschmiere. Moorbirken regten ihre dürren Geisterarme in die Schleier, als suchten sie verzweifelt nach einem Weg, daraus zu entkommen. Sonst war da nur noch die windschiefe Eiche, die dem Wirtshaus außerhalb der Stadt ihren Namen gegeben hatte: die „Galgeneiche".

Er sah, wie Nuava sich gegen die Kälte in die Hände blies und dem Baum über die Schulter einen letzten Blick zuwarf.

„Früher wurden Leute dran aufgehängt", meinte sie. „Wer weiß, für wie viel arme Teufel er den Tod bedeutet hat. Aber uns hat die ‚Galgeneiche' genau das gebracht, was wir brauchten." Sie schniefte heftig die Nase hoch, strich mit dem Knöchel am Nasenflügel entlang. „Ziehen wir's durch", fuhr sie fort. „Und zwar zackig. Und dann schütteln wir hier den Staub von unseren Füßen. Das hier ist der haarige Arsch der Welt."

Skiar grinste von der Seite auf sie herab. Inzwischen kannte er ihre Sprache und die derb farbigen Redensarten, die sie aus ihrer Welt mitgebracht hatte, aber sie schaffte es immer noch, ihn damit zu amüsieren. Das war einfach sie; das war Nuava.

Er musterte sie, wie sie an seiner Seite dahinschritt, fast zwei Kopf kleiner als er. Sie trug einen langen schwarzen, pelzgefütterten Ledermantel, der ihre muskulöse Statur und die sinnlich weiblichen Formen verbarg. Er saß klobig und weit um die Schultern, was von dem Schulterschutz darunter herrührte. Sie trug den Mantel über ihrer alten Jeansjacke, die sie niemals abgelegt hatte, seit er sie damals in diesem elenden Zustand aufgelesen hatte. Das Kleidungsstück war immer und immer wieder von ihr geflickt und ausgebessert worden, auch wenn es schon fast auseinander fiel. Es war bei ihr schon wie eine Besessenheit. Als stellte es ein Band zu ihrer Vergangenheit in einer anderen Welt dar, das sie auf keinen Fall aufgeben wollte. Auf diese Jacke hatte sie den blevar-verstärkten ledernen Schulterschutz aufgenäht. Dazu trug sie hier zum rauen Nordlandwetter passend ein wollenes Oberteil und ebenfalls wollene Hosen.

Als er sie so anschaute, verspürte er einen Anflug von Genugtuung darüber, dass er sie damals aufgelesen und ihr beigebracht hatte, in seiner Welt zu überleben. Sie schien seinen Blick zu bemerken, schaute ihn argwöhnisch an.

„Was ist, Skiar? Irgendwas mit mir nicht in Ordnung?"

Er bemerkte, dass sich etwas in ihrem wirren, strohblonden Schopf verfangen hatte, zupfte es ihr heraus. Sie musterte es argwöhnisch, bevor er seine Finger öffnete und der scharfe Wind es davontrug.

„Was war das? Ein Zweig oder ein Grashalm oder was? Bauen die Vögel bei mir schon Nester im Haar oder fange ich an zu kompostieren? An diesem gottverlassenen Ort der Welt ist das wahrscheinlich dein Schicksal, wenn du hier allzu lange festsitzt. Weit weg von allen Kovoldrakenrouten und wo die Portale, die von hier fortführen, sich so drängeln wie die Hörner auf einem Einhorn wuchern. Ehrlich, hier friert sogar die Gülle auf den Misthaufen ein. Ich bin für so'n Scheiß nicht geschaffen."

„Warst du auch nicht für diese Welt im Allgemeinen. Sah jedenfalls", er räusperte sich, „verdammt so aus, als ich dich aufgelesen habe. Keiner außer mir hätte einen feuchten Furz darauf verwettet, dass du's schaffst. Und überleg dir, was du seitdem hier schon für … abgefahrene Sachen durchgezogen hast."

„Abgefahren? Feuchter Furz?", sie sah ihn von unten her an. „Skiar. Lass das. Bei dir hört sich das gruselig an."

Er grinste, aber eine leichte Bitterkeit kam dennoch bei ihm auf. „Komm, lass uns gehen", trieb er sie an, „und es den anderen erzählen. Ich wette, die werden sich freuen wie die kleinen Kinder, sich aber bemühen, dass man's ihnen nicht anmerkt."

„Vor allem werden sie sich freuen, endlich aus den engen Zimmern rauszukommen, in denen sie sich verkriechen, seit wir über die Berge hierher gekommen sind. Ich glaube, besonders Durukum ist kurz davor, 'nen Lagerkoller zu kriegen, abzudrehen und irgendwas Dummes zu machen."

Das wäre nicht so gut. Jede Art von Aufmerksamkeit war unerwünscht, solange sie noch auf dieser Insel festhingen. Im Gefolge ihres letzten Auftrags auf der anderen Inselseite hatte es ziemlich viel böses Blut gegeben. Wahrscheinlich dachte man dort drüben, dass sie sich schon längst aus dem Staub gemacht hatten, aber genau das war ihnen nicht länger möglich.

Es gab nur ein einziges Portal, das Isfayr mit dem Rest der Welt verband. Die Verbindungslinien dieser Portale zogen sich wie Arterien durch den gesamten Weltenbau, jene geheimnisvollen Wege, auf denen man sich beim Durchschreiten einer Portalseite ohne Zeitverlust zur anderen Seite bewegen konnte, egal, wie weit die entfernt war. Leider hatten sich in der Zeit ihres Aufenthalts auf Isfayr für die andere Portalseite die Herrschaftsverhältnisse verändert. Die neuen Besitzer des Portals waren ihnen, wie Nuava es ausdrücken würde, nicht besonders grün, und so konnten sie es nicht länger benutzen. Bis das nächste Schiff hier ankommen würde, dauerte es noch ewig. Sie saßen also hier auf Isfayr fest. Ihr Auftraggeber aber hatte ihnen zusätzlich zur restlichen Bezahlung versprochen, sie rasch und unauffällig von dieser Insel fortzuschaffen.

Der Fürst von Kaer Varnacht, der Herr der Insel, war ein Sonderling, der die Isolation seines von Inaim verlassenen Stück Landes auch noch nachdrücklich förderte. Valtranir Eskeregon hockte als einziger des Hauses Eskeregon noch immer dort oben auf seiner Burg, die auch einem kompletten verzweigten, zahlenmäßig starken Ninraéhaus Zuflucht geboten hätte. Und Eskeregon bot dem Mann

Zuflucht, den man im Volk den Propheten von Isfayr nannte. Genau, und da kamen sie ins Spiel. Denn ihr Auftrag lautete, diesen Mann zu töten. Sein Blick suchte den Umriss der Zitadelle, in die sie wahrscheinlich irgendwie würden eindringen müssen.

Sie hatten gerade die ersten Ausläufer der Stadt erreicht, und der Berg Morregar zeichnete sich in all seiner schroffen Kantigkeit vor ihnen ab. Die Umrisse der Zitadelle Kaer Varnacht, die der Hauptstadt der Insel Isfayr ihren Namen gegeben hatte, wuchsen aus seiner Flanke empor, ein mächtiger Hauptturm, damit verbundene Nebentürme sowie zahlreiche kleinere Türmchen und Zinnen. Darunter zeichnete sich die Oberstadt mit den Behausungen der vornehmeren Bürger ab.

Abgetrennt vom Hauptberg erhoben sich Felssäulen aus der Ebene, die mit ihren kantigen, zerklüfteten Formen den Eindruck erweckten, sie seien die letzten verbliebenen Überreste eines Zwillingsberges des Morregar, nur noch letzte Knochen und Spieren, die Naturgewalten oder auch nur der unerbittliche Zahn der Zeit davon übrig gelassen hatten. Diese Felsklippen nannte man die Scatters, und das war auch der Name der Ansammlung von Behausungen, die chaotisch wuchernd aus ihren Schluchten und Schründen hervorquollen. Hinter den Scatters schloss sich die alte Stadt an, die sich bis zum Fluss mit seinem Kai hin erstreckte. Dort, in diesem Stadtteil, wo Fremde nicht weiter auffielen, befand sich auch das namenlose Gasthaus, in dem seine Truppe Unterschlupf gefunden hatte.

Der Name Scatters war der Lingua Franka dieser Welt entlehnt. Es hatte immer wieder über die Jahrhunderte Menschen gegeben, die es genau wie Nuava aus ihrer Welt irgendwie hierher verschlagen hatte. Ihren Nachkömmlingen war diese Welt eine neue Heimat geworden, und sie hatten eine Sprache mitgebracht, die leichter zu lernen war als jede andere der versprengten Rassen und Völker, ganz bestimmt leichter als die der Ninraé – seiner eigenen, der dominierenden Rasse dieser Welt. Sie waren zwar die Herren der Sich-umfassenden-Welt, ihre Ureinwohner, doch selbst sie bedienten sich nur noch selten des Ninraid, und das ursprüngliche Hoch-Ninraid war auch bei ihnen fast vollkommen in Vergessenheit geraten.

Er selber erinnerte sich auch nur noch an ein paar Fetzen davon. Weniger aus seiner Kindheit sondern aus seinen früheren Verkörperungen, an die er, wie alle seiner Rasse, die Erinnerung in sich trug. Es war alles in dem Seelenstein in seiner Brust geborgen, zusammen mit seiner ganzen Persönlichkeit, die durch das Rad der Wandlung von Verkörperung zu Verkörperung ging.

Anders als bei Nuava an seiner Seite, die in diesen Körper geboren wurde und in diesem Körper starb, ohne auf irgendetwas danach zählen zu können.

Anders als bei all den anderen Rassen außer den Ninraé selbst, denen diese Welt gehörte, die mit ihr eins waren und daher von ihren Gesetzen und ihrer Natur profitierten. Wobei auch sie sehr wenig vom Kern all dieser Dinge wussten. Alles verblich und zerfiel immer mehr, je tiefer man in die Vergangenheit ging. Die Erinnerung zerbröckelte unter der forschenden Berührung, wie von allzu langer Zeit brüchig gewordener Stoff, den man bei der Öffnung eines uralten Grabes vorfand. Er selber konnte sich auch nur an vielleicht zwei, drei Verkörperungen erinnern; dann war Schluss. Manchmal, besonders wenn er des Nachts wach lag und die lange Prozession all seiner Sünden ihn heimsuchte, kam er nicht umhin sich zu fragen, was wohl hinter den Schleiern jenes Vergessen liegen mochte.

„Da will jemand was von uns." Nuavas Stimme schreckte ihn aus seinen Gedanken. Ohne, dass er dem besondere Beachtung geschenkt hätte, waren sie tiefer in die labyrinthisch sich windenden Gassen der Scatters eingedrungen. Nuava suchte unauffällig den Augenkontakt mit ihm und ihr Blick ging dann geflissentlich zur Seite hin.

Der Mann hatte schon ihre Aufmerksamkeit auf sich gezogen, als er nur am Wegrand unter dem wackligen Überbau einer Baracke gelehnt hatte. Ein Mensch mit langen strähnigen Haaren und einem Mischmasch verschiedener Stile als Bekleidung. Ein Adamssohn, wie die Ninraé sagten. Hätte fast einer aus ihrer Truppe, den Schattenmonden, sein können. Etwas unterschied ihn von den normalen Bewohnern der Scatters, und sein Blick passte nicht zu jemandem, der einfach nur ziellos herumlungerte. Als er sich dann, als sie vorbeigingen, von der Hauswand abstieß und sich ihrem Schritt anpasste, war für sie die Sache klar.

„Da will jemand was von uns", sprach sie Skiar an. Der schreckte offenbar aus einer Grübelei auf. Sonst hätte er selber das auch schon und wahrscheinlich viel früher als sie bemerkt. Grübeleien, unnützes Zeug, das keiner brauchte. Richtig schlimm wurde es, wenn man in der eigenen Vergangenheit wühlte, darüber grübelte, was hätte sein können, was man hätte anders tun können. Auch Skiar tat diese gottverlassene Ecke der Welt ganz und gar nicht gut. Höchste Zeit, dass sie hier wegkamen.

Gemeinsam beobachteten sie, wie der Typ seinen Schritt beschleunigte, allmählich an ihnen vorbeizog. Genau als er auf ihrer Höhe war, warf er einmal kurz, fast ohne dabei den Kopf zu bewegen, einen Blick zu ihnen herüber, kaum ein Blickwechsel, nur ein Aufblitzen eines flüchtigen Augenkontakts. Sie taten beide, als schenkten sie ihm keinerlei Beachtung und sahen ihn dann bei der nächsten Abzweigung, einer breiteren Gasse als den üblichen bloßen überbauten Durchgängen zwischen Häusern, abbiegen.

„Da macht aber einer auf heimlich."

„Wird seine Gründe haben", entgegnete Skiar wie beiläufig. „Fragt sich, was er von uns will."

„Gehen wir um den Bau. Wenn wir Recht haben, wartet er auf uns."

Genauso war es auch. Nach einem verzwickten Weg durch Häuserspalten und über enge Stiegen, durch Flure, in denen Frauen Speisen bereiteten und Wäsche zum Trocknen aufhängten, gelangten sie zurück zu der Straße, in die der Mann eingebogen war. Er war in einen langsamen Schritt verfallen und hielt über die Schulter hinweg nach ihnen Ausschau. Als er sie bemerkte, warf er ihnen einen jetzt deutlicheren Blick zu und lenkte dann seinen Schritt erneut auf eine enge Gasse zu, ein bloßer Spalt zwischen zwei Häusern.

Nuava und Skiar sahen sich an. Nuavas Hand glitt über die Schulter zum Griff ihres ninraidischen Langschwerts, vergewisserte sich mit spielerischem Herausschnippen, dass es locker in der Scheide saß und ließ es dann wieder zurückgleiten.

Seite an Seite lenkten sie ihren Schritt auf die Gassenöffnung zu. Kaum hatte ihr Schatten sie verschluckt, sahen sie den Mann auch schon vor sich. Er lehnte an einer Häuserwand, genauso wie er Nuava auch schon zum ersten Mal aufgefallen war. Diesmal blickte er sie direkt an. Sah die Bewegungen, mit denen ihre Hände zu den Waffen gingen.

„Kein Grund dazu", sagte er nur mit behäbigem Kopfschütteln. „Ich bin nur der Bote. Jemand möchte euch kennenlernen und ein Angebot machen."

KAPITEL 3

Das Haus war dunkel wie ein alter Bergwerksschacht, und es erschien Nuava auch genauso sicher. Es war verlassen und verfallen. Mörtel und Geröll knirschte unter jedem ihrer Schritte. Es bröckelte von den verrutschten Balken herab, welche die Wände verkeilten und am Einsturz hinderten. Der Bote hatte ihnen den Eingang gewiesen und sie mit Skiar allein hineingehen lassen.

Sie drangen tiefer in die leere Hülle des Hauses ein, setzten ihre Schritte behutsam zwischen Pfützen, Haufen von Mauerwerk und geborstenen Balken. Im Dunkel bemerkte Nuava Ungeziefer davonhuschen.

Der einzige Lichtschein kam von oben, ein wenig durch Lücken im eingestürzten Dach, aber hauptsächlich von einem Fenster, das einen Ausschnitt trüben Himmels aus dunklem Mauerwerk herausschnitt. Die dort hindurchfallenden Strahlen einer wolkenverhüllten Sonne lenkten Nuavas Aufmerksamkeit in die Tiefe des Gebäudes. Denn sie fingen sich dort auf irgendetwas, was nicht in diese Umgebung passte, ließen Reflexionen dort aufblitzen. Eine schlangenhaft kriechende Glut im Dunkel.

Skiar stieß sie unauffällig an. *Klar, Großer, hab's schon gesehen. Da hinten wartet er, unser geheimnisvoller Gesprächspartner.*

Sie schlängelten sich zwischen herabgestürzten Deckentrümmern hindurch und traten in einen hohen Durchbruch zwischen ehemaligen Stockwerken, an dessen Stirnseite das schmale Fenster trübes, staubdurchwebtes Licht auf sie herabfallen ließ.

Auf einen Berg aus Mauerresten stehend, direkt unter dem Fenster, erwartete er sie. In der Düsternis ragte seine metallverhüllte Gestalt auf. Nuava sah roten Schimmer über komplex miteinander verzahnte Teile einer Rüstung kriechen, ein Meisterwerk der Schmiedekünste dieser Welt. Wie Kohlenglut zeichneten sich darin die Nähte ab. Diese Rüstung war gleichzeitig filigran und kompakt und hüllte den Körper ihres Trägers vollständig ein, ein perfekter Schutz und zugleich auch ein Kunstwerk an ornamentaler Linienführung.

Die Rüstung war offenbar komplett aus rotem Nuerac gefertigt, einer besonders harten Metalllegierung, und glühte wie Feuer in der Dunkelheit. Statt die Züge ihres Gegenübers erkennen zu können, starrte sie nur auf ein geschlossenes Visier, eine nahtlos glatte, rötliche Spiegelfläche, die lediglich ein Abbild der Umgebung zurückwarf. Der Kopf wandte sich ihnen zu, und nun sah sie Skiar und sich selber winzig in der Fläche des Visiers gespiegelt: ein hünenhafter, weißhaariger Ninraé und eine Menschenfrau, der ein langer schwarzer Mantel plump und unförmig von den Schultern fiel.

„Ich freue mich, dass ihr gekommen seid." Die Stimme klang keinesfalls hohl oder dumpf, wie man es aus so einem Helm heraus vermutet hätte, also war sie mit irgendwelchen Tricks verstärkt worden. Magie nannten so etwas die meisten in dieser Welt. Die Ninraé sprachen vom Ätherweben und ihren Faltungen und ähnlichem abstrusem Kram.

Die Neaphraniten sprachen weniger geschwollen darüber, auf eine Art, die ein Kind der guten alten Erde, auch verstehen konnte, auch wenn die Begriffe fremdartig waren.

Der Riese in Rüstung, der sie erwartete, hatte also irgendein Stimmverstärkungsdingsbums in seinem Panzer drin.

„Die Freude könnte ganz meinerseits sein", hörte sie Skiar entgegnen, in der geschraubten Art des Englischen, wie es die Ninraé meist auch untereinander benutzten. „Wenn ich wüsste, mit wem ich das Vergnügen habe. Vielleicht kommt Ihr ein bisschen näher, öffnet Euer Visier und sagt uns, mit wem wir es zu tun haben und was Ihr von uns wollt."

Tatsächlich kam der Kerl in roter Rüstung die Trümmerhalde zu ihnen heruntergestapft.

„Vielleicht habt ihr von mir gehört", kam die Stimme aus Richtung des Helms. „Euch haben sicherlich die Nachrichten eines keimenden Aufstands gegen das Regime der Alten Ordnung erreicht."

„Ja", entgegnete Skiar mit feinem ironischem Einschlag, „ich habe so was gehört. Bevor wir hier auf den Letzten Inseln gelandet sind, haben wir uns schließlich nicht unter einem Stein versteckt."

„Ich habe erfahren, Ihr hattet einen Auftrag auf der anderen Inselseite, und Ihr habt seither einige Schwierigkeiten, Isfayr wieder zu verlassen." Der Helm mit dem Visier drehte sich, als würde sein Träger das Kinn heben und sie von oben herab mustern. „Nun, dabei kann ich euch helfen. Aber Ihr habt nach meinem Namen gefragt."

Der Kerl trug nicht nur eine Rüstung, um sich geheimnisvoll zu machen, er liebte auch noch die Kunstpause. Er war ein paar Schritte herangetreten und stand jetzt geradewegs vor ihnen. Nuava bemerkte den Griff eines ninraidischen Bihänders, der über seine Schulter hinausragte, ähnlich dem ihren, nur kunstvoller.

„Ich bin Asfarod", sagte er schließlich. „Ich bin die Stimme des Aufruhrs, und ich bin sein Gesicht."

„Gerade von einem Gesicht sehe ich aber gerade gar nichts", bemerkte Skiar neben ihr. Seine Stimme und Haltung wirkten entspannt, doch Nuava kannte ihn und spürte, dass er bereit war, innerhalb von Sekundenbruchteilen seine Kriegssichel blank zu ziehen. *Natürlich* hatte sie den Namen schon vorher gehört, und Skiar ging es ebenso.

„Dann schau mich an", sagte dieser Asfarod, wenn er es denn tatsächlich war, und beugte sich zu Skiar vor. Er stand noch immer auf dem Hang des Schuttbergs, und so befanden sich sein Kopf und der von Skiar auf gleicher Höhe. Skiar war zwar ein Hüne, doch hatte dieser Asfarod eine Ausstrahlung und Haltung, die Macht und Kraft ausstrahlte. „Schau mich an ..." Asfarods Helm mit dem spiegelnden Visier kam jetzt dem Gesicht Skiars ziemlich nahe, so dass es aus seiner Sicht die spiegelnde Visierfläche ausfüllen musste. „... und du siehst das Gesicht dessen, was in dieser Welt schwelt. Du siehst es in Gestalt eines Gesichts von vielen. Gerade du solltest verstehen, warum sich der Aufstand regt, Skiar Kalaifin."

„Man nennt mich Skiar Schattenmond", kam die Entgegnung knapp und spröde. „Den anderen Namen war ich schon lange nicht mehr gezwungen zu hören."

„Und doch wurdest du in das hohe Ninraéhaus Kalaifin verkörpert. Du bist ein Verstoßener. Nicht, weil du ein Querverkörperter bist, sondern weil auch du gegen die Art aufbegehrt hast, wie die Ninraé ihr Leben führen und über das Geschick dieser Welt bestimmen. Gerade du solltest verstehen, was dieser Aufstand will."

„Vielleicht tue ich das. Doch wenn dem so ist, ist das allein meine Sache. Wenn du dieses Treffen arrangiert hast, um uns für deinen Aufstand zu gewinnen, Asfarod, dann werden wir uns erst ... *verstehen*, wenn wir in Begriffen von Auftrag und Bezahlung reden. Dir wird nicht entgangen sein, dass ich der Anführer einer Söldnertruppe bin. Wir kämpfen nicht für Ideale sondern für Geld."

Nuava sah von ihrem Standort aus beide Männer im Profil, den hageren, großgewachsenen Elfensöldner und die gewappnete Gestalt mit Rüstung und Visier, sah sie für einen Moment in dieser Stellung verharren: Skiars scharfgeschnittene Züge und ihm gegenüber die rötlich glatte Fläche des Visiers, in dem sich lediglich Skiars Züge verzerrt und mit einem Feuerhauch überzogen widerspiegelten. Dann wich Asfarod zurück, richtete sich auf und schuf erneut einen Schritt Abstand.

„Einen Auftrag?", hörte Nuava ihn sagen. „Ein Auftrag ist genau das, was ich euch anzubieten habe. Das ist der Grund dieses Treffens. Ein Auftrag, wie er für die Schattenmonde nicht ungewöhnlich ist, wenn das der Wahrheit entspricht, was ich von der anderen Seite der Insel höre. Ihr sollt einen Mann töten. Nichts mehr und nichts weniger."

„Aha. Ich nehme an, es gibt da einen Haken", warf sie ein, sah, wie das Visier sich ihr zuwandte und dabei ihre eigene Erscheinung durch die leichte Wölbung verzerrt einfing, den kalten Blick, den sie dem Rotgerüsteten zuwarf. „Denn warum geht ihr sonst nicht hin und knipst ihn selber aus?"

Der Kopf mit Helm und Visier legte sich ein wenig schief. Das Ganze hatte etwas von einem Roboter aus den Science-Fiction-Serien, die sie in ihrer Kindheit im Fernsehen gesehen hatte. „Richtig. Gut bemerkt. Wäre es einfach, bräuchte ich niemanden dafür anzuheuern. Nun, dieser Mann verbirgt sich im Innern einer Festung. Und dieser Mann ist ein Neaphranit."

Die rötliche Spiegelfläche des Visiers zeigte ihr, dass sie es schaffte, ihre Reaktion auf das Heben einer Augenbraue zu beschränken. Ein Neaphranit? Einer dieser geheimniskrämerischen, weltabgewandten Technomagier. Was konnte dieser Asfarod mit dem am Hut haben, da die Neaphraniten doch so ein Brimborium um ihre Neutralität gegenüber allen Angelegenheiten der Welt machten?

„Ich hoffe dann mal stark", meinte sie, „dass Ihr nicht wollt, dass wir in das Kastellarium der Bande direkt in ihrer gesicherten Enklave hereinmarschieren und einen der ihren da drin umbringen sollen. Ich wüsste nämlich keinen, der da jemals ohne ihre Erlaubnis reingekommen ist. Erst recht nicht wieder raus."

„Nein, nein." Asfarod wehrte mit metallbehandschuhten Händen ab. „Die Enklave der Neaphraniten ist weit weg von hier, und dieser Mann hält sich auch nicht dort auf sondern direkt hier auf Isfayr. Er ist ein Abtrünniger, der aus dem Schoß seiner Gilde geflohen ist. Momentan hat er Unterschlupf beim Ninraéfürsten Ciauras Iscaron gefunden, dessen Festung an den Hängen des Morn Bracair liegt."

„Und was kann euch daran stören, wenn ein Neaphranit aus dem Schutz seines Ordens ausbricht?", fragte Skiar. „Das sind doch höchstens interne Angelegenheiten. Ein Neaphranit auf den Letzten Inseln, wen schert das schon?"

„Wenn er tatsächlich auf Isfayr bleiben sollte, isoliert und vom Rest der Welt abgeschlossen – kaum jemanden. Doch so ist das nicht geplant. Wir wissen, dass Ciauras Iscaron mit dem militanten und erzkonservativen Vertretern der Alten Ordnung in Verhandlungen steht. Ihr Heer stellt einen bedeutenden Machtfaktor dar und steht wie eine Barriere vor jeder möglichen Veränderung in dieser Welt. Ciauras Iscaron plant, den Neaphraniten direkt in ihre Hand zu geben. Mit diesem Neaphraniten auf ihrer Seite könnte das erzkonservative Lager noch mächtiger werden und einem Aufstand gegen die alte Ordnung entscheidend die Stirn bieten, wenn nicht sogar ihn im Keim ersticken. Denn dieser Neaphranit ist nicht nur ein Eingeweihter, sondern er hat in ihrer Wissenschaft auch praktische Fähigkeiten. Er ist ein Genienmagier."

„Soweit ich weiß", warf Skiar ein, „ist es die eiserne

Regel der Neaphraniten, sich in allen politischen Belangen der Anderswelt streng neutral zu halten."

„Aber dieser Mann ist ein Renegat", entgegnete Asfarod. „Gelten für ihn die Regeln seines Ordens noch? Offensichtlich nicht.

Welche Pläne der Neaphranit genau hat, und was der Grund ist, dass er sich vom Rest seiner Brüder und Schwestern abgesetzt hat, weiß ich nicht, aber ein Genienmagier wäre an sich eine starke Waffe in den Händen unserer Widersacher. Das muss unbedingt verhindert werden. Darum muss er sterben."

„Hm", brummte Skiar nachdenklich und rieb sich das weißstoppelige Kinn, „und wir sollen also in diese Festung eindringen? Was Ihr offensichtlich nicht könnt, denn sonst würdet Ihr es ja selber tun."

„Es gibt einige Gründe, warum ich das nicht selber in Angriff nehme", entgegnete Asfarod. „Ich kann nicht in die Festung Iscarons eindringen, ohne dass man mich bemerken würde. Das hat Gründe, die ich euch nicht näher erläutern kann. Meine einzige Möglichkeit ihn zu eliminieren, wäre ein groß angelegter Angriff auf die Festung. Und dass dies nicht in meinem Sinne sein kann, könnt ihr euch sicherlich leicht ausmalen. Und außerdem ..." Asfarod ließ die Worte ausklingen. „Nennen wir es einen Test."

Sie sah Skiar zwar einen argwöhnischen Blick auflegen, merkte aber, dass es schon in ihm arbeitete, dass er sich die Einzelheiten auseinanderlegte. Das war dann schon die zweite Festung an diesem Tag, in die sie eindringen sollten. „So wie ich gehört habe", sagte er, „trägt der Stammsitz Iscarons die Bezeichnung Festung nicht zu Unrecht."

„Ja", antwortete Asfarod, „da habt Ihr richtig gehört. Aber es gibt verstohlene Wege in die Burg, durch Höhlen, die an ihrem Fuß liegen. Der Morn Bracair ist ein durch ausbrechende Domänenmächte geformter Vulkan, und diese Kräfte haben auch ein Gewirr von Felsausläufern um ihn herum geschaffen. Sie sind voller Hohlräume, Adern und Kammern, durch die man in die Festung gelangen kann. Ich bin im Besitz einer Karte, die den genauen Weg durch diese Höhlen, direkt in die Festung zeigt. Hier ist eine Kopie davon."

Asfarod zog ein gerolltes Stück Papier hervor und reichte es Skiar. Der entrollte das Papier und studierte es ausgiebig.

„Darüber hinaus", sagte Asfarod, „kann ich euch nicht weiter unterstützen. Ich kann euch nur noch eine Warnung zukommen lassen. Ein Wächter hütet den unterirdischen Eingang zu der Feste und macht diese Seite des Berges zu einem gefährlichen Ort."

Skiar blickte von dem Studium des Papiers auf. „Einen Weg hinein zu wissen, wäre gut", sagte Skiar noch immer mit Blick auf die Karte. „Aber wenn wir es machten, dann würden wir es ohnehin alleine tun. Wir sind eine einge-spielte Gruppe. Fremde darin sind lediglich ein Unsicher-heitsfaktor."

Nuava hielt bei der Bemerkung eine stoische Miene. Skiar wusste genauso gut wie sie, wie sehr diese einge-spielte Gruppe gelitten hatte und auf welchen Schatten ihrer selbst sie herabgesunken war.

Der visierbewehrte Helm zeigte ein deutliches Nicken. „Zusätzlich zu Eurem Lohn würde ich euch bei ausge-führtem Auftrag den Weg fort von dieser Insel ermöglichen, schnell und unbemerkt, jenseits der üblichen Wege.

„Und wenn ich trotzdem Nein sage?", fuhr Skiar fort, hielt einen Moment inne, während er das spiegelnde Visier fixierte. „Müsstet ihr mich dann umbringen?" Sein Mund-winkel zuckte hoch, doch viel Humor lag nicht darin.

Ein Geräusch wie ein feines Lachen kam von Asfarod. „Nein", sagte er, „ihr geht eurer Wege. Und ich gehe meiner."

„Nun, dann ist das wohl das Szenario für den Ausgang

dieser Sache", entgegnete Skiar und gab Asfarod die Karte zurück. „Denn wir werden Euren Auftrag nicht annehmen."

Brustpanzer und Schultern der Rüstung hoben und senkten sich, so als würde ihr Träger tief ein- und ausatmen. „Das bedaure ich. Doch ich hoffe", sagte Asfarod nach einer Weile, „dass unsere Wege uns eines Tages doch noch zusammenbringen. Wir können Kämpfer wie Euch gebrauchen Skiar Schattenmond. Und Euch, Nuava." Er nickte ihr zu. „Und ich weiß, dass ihr über unser Treffen und das, worüber wir gesprochen haben, Stillschweigen bewahren werdet."

Skiar nickte ihm mit ernstem Gesicht zu. „Das werden wir. Das Licht der Mitte sei mit Euch, Asfarod. Und mit Euren Wegen."

KAPITEL 4

S ie ließen das Haus und die dunkle Gasse hinter sich, vorbei an dem Boten, der noch immer an der Wand lehnte, und schlugen erneut die Richtung zur Unterkunft ihrer Truppe ein. Eine Weile lang gingen sie schweigend nebeneinander her, als ob nichts geschehen wäre, und erreichten so eine Stelle, wo die Häuser weiter auseinandertraten. Menschen drängten sich hier um improvisierte Verkaufsstände. So etwas wie ein Markt war im Gange. Bei seinen Besuchern handelte es sich fast ausnahmslos um Menschen und vereinzelte Marani oder Calibane. Nur ab und zu sah man Ninraé, hervorgehoben durch ihre bleiche Haut und edle Kleidung, die von einer Eskorte aus Calibanen begleitet wurden.

Sie schlängelten sich durch die Menge. Essensdüfte trieben zu ihnen herüber. Es wurde palavert und gefeilscht. Nuava ließ den Blick schweifen. Die Scatters hätten auch gut irgendein ärmeres Viertel der Erde sein können. Vom Charakter unterschied sie wenig von irgendwelchen Favelas in Südamerika, die sie aus dem Fernsehen ihrer Kindheit kannte. Sie hatte sie niemals mit eigenen Augen gesehen, hatte auch selten ihre Heimatstadt verlassen, doch auch dort gab es Viertel, die diesem hier glichen. In einem davon hatte sie sich in ihrer Kindheit durchkämpfen und gegenüber den Banden von Jugendlichen behaupten müssen. Weil sie anders war und der Rest der Kids wohl unterschwellig spürte, dass über das Offensichtliche hinaus mit ihr noch etwas anderes nicht in Ordnung war. Von dem fremden Blut, das durch ihre Adern pulste, wusste damals niemand. Ihre Mutter, die ihr etwas hätte sagen können, hatte erst sehr viel später damit herausgerückt.

Aus einem uralten Reflex heraus griff sie unter den Mantel, zur Brusttasche ihrer Jacke, fand die jedoch leer. Natürlich. Nicht mal Kippen gab es hier. Es war Ewigkeiten her, dass sie zum letzten Mal eine geraucht hatte, aber die Erinnerung des Körpers daran blieb. Eine Zigarette wäre jetzt gut gewesen. *Mist, verdammt Nuava, hör auf, dir leid zu tun!*

„Es geht uns gut", sagte sie laut, halb zu sich selbst, und brach damit das Schweigen. „Eine neue Glückssträhne hat gerade eben wieder für uns angefangen. Eben noch hingen wir hier fest, ohne einen Auftrag, ohne Aussicht von hier wegzukommen, und jetzt haben wir zwei Jobs. Und beide bieten uns auch noch bequeme Wege zurück auf's Festland an. Wir hätten es uns aussuchen können"

Skiar sah von der Seite zu ihr rüber, runzelte kurz die Stirn und meinte dann, „Du willst wissen, warum ich mich gegen Asfarod entschieden habe?"

„Du wirst schon Deine Gründe haben. Gute Gründe hoffe ich. Schließlich dürfte Asfarod wirklich den sichereren Weg haben, uns hier rauszuschaffen."

„Meine Gründe? Die kann ich dir schnell sagen. Aufstände sind kein wirtschaftlich prosperierendes Unternehmen. Rebellen haben selten große Mittel. Und oft ist ihre Zukunft auch eine sehr überschaubare und kurze Angelegenheit. Was die Hoffnung auf Folgeaufträge drastisch reduziert."

Sie runzelte die Stirn und verzog den Mund, während sie ihm einen langen Seitenblick schenkte. „He, Skiar", sagte sie dann, „jetzt aber mal ehrlich. Klar, ist das so. Hört sich alles auch gut an. Aber ernsthaft. Bei dem Auftrag, den wir gerade von Urnam angenommen haben, stinkt doch auch einiges. Und nicht nur mir, da bin ich sicher. Zum einen: Wir wissen nicht, wer der wirkliche Auftraggeber ist. Dieser Urnam ist nur ein Strohmann, das ist klar."

„Ist ziemlich offensichtlich."

„Dass wir den Kopf dieses Propheten als Beweis bringen sollen, damit wir bezahlt werden, ist auch noch verständlich. Kein Beweis, kein Geld. Dass alles schnell gehen muss, weil die Reisegruppe, mit der wir unauffällig das Portal passieren können, morgen Abend abreist, finde ich allerdings seltsam. Kommt mir so vor, als wollte er uns unter Druck setzen, das Ganze schnell durchzuziehen. Fragt sich, warum. Sag mal, traust du diesem Urnam etwa?"

„Natürlich nicht. Vertrauen wäre in unserem Gewerbe ein Kardinalfehler. Aber mach dir keinen Kopf. Wir werden schon irgendeine Versicherung finden, dass Urnams Hintermann seinen Teil des Handels auch einhält. Wann mussten wir mal nicht improvisieren? Und wir haben immer einen Weg gefunden."

Sie blieb stehen. Skiar sah es, hielt ebenfalls an.

„Und warum", sagte sie, „bei all dem, gibt's du dem Auftrag von Urnam so klar den Vorzug vor dem Asfarods? Im Ernst, logisch ist das nicht?"

Skiar starrte sie einen Augenblick an, dann lachte er plötzlich auf. Eine Sekunde später stahl sich ein bitterer Zug in seine Miene.

Er legte den Arm um ihre Schulter, beugte sich mit dem Gesicht zu ihr, während er weiterging und sie mit sich zog.

„Ich sag dir den Grund", raunte er in rauem, heiseren Ton, ohne sie anzusehen, den Blick stattdessen unter den Brauen nach vorn gerichtet. „Der Grund ist, mir missfällt es zutiefst, dass es bei Asfarod darum geht, dass ich mich für etwas engagieren soll. Der Aufstand und so. Eine neue Ordnung. *Ich bin das Gesicht des Aufstands*, und zeigt mir sein Spiegelvisier, damit ich mich selber drin sehe. Nein, danke. Nichts für mich. Wir sind keine naiven Idealisten sondern Söldner."

Er schwieg einen Moment, während er weiterging, die Augen zusammenkniff, dass Falten sich in seine bleiche Haut gruben. „Ein Job sollte sauber und ohne emotionalen Ballast sein. Du führst ihn aus, du wirst bezahlt. Klare Sache. So machst du es, wenn du in dem Metier noch länger arbeiten willst. Alles andere bringt Ärger. Mein Name, der Name der Schattenmonde steht dafür, dass wir einen Auftrag zuverlässig ausführen; deswegen werden wir angeheuert. Und weil wir keine anderen Verpflichtungen und Bindungen haben, werden wir auch weiterhin von verschiedenen Seiten angestellt. Jenseits unseres Auftrags sind wir vollkommen neutral und beziehen weder Stellung, noch werten wir.

Wir binden uns nicht langfristig", fuhr Skiar nach erneuter kurzer Pause fort. „Nicht an eine Person, ganz bestimmt nicht an eine Idee oder Sache. Wir verdingen uns an den, der uns eine Bezahlung bietet, solange der Auftrag geht. Klare Fronten, klare Sache."

Na ja, das war Skiars Sicht der Dinge. Die Frage war, wie lange man in der Lage war, geschickt zu lavieren. Jeder Auftrag ließ irgendwo böses Blut zurück, und irgendwann wurde zwangsläufig der Boden unter den Füßen so brüchig, dass man sich an einen Patron binden musste, wenn man nicht zwischen die Fronten geraten wollte. Ihr lag etwas dazu auf der Zunge, aber bevor sie etwas sagen konnte, zog ein Strom von Menschen, von dem Lärm und Gedränge ausging, ihre Aufmerksamkeit auf sich.

„He, was ist da los?"

Sie und Skiar sahen sich ins Gesicht. „Schauen wir's uns an."

KAPITEL 5

Sie wurden von dem hinzuströmenden Volk auf einen Platz getrieben, der an den Aufstieg zur Oberstadt grenzte und gleichzeitig den Übergang zwischen den Scatters und der flusswärts gewandten alten Stadt bildete. Auf der ihnen gegenüber liegenden Seite führte eine breite Treppe zur Oberstadt hinauf, zwischen verschiedenen Gebäuden und vorspringenden Felsklippen ihren Weg suchend. Sie verzweigte sich, verschwand hinter Mauer- und Felsvorsprüngen, Gruppen von Bäumen, lief unter Bögen hindurch, um dann weiter oben, aufgespalten in zwei Arme, wieder aufzutauchen. Die Barriere der steilen ineinander verschränkten Mauern und die Felsen aus dem gleichen bläulich-grauen Stein wirkten wie eine Stadtmauer zwischen Scatters und Oberstadt. Sie bildete gleichzeitig den Sockel dieser Oberstadt, die zwar aus wenigen, dafür jedoch zumeist mächtigen Gebäuden bestand. Die Ausnahmen waren nach Menschenart gebaut und wurden von den restlichen Gebäudemassen fast verschluckt. Der Großteil aber bestand aus den Hausfesten der einzelnen Ninraésippen, manchmal Zwölfschaftshöfe genannt, aus einem Grund, der in Verges-

senheit geraten war. Diese hier waren allerdings nur ein
schwacher Abglanz gegenüber denen, die Nuava auf dem
Festland gesehen hatte. Sie hatte schon einige der großen
Ninraéstädte besucht, und die hatten in ihrer Größe und
Pracht gut mit den Metropolen ihrer Geburtswelt mithalten
können.

Obwohl diese Ninraégebäude hier einfacher waren, so
trugen sie doch ebenfalls die Zeichen der Ätherweber-
Baumeister, die Steine zu erstaunlichen Gebilden und
Formen gestalten konnten. Die Flächen waren glatt; es
waren kaum mehr Fugen zu sehen. Sie waren so gewölbt
und gekrümmt, wie die Baumeister ihrer Welt das nur mit
Beton erreichten. Es zogen sich Wölbungen, Ausbuch-
tungen und Wülste über die Außenflächen, so dass es an
manchen Stellen wirkte, als kröche etwa eine riesige
Schlange unter der Oberfläche dahin. Und es waren immer
wieder Friese und Steinbänder eingearbeitet, welche die
Ornamente und Schriftzeichen der Ninraé zeigten. Im ersten
Moment dachte man bei ihrem Anblick vielleicht an keltische Einflüsse, aber wenn man genauer hinsah, erkannte
man, dass keltische Muster vielleicht eine ähnliche
Verschlungenheit hatten, Muster und Linienführungen hier
jedoch ganz anderer Natur waren.

Von gleicher Färbung des Gesteins erhob sich die Masse
des Berges über der Oberstadt. Die Zitadelle hockte auf
einem Vorsprung seiner steil ansteigenden Flanke wie ein
Raubvogel auf der Lauer, ein gutes Stück über den höchsten
Zinnen der Häuser.

Auf einem halbkreisförmig vorkragenden Vorsprung der
Stiegenflucht zum oberen Stadtteil, direkt beim ersten Treppenabsatz, stand ein Mann, gehüllt in Kutte und Kapuze, so
dass sie von seinem Gesicht nichts erkennen konnte. Seine
Stimme klang über den Platz gut hörbar zu ihnen herüber.
Sie war also wahrscheinlich durch irgendwelchen Ätherwe-
berkram verstärkt.

„Wir wohnten einst in den hohen und tiefen Burgen", so tönten seine Worte. „Wir beherrschten die Sphärenräume, ohne dass wir dazu auf die Hilfe von Genien angewiesen waren. Wir taten es aus eigener Macht, mit uns eigenen Fertigkeiten und aus unserer ureigenen Natur heraus."

Die Kutte des Sprechers war lang fallend und in schlichtem Grau, ohne jeden Schmuck oder Verzierung – das Gewand eines asketischen Priesters. Er wurde flankiert von zwei Leibwächtern, ausdruckslos und stoisch wie Statuen. Und gut bewaffnet waren sie, so sah sie auf den ersten abschätzenden Blick, sowohl mit Schwertern als auch mit Armbrüsten. Auffällig daran war, dass sie ebenfalls Speere trugen, die sie an ihrer Seite aufgestützt hielten. Ein weiteres Dutzend von Uniformierten und Gerüsteten, deren Rassenzugehörigkeit sie auf die Entfernung schlecht abschätzen konnte, stand hinter dem Propheten aufgereiht, ebenfalls mit Speeren bei Fuß, kurzer Schaft und flache Klinge. Etwas, das sich gut dazu eignete, eine Menge in Schach zu halten, ohne dass man direkt jemanden tötete.

„Ich werd' nicht mehr", entfuhr es ihr halblaut. „Das muss er sein, oder?"

„Wer sonst? Das ist er, der Prophet von Isfayr."

„Was für ein Timing. Sucht sich ausgerechnet den Tag für seinen ersten öffentlichen Auftritt, an dem wir ihn als Job kriegen. Das hätten wir mal vorher wissen sollen."

Man hatte zwar einiges über diesen Mann gehört, das meiste beruhte allerdings auf Gerüchten. Bisher hatte der Prophet von Isfayr sich nur in kleiner Runde geäußert. Näheres über seine Person war nicht bekannt, doch schon das, was man aus zweiter Hand darüber erfahren hatte, reichte, um seinen Ruf aufzubauen und ihm diesen Titel des Propheten von Isfayr zukommen zu lassen. Über das Ungeheuerliche, was er zu sagen hatte, war in Windeseile allerlei Gerede und Spekulation ins Kraut geschossen.

Er war also jetzt endlich aus der Zitadelle seines Schutzherrn Eskeregon herausgekommen, zeigte sich und sprach vor dem Volk, das durch die Nachricht angelockt, vor Neugier brennend herbeiströmte. Der Platz war klein, passend zu dieser Stadt am Rande der Welt, und er füllte sich zusehends.

Sie und Skiar kletterten auf ein Mäuerchen, um von dort aus besser sehen zu können. Von oben herab ließ Nuava zunächst einmal einen wachsamen Blick über die auf dem Platz Versammelten schweifen. Sie sah Angehörige verschiedener Rassen und Mischlingsvolk, die meisten mit schmutzigen, verrußten Gesichtern, die Männer oft mit wuchernden oder geflochtenen Bärten, wie es im hier wilden Norden Sitte war. Daneben fielen ihr vor allem Gruppen von Ninraé auf, die von mehr oder weniger starken bewaffneten Eskorten begleitet wurden. Eine davon war besonders groß und hielt sich ganz vorne in der Nähe der Treppen und des Vorsprungs auf, von dem herab der vermummte Prophet sprach. Sie versuchte, das Wappen zu erkennen, das sie trugen, doch das gelang ihr von hier hinten und wegen der umgebenden Menge nicht.

Als ihr Blick wieder hoch zum Propheten und seiner Wache schwenkte, suchte sie zunächst nach dem Anführer dieser Truppe, und fand einen, der sich durch eine leicht veränderte Uniform auszeichnete.

„Wer ist das dort, der Typ, der seine Leibwache anführt? Ist das ein Mensch?"

„Ich kann es von hier aus nicht sicher erkennen", erwiderte Skiar. „Wäre möglich, aber ich denke, es ist wahrscheinlich ein Caliban. Für einen Menschen ist die Haut zu bleich."

„Sehen hier auf Isfayr nicht alle wie bleiche Maden aus? Bei dem Wetter kein Wunder."

Skiar lachte freudlos. „Hier!", er stieß sie an und deutete knapp mit der Hand. „Schau dir das an! Man scheint sich ziemlich um die Sicherheit ihres Propheten zu sorgen. Das wird es für uns schwierig machen."

Was Skiar meinte, war für sie offensichtlich. Auf höhergelegenen Absätzen der Treppe waren weitere Bewaffnete zu entdecken, die die Tracht des Hauses Eskeregon trugen. Dezent platziert, eine unauffällige Verstärkung der Leibwächter, die sich in direkter Nähe des Propheten hielt. Aber dass er überhaupt in die Öffentlichkeit trat, ließ auf eine Gelegenheit für sie hoffen, in der Zeit, die ihnen blieb, um ihren Job zu erledigen.

„Die Künste derer, die sich heute Ätherweber nennen, sind nur ein blasser Abglanz dessen, was die Ninraé einst zu wirken vermochten." Die Stimme dieses Predigers war fest und klar, ruhig, ohne jeden Anklang einer fanatischen Hysterie. Nuava fragte sich, was für eine Person wohl unter der Kapuze stecken mochte. Nach einem Zausel mit irrem Blick und wirren Haaren, hörte sich das nicht an. „Nichts als eine verblasste Erinnerung der Zeiten, als wir noch mit eigenen Sinnen in die Sphärenräume sehen und in ihnen mit eigenen Gliedern wirken konnten."

Jau, das übliche Zeug. Was ein Prophet halt so von sich gibt, wenn er sich statt der Zukunft der Vergangenheit annimmt. Die natürlich glorreich war, ein goldenes Zeitalter. Irgendwann musste er dann unvermeidlich darauf kommen, wie sehr die Gegenwart dagegen doch degeneriert war und wie wir alle dem Untergang geweiht waren, wenn wir nicht unseren verderbten Taten abschworen, umkehrten und unseren Lebenswandel änderten.

„Die Ninraé hatten einst durch die Jahrhunderte hindurch ihre Erzfeinde", ließ er gerade verlauten. „Eine Rasse, die genau wie sie von den Menschen jener Zeit Elfen genannt wurden. Obwohl sie sich deutlich von den Ninraé unterschieden. Nichtmenschen nannten die Menschen sie auch, sowohl die Ninraé als auch ihre Feinde. Kinphauren –

das war der Name, den diese andere Rasse für sich selbst hatte. Einst waren wir Feinde, die Ninraé und die Kinphauren. Aus gutem Grund. Heute sind wir ihnen zum Verwechseln ähnlich geworden." Was redete der Kerl? Von so was wie Kinphauren hatte sie jedenfalls in ihrer ganzen Zeit in dieser Welt noch nie etwas gehört. „Die Verfahren und Schöpfungen dieser ruchlosen, ränkesüchtigen Rasse standen auch Pate, als der Bau unserer Welt entworfen wurde."

Vereinzelt stieg Lärm aus der Menge der Versammelten auf. Gerade von den Gruppen der Ninraé waren die lautesten empörten Rufe zu hören. Richtig, was da gerade anklang, war das, was in Form von Gerüchten von der Botschaft des Propheten bekannt geworden war.

„Ja, genau", rief der Prophet in Entgegnung der Protestrufe und erhob seine Stimme noch stärker, „ihr habt richtig gehört. Diese unsere Welt wurde mit Plan und Ziel erschaffen. So unwahrscheinlich das auch für eure Ohren klingen mag. Auch wenn alle, die ihren Anteil daran hatten, das vergessen haben. Sie entstand nicht von selbst im natürlichen großen Fortdrehen des Rads der Welten. Ninraé waren dafür verantwortlich, dass das Räderwerk dieser Welt in Bewegung gesetzt wurde. Sie mussten dafür auf die Hilfe höherer Mächte zurückgreifen, mit denen sie ein Bündnis eingingen. Dies war ihr Weg, und das war ihr Fluch. Es ist der Fluch des Ninragon. Niemals hätten wir uns mit diesen Mächten einlassen dürfen."

Na, das war ja mal was. Zumindest war es das Originellste und auch das Konkreteste, was sie bisher zur Natur dieser Welt gehört hatte. Obwohl die Theorie, dass sie künstlich von wem auch immer so geschaffen worden war, sich schon reichlich abgedreht anhörte. Dagegen hatte sie es schon immer erstaunlich und manchmal regelrecht enervierend gefunden, wie sehr sich die Ninraé ansonsten an diesem Geheimnis uninteressiert zeigten. Das ging ihnen an ihren gezierten, ignoranten Näschen oder auch sonst wo vorbei. Aber wenn man nichts anderes kennt, nicht weiß, wie anders eine Welt auch sein kann, dann ist es vielleicht auch gar kein so großes Mysterium. Doch wenn man die Erde kannte, dort aufgewachsen war, ihren Sternenhimmel, die Sonne über sich gewohnt war, dann war das hier allerdings eine ganz andere Nummer. Hey, auf der guten alten Erde gab es sowas wie Globen, die man drehen und bestaunen konnte, und in der Schule bekam man etwas über das Sonnensystem und die Planeten erzählt. So was war ihr in all den Jahren hier auf der anderen Seite bisher nicht untergekommen. Stattdessen sprach man von der Sonne da oben als dem Licht der Mitte und von irgendwelchen Domänen. Was es genau damit auf sich hatte, darum scherte man sich wenig. In dieser Hinsicht kamen die Bewohner der Anderswelt ihr vor wie die Menschen des Mittelalters, die hörten, dass die Erde eine Scheibe sein sollte, das hinnahmen und denen alles andere egal war, solange die Sonne jeden Tag aufs Neue aufging.

„Wir müssen diese Welt verlassen", war der Prophet jetzt in seiner Rede fortgefahren, musste dabei gegen die immer lauter werdenden Protestrufe ankämpfen. „Sie ist uns zur Falle geworden. Wir werden betrogen, und das Rad der Wandlung stiehlt uns mit jeder Umdrehung ein Stück mehr von dem, was wir wirklich sind."

Jetzt brandeten die wütenden Rufe erst recht hoch. „Frevel!", hieß es, und „Verräter!" Wahrscheinlich waren das auch vor allem Anhänger der Vornoikirche. Denen mussten solche Behauptungen doch am meisten stinken. Das ging ganz klar gegen deren Doktrin. War es das? Hatten sie deshalb diesen Job bekommen? Wollte irgendein Eiferer unter den Ninraé diesen Menschen dort abservieren, weil er ihn für einen Frevler hielt, der den Tod verdiente. Vielleicht sogar einer der Obersten dieser Kirche? Hatte man ihre Truppe deshalb angeworben, den Propheten von Isfayr zu töten? Zu dieser Theorie passte, dass man sie in einer Gruppe von Vornoi-Priestern durch das Portal schmuggeln wollte. Für so etwas musste ihr geheimer Auftraggeber ausgezeichnete Verbindungen zu ihrer Kirche haben.

„Unsere Leben werden kürzer. Der Rhythmus, in dem wir dem Rad der Wandlung unterworfen werden, beschleunigt sich. Unsere Existenz wird immer stotternder und löchriger und fadenscheiniger. Wir sind nur noch klägliche Schatten dessen, was wir einmal waren", schrie der Prophet jetzt gegen die eifernden Proteste der Menge an. Sie musste ihm jedenfalls zugutehalten, dass er bei all den wilden Reden keinen Schaum vor dem Mund bekam sondern stattdessen noch immer besonnen und augenscheinlich im Vollbesitz seiner geistigen Kräfte wirkte. Sie sah, wie der durch die Kapuze verhüllte Kopf schwenkte, er seinen Blick über die Menge schweifen ließ. Dann griffen seine Hände hoch, fassten den Rand der Kapuze und schoben sie langsam und sicher nach hinten, entblößten Kopf und Züge.

Ein Raunen des Erstaunens ging durch die Menge. Auch sie merkte, dass sie die Luft angehalten hatte. Nein, das war wirklich nicht, was sie erwartet hatte. Der Schädel des Propheten war kahlrasiert, wie es auch zum asketischen Zug seiner Kleidung passte. Doch die Züge stimmten nicht mit dem mentalen Bild überein, dass sie – und wie die Laute des Erstaunens zeigten, auch der Rest der Versammelten – sich von einem solchen Propheten gemacht hatten. Die Züge waren ebenmäßig, makellos; sie trugen alle Zeichen der Jugend. Wäre der Prophet ein Mensch gewesen, so hätte sie ihn knapp um die Zwanzig geschätzt, wahrscheinlich noch darunter.

„Ja", fuhr dieses halbe Kind ungeachtet des Verblüffungsraunens der Menge mit klarer fester Stimme fort, „wir müssen diese Welt verlassen, um ihrer Falle zu entgehen. Wir Ninraé, um wieder die zu werden, die wir wirklich sind. Aber es geht nicht nur allein um die Ninraé. Ich habe in die Wisperschichten geblickt, hinter die Schleier. Inaim hat mir diese Fähigkeit verliehen wie schon den Ninraé alter Zeiten. Und ich sehe dort eine Gefahr für uns alle. Wir können sie nur überwinden, wenn wir Ninraé dafür die Schranken unseres Dünkels fallen lassen, wenn wir aller Herrschaft entsagen."

„Frevler!", „Verräter an der eigenen Rasse!", flammten die Schreie auf, am stärksten, so bemerkte Nuava, aus der größeren geschlossenen Gruppe von Ninraé, die ihr schon vorher aufgefallen war. Sie schienen weniger Anstoß an seiner offensichtlichen Jugend zu nehmen als an seinen Worten. „Schande für unser Volk!", riefen sie. „Wir sind die Herren dieser Welt! Alles andere ist Verrat!"

Der Prophet sprach weiter. Aber Nuava hörte nicht mehr hin. Stattdessen beobachtete sie, was um ihn herum geschah, unterzog die Umgebung einer genauen Musterung.

Der Anführer der Leibwache gab einen Befehl und die Reihe von Bewaffneten hinter dem Propheten trat vor, rückte näher an ihn heran. Die Blicke aus ihren ansonsten stoischen Gesichtern bohrten sich drohend in die Menge. Wenn sie selber für die Sicherheit des Propheten verantwortlich gewesen wäre, hätte sie die Sache spätestens jetzt abgeblasen. Eine echte Schande, dass das hier ausgerechnet jetzt stattfand, bevor sie irgendwelche Vorbereitungen hatten treffen können. Dies war eine ausgezeichnete Gelegenheit, diesen Propheten abzuservieren. Nach dem, was sich hier unvermeidlich abzeichnete, würde man danach wahrscheinlich vorsichtiger sein. Ein gezielter Armbrustschuss von einem erhöhten Standort aus. Sie drehte den Kopf, um die Dächer der umstehenden Gebäude zu inspizieren. Als ihr Blick sich wieder zurückwandte, traf er sich mit dem von Skiar. Den gleichen Entschluss, den gleichen Gedanken fand sie in seinen Zügen geschrieben.

„Frevel sagt ihr? Ich will euch sagen, was Frevel ist. Es ist Frevel sich über den Willen Inaims zu stellen."

Skiar hörte gebannt weiter den Worten des Propheten zu, von irgendetwas in ihnen seltsam angerührt. Es hatte nichts mit der durch das Abstreifen der Kapuze offensichtlich gewordenen körperlichen Jugend zu tun. Wenn man sich an seine vergangenen Verkörperungen erinnert, ist die Jugendlichkeit des Körpers von einer untergeordneteren Bedeutung als bei anderen Rassen. Was dagegen es genau war, wusste er nicht, aber es brachte irgendetwas in ihm, in den Bereichen, wo der Seelenstein die Fasern seiner Erinnerung webte, zum Schwingen. Beiläufig bemerkte er, wie Nuava neben ihm den Kopf drehte und wendete, die Umgebung inspizierte.

Wieder schwoll das zornige Gebrüll an. Fäuste wurden gereckt. Vor allem in den Kreisen der kleineren und größeren Grüppchen von Ninraé.

„Ihr nennt mich einen Propheten. Und ihr tut das mit Recht. Wer weiß, was Inaim mit mir vorhat, dass ich in die Wisperäther blicken kann. Es muss einen Grund dafür geben. Und genau daher stehe ich hier und rede zu euch. Weil es einen Grund geben muss, dass ich einen solchen Frevel sehe. Denn ein Frevel wurde mir enthüllt, der über jedes Maß hinausgeht. Der wie ein Miasma die Äther vergiftet. So dass eine Warnung erklingen und Anklage erhoben werden muss. Noch sind die Zeichen unklar, noch sind die Schleier in den Wisperschichten zu dicht für meinen Blick. Aber wenn sie sich öffnen, dann wird die Zeit kommen, Anklage zu erheben." Seine Stimme hob sich, ihr Ton wurde schärfer, anklagender, und seine Finger deuteten in die Luft, über die Köpfe der Menge hinweg. „Was ich gesehen habe, ist, dass er über die Ränge der Ninraé hinausgeht. Dass er einen der Genienschmiede betrifft. Doch ihm zur Seite zeigt sich mir einer meiner Rasse, der diese Ungeheuerlichkeiten unter seinem Patronat geschehen lässt und sie sogar fördert. Noch sind die Namen und die Gesichter mir verborgen, doch wenn die Schleier sich vor mir öffnen, dann ist die Zeit der Anklage und des Zorns gekommen. Denn ein Frevel der in diesem Maß die Sphärenräume vergiftet, muss von uns allen gestoppt werden."

Da war etwas, etwas, das er wissen musste, etwas, das wichtig für sie war. Es irrlichterte durch seinen Schädel, wie verborgen von Schleiern, ähnlich wie der ominöse Frevel, von dem der Prophet dort sprach. Doch er konnte sich nicht wirklich darauf konzentrieren. Weil ihm auf einer anderen Ebene nur allzu klar war, warum sich Nuava so unruhig prüfend umsah. Weil das drängend war, weil es promptes, unverzügliches Handeln erforderte.

Zum Verheerer! Warum hatte auch keiner von ihnen beiden eine Armbrust bei sich?

Auf eine bessere Gelegenheit wie die hier konnten sie kaum hoffen.

Sein Kopf fuhr zu Nuava herum, und ihre Blicke trafen sich. Und als er sie ansah, wusste er, dass sie das gleiche dachte.

„Ich laufe und hole die Truppe", sagte er. „Du bleibst hier und findest den geeigneten Ort."

Sie nickte. Die beste rechte Hand, die er je gehabt hatte. Sie würde alles klar vor sich haben, wenn er zurückkehrte: den besten Ort für den Schützen, die Fluchtwege. Er konnte sich auf sie verlassen. Er musste nur schnell genug sein.

Und er war der bessere Läufer von ihnen. Er hatte die längeren Beine.

Er sprang von der Mauer herunter, drängte sich durch

die Menge, die sich jetzt auch schon dort, wo sie standen, gebildet hatte.

Ja, jetzt! Warum nicht sofort?

Besser als der Versuch in die Zitadelle einzudringen, dachte Nuava. Und wer wusste, wann sich der Prophet noch einmal öffentlich zeigen würde?

Der Junge dort vorne redete in einem fort, während seine Wache zunehmend unruhiger wurde. Klar, bei dem Aufstand, den er verursachte. Wenn Skiar nur schnell genug war! Die Alternative war, sich selber irgendwie eine Waffe zu greifen. Aber selbst, wenn sie an eine Armbrust hätte gelangen können: Skiar war – das gab er selber offen zu – ein miserabler Schütze. Und ihr ging es da leider genauso.

„Genau das!", rief der Prophet mit dem Gesicht eines Jungen in Erwiderung, ließ seinen ausgestreckten Finger, die Reihen abgleiten, aus denen die stärksten Zwischenrufe gekommen waren. „Genau das meine ich. Diese Hybris ist es, die wir überwinden müssen, oder wir werden mitsamt aller Bewohner dieser Welt untergehen. Wir müssen uns aus unserer Erstarrung lösen, aus dem Griff der Panik, die uns eingeflößt wurde. Wir müssen unseren Blick, mit dem wir in Schrecken auf die sogenannte Abscheulichkeit blicken, davon lösen und stattdessen darauf richten, was aus uns geworden ist. Wie sehr wir gefallen sind und dass wir betrogen wurden." Er musste jetzt tatsächlich gegen die Empörungsrufe aus der Menge anbrüllen. „Ich sehe ein wildes Interregnum voraus", hörte sie ihn mit drohend erhobener Hand schreien. „Der Himmel wird aufreißen und …"

Und es direkt zu versuchen? Mit Schwert, einem Messerwurf? Nein, das war reiner Selbstmord. Bei all den Bewaffneten, bei der Menge. Nein, es musste mit einem gezielten Armbrustschuss …

Sie stutzte. Gerade wollte sie ebenfalls von dem Mäuerchen springen, um den Platz zu umrunden und die Gegebenheiten aus anderen Blickwinkeln näher in Augenschein zu nehmen. Da hatte sie eine bekannte Gestalt in der Menge entdeckt. Weil sie über den Rest hinausragte. Und von der Erscheinung auch sonst zu augenfällig war.

Durukum. Direkt in erster Reihe vor dem Propheten!

Damit man sein auffälliges Äußeres noch besser wahrnahm und sich einprägte.

Verdammt, was machte der Schwachkopf da? War Skiars Anordnung nicht eindeutig gewesen? Bleibt in euren Quartieren und lasst euch bloß nicht sehen.

Andererseits … Vielleicht waren ja noch mehr der Truppe bei ihm. Vielleicht auch jemand, der einen guten Armbrustschuss anbringen konnte. Egal, was der Fall war, sie musste durch zu ihm, nach vorne. Ihn möglichst unauffällig da rausziehen.

Sie begann, sich ihren Weg durch die Menge zu bahnen. Was gar nicht so einfach war, denn einerseits musste sie dabei mit Gewalt Leute beiseiteschieben, andererseits wollte sie keinen Aufstand anzetteln. Verdammt, Durukum, wäre es nicht auch etwas unauffälliger als direkt in erster Reihe gegangen?

Gesichter wandten sich ihr zu, wütend, wurden vom Blick in ihr Gesicht und dem, was sie darin fanden, zum Schweigen gebracht. Mist, es ließ sich einfach nicht verhindern, dass sie wahrgenommen wurde. Blieb zu hoffen, dass man sich mehr an die Empörung über das, was dieser Prophet sagte, erinnerte, als an sie. Die Leute wetterten und drängten nach vorne, schoben sich gegenseitig dabei. Es ging einfach nicht anders, als sich mit hartem Druck hier durchzukämpfen. Sie hörte dabei nicht nur wütende Worte gegen diesen Propheten, sondern auch gegen die Ninraé im Allgemeinen. Sie sah in menschliche Gesichter, Männer und Frauen, hörte sie die Beschuldigungen des Propheten gegen die Spitzohren aufgreifen, sah wütende Gesichter, spürte den lang aufgestauten Groll darin. „Glauben, sich über uns alle erheben zu können, die verdammten Spitzohrenbastarde!" „Arrogantes Pack!" Ja, eine Menge verhohlener Hass hatte sich da über die Zeit angesammelt. Kein Wunder, wenn viele von ihnen hier einen auf Herrenrasse machten. Wobei diese Insel am Rande der Welt anscheinend vom Schlimmsten noch weitgehend verschont geblieben war.

Sie drängte sich durch eine Gruppe von Marani und sah, jetzt nur noch hinter ein paar Reihen von Zuschauern, die hünenhafte Gestalt Durukums aufragen. Ausgerechnet ganz in der Nähe dieser geschlossenen Gruppe von Ninraé, denen er gerade finstere Blicke zusandte.

Finster war aber nicht nur sein Blick. Finster wurde es gerade auch auf dem ganzen Platz, und das lenkte ihre Aufmerksamkeit kurz zum Himmel. Über ihnen zogen sich inzwischen immer heftiger die Wolken zusammen, deren Front sie vorhin von Nordwesten hatten heranrollen sehen.

Dann war sie durch. Durukums Gestalt ragte vor ihr auf.

„He, Großer!" Sie legte ihm die Hand auf die Schulter.

Sie sah, wie Durukums Gesicht sich ihr zuwandte, sah die erstaunten Augen zwischen all den verschlungenen Linien der Tätowierungen, die seinen Schädel vollständig mit ihrem Netz überzogen, vom Kinn bis zur Stirn, von wo aus sich einige davon fortsetzten, um sich wie Klammern oder Flügel über den kahlen Schädel zu ziehen. Mattes Licht fing sich auf seinen riesigen Ohrringen und ließ sie silbern aufblitzen.

Fern über den Bergen grollte der Donner.

Skiar spurtete durch die Straßen. So weit war es nicht bis zu ihrem Quartier am Fluss. Er konnte es rechtzeitig schaffen, bevor die Versammlung sich auflöste. Oder bevor die Leibgarde des Propheten das Ganze kurzerhand beendete, weil es zu gefährlich geworden war.

Verdammt!

Hoffentlich schaffte er es rechtzeitig.

Er rannte durch enge, sich windende Gassen, über welche sich die Schatten einer zu frühen Dunkelheit legten. Im Ausschnitt des Himmels, der von den Häuserfluchten eingerahmt wurde, sah er das Brodeln schwerer Wolken. Sie dämpften das Licht der Mitte zu einem vagen Glühen herab. Kaum jemand war unterwegs. Wer Zeit hatte, war wahrscheinlich bei der Versammlung.

Sein Atem und sein Herzschlag dröhnten ihm in den Ohren. Und dennoch wühlte etwas in ihm. Kratzte an seinem Verstand wie eine Glasscherbe über Schieferstein.

Etwas, was der Prophet gesagt hatte. Über die Frevel der Ninraé. Nicht nur der Ninraé, hatte er gesagt. Die Ninraé schützten das, was derjenige betrieb. Etwas, das wie ein Miasma die Äther vergiftet.

Das war keine allgemeine Anklage. Der Prophet hatte einen konkreten Fall vor Augen. Es würde Zeit, so hatte er gesagt, Namen zu nennen. Damit diejenigen, die solche Taten begehen, gestoppt würden.

Da war etwas, etwas, das er wissen musste, etwas, das wichtig für sie war.

Über die Reihen der Ninraé hinaus. Es beträfe einen … der Genienschmiede.

Die Genienschmiede. Das war ein Name, den man zuweilen für die Neaphraniten benutzte. Und dieser Asfarod hatte gewollt, dass sie einen abtrünnigen Neaphraniten töten. Der sich in den Schutz eines Ninraé begeben hatte. Direkt hier aus Isfayr. Dessen Festung an den Hängen des Morn Bracair lag. Die Festung des Hauses Iscaron.

Eine solche Übereinstimmung war kein Zufall.

Stellte sich die Frage, ob dieser Prophet tatsächlich nicht wusste, von wem er sprach. Er sagte, es hätte sich ihm nicht enthüllt. Hatte dieser Prophet tatsächlich Visionen, die ihm Verborgenes enthüllten? Und diese Vision zeigte ihm nicht, dass sich das, worauf sie sich bezog, sich direkt hier unter seiner Nase abspielte? Möglich war es. Was wusste er denn schon von Dingen wie Visionen und Wisperschichten und wie es sich mit ihnen verhielt?

Blieb die Frage, worin der Frevel bestand, den dieser Neaphranit beging und der von Iscaron beschirmt wurde? Asfarod hatte behauptet, nichts Genaues darüber zu wissen. Sagte er die Wahrheit? Was war hier überhaupt die Wahrheit?

Sobald sich ihm die Einzelheiten klärten, wollte er die Wahrheit enthüllen, hatte der Prophet gesagt. Die Namen. Waren sie etwa angeheuert worden, den Propheten zu töten, bevor er verriet, was da in der Festung am Morn Bracair vor sich ging? Und Anklage erhob?

Wenn dem so war, was genau betrieb dann der Neaphranit dort draußen, und was genau war es, das mit diesem Attentat vertuscht werden sollte?

Etwas, das wie ein Miasma die Äther vergiftet.

Da war das Wirtshaus. Da war das Quartier seiner Truppe.

Heruntergekommen und windschief erwartete es ihn, mit dem Rücken an der Wand eines Felstrümmers lehnend, der sich wie ein letzter Abkömmling der Scatters am Ufer des Flusses erhob. Die Gasse endete hinter dem Wirtshaus, jäh abgeschnitten durch die steinerne Ufereinfassung des Flusses Venrir.

Nur ein Caliban saß auf den Wirtshausstufen und kotzte sich die Seele aus dem Leib. Es schien ihm egal zu sein, ob er sich dabei seine Beinkleider oder sein Schuhwerk im großen Stil besudelte. Seine Würgegeräusche mischten sich mit dem Lärm, der von drinnen durch die schmalen Fensterlöcher zusammen mit einem bleichen Lichtschein herausdrang. Der Caliban hatte mit seinem eigenen Elend zu tun und keine Augen für Skiar, der an ihm vorbei zur Seite des namenlosen Wirtshauses hetzte, geradewegs auf die Felswand zu. Dort angekommen, sah man, dass die Rückseite des Hauses keinesfalls vollständig mit dem Felsen abschloss. Ein kleiner Spalt klaffte zwischen Hauswand und Fels. Eine schmale Stiege zwängte sich dazwischen hinauf. Diese stürmte Skiar empor, nahm, ihres wackligen und verfallenen Zustands nicht achtend, mehrere Stufen auf einmal. Er riss die Türe an ihrem Ende auf, und die Ausdünstungen von zu vielen Menschen, die sich zu lange eingeschlossen auf zu engem Raum aufgehalten hatten, drang ihm entgegen. Verdutzte Blicke wandten sich ihm über einen Tisch voll mit Spielkarten, Würfeln und Münzstapeln zu.

„Leute, es gibt Arbeit", rief er mit der Hand den Türrahmen umklammernd in den Raum. „Kommt in die Hufe!" Unbewusst griff er eine von Nuavas eigentümlichen Wendungen auf. Egal, ob sie es seltsam bei ihm fand, wenn er so redete, oder nicht. Nuava war nicht da, und seine Truppe reagierte sofort. Klirrend brachen Münzstapel zusammen und einzelne Geldstücke kollerten über den Tisch. Mehrere Blätter von Spielkarten segelten hinterher.

„Suacarn", rief er, „greif dir deine Armbrust. Es gibt Verwendung für deine Künste mit dem Ding."

Der Angesprochene sah ihn aus schwarz glitzernden Augenschlitzen an, die Waffe schon in der Hand, ließ sie hochschnappen, so dass die Spannarme automatisch ausklinkten.

Skiars Blick glitt suchend umher. „Wo ist Durukum?"

„Solltet ihr nicht im Quartier bleiben und euch draußen nicht sehen lassen? War die Anweisung nicht klar genug?"

Durukums Grinsen gefror unter Nuavas Worten. „He, ich hab's da drinnen nicht mehr ausgehalten. Ich habe da

Platzangst gekriegt. Ich musste mich einfach mal strecken und mir die Beine vertreten. Und da …"

„Ja, egal. Geschenkt", unterbrach ihn Nuava unwirsch, denn um sie herum schien der Aufruhr nun endgültig loszubrechen. Die Ninraé hinter ihr machten Randale, brüllten wild durcheinander und verfluchten den Sprecher dort oben auf dem Treppenabsatz. Sie fühlten sich sicher und stark mit ihren Caliban-Soldaten in Lederrüstung und -kappen an ihrer Seite. „Aber jetzt komm hier schnell raus. Konntest du keinen unauffälligeren Ort finden als direkt in erster Reihe?" Sie bekam heftig einen Ellenbogen ab und rempelte unwirsch zurück. „Halt deine Knochen bei dir, verflucht!" Da war es ihr auch egal, dass sie nicht in das Gesicht eines Caliban sondern in die bleichen Züge eines Ninra blickte. Sie knurrte ihn an und kassierte dafür einen kalten, hasserfüllten Blick.

„Was ist …", begann Durukum.

„Red' nicht. Komm!"

„Ausweiden sollte man dich", hörte sie eine Stimme in ihrem Rücken, „langsam und genüsslich. Bis du unter Schreien und Wimmern in das Rad der Wandlung fährst."

„Eine Schande für das eigene Volk!"

Ein Blick hoch zu dem Vorsprung, auf dem dieser Prophet stand, zeigte ihr, dass die Leibwachen jetzt zur Kante aufrückten. Sie trugen jetzt ihre Speere nicht länger an ihrer Seite, sondern hielten sie mit beiden Händen vor der Brust.

„He, du!"

War höchste Zeit sich vom Acker zu machen, bevor das hier zum Hexenkessel wurde. Sie schob Durukum vor sich her, der sich den Kopf verrenkte, um über seine Schulter zurückzublicken und nichts Besseres zu tun hatte, als irgendjemandem hinter ihr tödliche finstere Blicke zuzuwerfen.

„Ja, du! Dreh dich gefälligst um, wenn ich mit dir rede!"

Ihr Blick ging zu Durukums Augen, und sie begriff. Doch da fühlte sie auch schon, wie jemand ihren Arm packte. Ihr Kopf schnellte herum und sie erkannte den Ninra von vorhin, der sie angerempelt hatte. Jetzt flankiert von zwei Calibanen, die ihre bleich gelblichen Gesichter unter den Lederkappen zu finsteren Mienen verzogen hatten.

Sie fühlte, wie eine kalte Wut in ihrem Inneren aufglomm. „Nimm deine Hand weg." Sie sagte es so leise, dass es wie ein Zischen kam und nur der Ninra sie hören konnte. *Beherrsch dich! Nur keinen Aufstand, nur nicht auffallen.* Doch die Kreidefresse hörte sie gar nicht, und sah auch nicht den Blick, den sie ihm zuwarf, denn seine Augen richteten sich längst nicht mehr auf sie.

„Meinst du so was?" Der weißhäutige Bastard riss an ihrem Arm, zog sie zu sich hin. Sein Blick war nach oben gerichtet; er suchte die Aufmerksamkeit des Propheten. „He, du!", brüllte er nach oben, sie noch immer am Arm gepackt. „Meinst du, mit so was wie der hier sollen wir uns gemein machen?"

Ruhig bleiben! „Du lässt jetzt besser meinen Arm los …"

„Mit ungewaschenen, lehmgesichtigen Adamstöchtern?" Lehmgesicht, hah! Konnte ja nicht jeder so eine porzellanbleiche Fratze haben. „Mit erbärmlichen einlebigen Gewürm? Mit so einer Menschenschlampe?" Okay, Schlampe ging gar nicht. Schlampe nannte sie niemand. Ganz bestimmt nicht dieser Elfendrecksack!

„Sofort", sagte sie, „lässt du meinen Arm los!" Drehte sich mit einem Ruck, versuchte ihren Arm dem Griff zu entziehen, doch der war so fest, dass dadurch nur der Ninra mitgerissen wurde. Sein Kopf ruckte zu ihr hin, sein Gesicht kam dem ihren nahe, so dass sie seinen heftigen Atemstoß spürte und die Poren in seiner bleichen Haut erkennen konnte. „Du willst mir etwas befehlen?" Über seine Schultern sah sie, wie die Calibanschergen näher rückten. „Du Drecksschlampe von einer Adams…"

Schwarze Augen, mit einem Kranz feiner Wimpern darum herum. Sie riss den Kopf kurz zurück, stieß ihn heftig wieder vor, direkt ins Gesicht des Ninra.

Hässliches Knirschen und ein aufgellender Schrei.

Rasch fuhr sie zurück, um Freiraum zu bekommen, sah den Ninra zurückstürzen, die Hand vor dem Gesicht. Zwischen den Fingern quoll sprudelnd das Blut hervor, grell rot gegen das Weiß der Haut. Er stürzte zurück, die Calibane seiner Garde dagegen preschten vor.

Der erste führte einen Schlag nach ihrem Kopf, dem sie leicht auswich. Packte stattdessen den Arm, bog ihn mit heftigem Ruck. Gegen den Schwung der Bewegung – es war noch zu viel Wut in ihr, die einfach raus musste. Ein erneutes Knirschen, gefolgt vom Brüllen des Calibans. Der zweite … Gerade wollte sie sich ihm zuwenden, da drosch eine Faust in dessen Visage, riss den Kopf herum, dass allein schon das Zusehen weh tat und sie instinktiv das Gesicht verzog.

Durukums Ohrring blitzte und er bleckte zwischen dem Liniengeflecht seiner Tätowierung die Zähne, als kurz sein Blick den ihren suchte.

Und dann brach das Chaos endgültig los. Calibane der Hausgarde, Ninraé selber, alle stürzten sich auf sie. Sie sah wütend verzerrte Ninraégesichter, grimmige Calibanmienen, vielstimmiges zorniges Gebrüll. Und lauter Arme, die sich ihr entgegenreckten. Im nächsten Moment hatte sie genug damit zu tun, sich ihrer Haut zu erwehren, war mitten im Gewühl, teilte wahllos Schläge aus, stieß Ellenbogen in Gesichter, Durukum direkt neben ihr. Der war durch seine Größe im Vorteil, teilte durch seine langen Arme gnadenlos gezielte Hiebe aus, packte Angreifer beim Hals und zerrte sie fort. Ihr Langschwert, es hätte ihr in dem dichten Getümmel nichts genützt. Kurz hatte sie im Reflex nach dem Kurzschwert an ihrer Hüfte greifen wollen, sich dann aber ausgemalt, wie Blutvergießen hier auf diesem Platz zu ihrer Mission passen würde und es dann gelassen. Hände packten nach ihr im wilden Gedränge, gegen die sie sich nicht alle erwehren konnte. Ein Schlag streifte ihren Kopf, sie hatte Mühe, in dem tobenden Hexenkessel nicht zu stürzen. In dem Gewühl nahm sie undeutlich wahr, wie ein scharfer Befehl den Lärm durchschnitt. Das Wogen zerrte plötzlich in eine andere Richtung. Sie sah vor sich Hände, die nach ihrem Gesicht, nach ihren Augen krallten, reckte den Hals, um ihnen auszuweichen, bevor sie plötzlich von ihr weggezerrt wurden. Etwas wie ein heftiger Ruck ging durch die verkeilte kämpfende Menge. Eine Lautwelle, ein Rufen und Schreien, das sich vom bisherigen wilden Durcheinander absetzte. Und genau wie eine Woge bekam jetzt auch alle Bewegung eine neue Richtung. Etwas in dem Tumult brach auf. Etwas drang mit Macht in das rasende Tollhaus ein.

Durch den schwankenden Verhau von Körpern, Gliedern, Köpfen sah sie etwas, das einer zielgerichteten Front glich. Ihr Verstand setzte es zu einer vorrückenden Reihe von Soldaten zusammen. Ihre Bewegungen hatten etwas routiniertes und zielsicheres. Ein neuer Tonfall kam in das Chaos der Stimmen. Das Menschenknäuel um sie brach auf. Sie schlug nach dem Gesicht eines Ninra, verfehlte es, weil der sich abwendete, aber bekam endlich Luft. Sah, was geschah, was sie eigentlich schon erraten hatte.

Mit ihren kurzen Speeren in den Händen rückte die Leibgarde des Propheten vor, drängte die Kämpfenden zurück, wenn nötig mit gezielten Hieben der Schäfte. Sie sah jetzt auch, als die Menge sich etwas lichtete, dass es längst nicht mehr nur um sie gegangen war – sonst wäre sie wahrscheinlich auch schon in den ersten Sekunden zu Boden gegangen. Überall waren Rangeleien und Kämpfe ausgebrochen, als sei der Streit, in den sie geraten war, der

Auslöser für die in der Menge sich ballenden Spannung gewesen, sich zu entladen und offene Gewalt aufflammen zu lassen.

Grelles Licht durchschnitt den Himmel, blendete sie, trieb für eine Sekunde alle Formen des Menschentumults scharf und harsch und jäh wie in einem Scherenschnitt hervor. Sie spürte Durukums Hand auf ihrer Schulter. Doch gleichzeitig erblickte sie durch den sich lichtenden Menschenwald eine Gestalt. Die Menge trieb einen Moment auseinander, und sie standen sich gegenüber. Es war der Anführer der Leibwache des Propheten. Ihre Blicke trafen sich, und sie sah jetzt, dass es ein Caliban und kein Mensch sein musste, und zwar ein ziemlich rau und derb aussehendes Exemplar seiner Art, mit zerklüfteten Zügen und von Narben gezeichnet.

Pralle, kalte Tropfen trafen ihr Gesicht, ihre Kopfhaut, ihren Nacken. Donner ließ den Boden erbeben und dröhnte in ihren Ohren. Regenschleier brachen herab und verhüllten wie ein Gazevorhang ihre Sicht auf die Gestalt des Hauptmanns. Menschen rannten wild durcheinander fliehend vorbei.

Die Wolken brachen, und aus den dichten braungrauen Bänken, die den Nachmittag über herangetrieben waren, strömte der Regen herab. Rinnsale liefen rasch Nuavas Nacken entlang und suchten sich den Weg ihren Rücken hinunter. Der Wolkenbruch trieb die streitenden Menschen auseinander, ließ sie in Schwärmen von dem Platz fliehen.

Jedenfalls die, bei denen einfach nur dumpfes Grollen sich zur Streitlust Bahn gebrochen hatte. Und nicht mehr.

Durch die herabrauschenden Schleier sah Nuava, wie sich in dem Gerenne zwei sich gegenüberstehende Gruppen abzeichneten. Die eine bildete eine lose Traube, die andere hatte sich in doppelter Reihe gegenüber formiert, Speere angriffsbereit gehoben. Dazwischen lagen einige Gestalten stöhnend am Boden. Ihr Blick ging hoch zu dem Vorsprung.

Er war leer und verlassen, und nur noch der Regen trommelte dort auf die steinerne Umfassung. Durch die Regenwehen ragten dahinter grau die Fundamente der Gebäude der Oberstadt auf. Der Prophet war verschwunden. Wahrscheinlich von der anderen Hälfte seiner Leibgarde längst in die Sicherheit der Zitadelle geschafft.

Sie wandte sich zu Durukum. „Schnell, lass uns hier abhauen!"

Der tätowierte Hüne stellte keine Fragen. Seite an Seite rannten sie durch den Regen, über glitzerndes Pflaster, von dem die Tropfen aufstoben. Niemand versuchte sie aufzuhalten. Sie hielten auf den Schutz der Gassen zu, die in Richtung ihres Quartiers lagen. Durch das Grau der Regenschleier sahen sie verwaschene Gestalten vor ihnen herlaufen. Dann hörten sie Schreie von den Mauern der eng stehenden Häuser widerhallen und Schatten flogen von Fackelschein aufgescheucht die Häuserwände entlang. Um die Ecke stürzte eine Gruppe von Leuten, fast wären sie hineingerannt.

Ihre Leute. Skiar voran. Dahinter Suacarn und Venark und der ganze Rest.

„Halt", warf Nuava ihnen zu. „Alles zurück! Operation abgeblasen!"

„Was ist passiert?", keuchte Skiar atemlos.

„Nicht zum Platz!", rief ihm Nuava zu. „Es ist zu Kämpfen gekommen. Der Prophet ist fort. Dort sind jetzt nur noch Soldaten!"

„Wo ist er hin?"

„Wieder in die Zitadelle."

„Kriegen wir ihn noch?", meinte Skiar mit wildem Blick umher.

„Der ist längst wieder im Schutz der Mauern", erwiderte Nuava hastig. „Wenn wir ihn verfolgen, erregen wir nur unnötig Aufmerksamkeit und verbauen uns einen neuen, erfolgversprechenden Versuch."

„Also Rückzug. Unverrichteter Dinge."

„Uns bleibt noch Zeit. Wir finden schon was."

Durch dunkle graue Gassen machten sie sich auf den Rückweg zu der namenlosen Schänke, die sie sich zum Quartier gewählt hatten. Der Regen ließ bald an Heftigkeit nach, strömte nur noch in alter stumpfer Verdrossenheit auf Straßen und Plätze Kaer Varnachts herab. Hin und wieder rollte Donner über die schindel- und strohgedeckten Dächer der Stadt und hallte von den steilen Hängen des Berges Morregar zurück.

KAPITEL 6

Nun saßen sie wieder im engen Raum ihres Quartiers zusammen. Von unten aus dem Schankraum hörte Nuava gelegentlich dumpfe, unverständliche Laute. Die Geräusche des Regens waren verklungen bis auf ein beständiges Gurgeln und Plätschern von der Dachtraufe.

Sie hatten sich die Köpfe heißgeredet und auch keine andere Möglichkeit gefunden als morgen, wenn es wieder heller wurde – falls es heller wurde und der Tag tatsächlich mehr als ein trübes Zwielicht bringen sollte –, die Zitadelle in Augenschein zu nehmen, um irgendeinen Weg zu finden, wie man dort hineingelangen konnte. Irgendwann hatte sich Skiar klammheimlich zurückgezogen und nach draußen verdrückt.

Nuava verstand ihn nur zu gut; man kriegte auf dem engen Raum und bei dem ganzen Palaver schnell einen Budenkoller. Sie spürte den Drang ihm zu folgen, doch Hunankis war gerade dabei, ihr – sorgsam in einem Samtbeutel geborgene – Bilder seiner Familie zu zeigen. Der Marani tat ihr leid. Er schien unter der Trennung von seinen Lieben zu leiden, und so schaute sie sich die in die Kristallscheiben geprägten Bilder seiner Frau und seiner Kinder an. Wie lange war es her, dass er sie zuletzt gesehen hatte?

Sie legte ihm den Arm um die Schulter, sagte zu ihm, „Sobald wir hier raus sind, wirst du sie besuchen." Sie sah den Einwand auf seinen Zügen kommen, als er sich zu ihr umwandte. „Du gehst dorthin. Keine Widerrede. Ich kläre das mit Skiar, falls du dir um Finanzen oder sonst was Sorgen machst. Für so was muss immer Geld im Topf sein. Klar?"

Sie klopfte ihm auf die Schulter und stand auf, um seine Reaktion nicht abzuwarten.

So was musste sein. Hunankis war ein guter Kerl, ein guter Kämpfer. Aber sie wollte sich jetzt keine Dankessprüche oder irgendwelche anderen Sentimentalitäten anhören. Jeder musste sehen, wie er klarkam. Aber sie und die Crew passten aufeinander auf. Sie hielten einander den Rücken frei.

Sie ging die enge Stiege zwischen Haus- und Felswand hinab, das Poltern ihrer Stiefel auf den Stufen und die abgedämpften verklingenden Fetzen der Gespräche hinter ihr im Ohr, und trat durch die Gasse auf den freien Platz vor dem Wirtshaus. Sie fand sich allein hier, von Skiar war nichts zu sehen.

Sie blickte die verlassene Straße hinab, zum Fluss hin und lenkte ihre Schritte in diese Richtung, bis die gedämpften Geräusche aus dem Wirtshaus hinter ihr erstarben und sie nur noch das Rauschen des Flusses hörte.

Sie fand ihre Vermutung, was Skiar betraf, bestätigt. Klar, alles, was sich bewegt und von hier weg führt. Sie fand ihn auf einem Fass sitzend, den Mantel um sich gezogen. Er hielt seine irdene Stummelpfeife in der Hand und blickte schmauchend ins Leere. Er hatte ihr erzählt, dass er diese Angewohnheit von den Menschenstämmen Tuarnamnocs aufgegriffen und sie weiter gepflegt hatte, nachdem er entdeckt hatte, dass ihm das beim Nachdenken half.

Eine Weile hielt sie sich still im Hintergrund, ohne sich bemerkbar zu machen, betrachtete ihn. Die Kriegssichel hing von seiner Seite herab. Man fand ihn äußerst selten ohne diese Waffe. Selbst wenn er schlief, hielt er sie nah bei sich.

Sie war eine einzigartige Waffe: eine viridanische Kriegssichel, geschmiedet aus dem fremden Metall einer anderen Welt. Er hatte ihr anvertraut, dass der letzte Viridaner dieser Welt sie ihm übergeben hatte, als sein eigener Weg mit ihr zum Ende gekommen war. Sie hatte damals sogar einen Namen gehabt, hatte Skiar erzählt, doch er sei bei bestem Willen nicht in der Lage gewesen, ihn auszusprechen. Der Viridaner habe ihm auch keine Übersetzung anbieten können, denn er selber kannte die Bedeutung des Namens nicht mehr. Die in dieser Welt gestrandeten Viridaner hatten über die Generationen ihre eigene Sprache immer mehr verlernt, und die wenigen Brocken, die ihm seine Eltern noch beibringen konnten, hatte er längst vergessen.

Irgendetwas schien Skiars Aufmerksamkeit erregt zu haben, denn er drehte sich um, sah sie, grinste und klopfte mit der flachen Hand an die Seite des Fasses. Sie folgte der Einladung und lehnte sich neben ihn an die Hausecke.

Sie starrten eine Weile nebeneinander vor sich hin, auf die grauen Wogen, die von der Dunkelheit verschlungen wurden. Kaum ein Licht blinkte vom jenseitigen Ufer zu ihnen herüber. Die Stadt endete hier. Drüben gab es nur noch vereinzelte Gehöfte. Ein wenig flussabwärts, so wusste sie, lag die Anlegestelle, von der ein alle Jubeljahre dort anlegendes Schiff diese Insel mit dem fernen Rest der Welt verband.

„Weißt du", sagte Skiar schließlich, „ich erinnere mich noch daran, von dieser Welt aus nach Marain gereist zu sein. Das muss zu der Zeit gewesen sein, als es dorthin noch offene Portale gab. Ich weiß aber nicht mehr, wann das war.

Ich schätze, wenn man nichts für die Ahnen bewahren und aufzeichnen muss, sondern immer die gleichen alten Visagen wiederkommen, wird man etwas schlampig mit der Geschichtsschreibung." Er schniefte, nahm einen Zug aus seiner Pfeife, stieß dann den Rauch bedächtig aus und sah versonnen seinen Schlieren und Schwaden hinterher, wie sie zur Kaimauer hin trieben. Nuava bekam von dem Anblick augenblicklich Schmacht nach einer Kippe. Ihre letzte war so lange her, dass es ihr auch wie eine frühere Inkarnation vorkam. Aber Pfeife rauchen war für sie kein Ersatz; das war einfach nicht ihr Ding. „Aber das Seltsame ist", fuhr Skiar fort, „da sind kaum noch Einzelheiten. Verschwommene Bilder von einer Landschaft mit einer Sonne darüber, die man nicht anschauen kann, weil sie so viel heller ist, als das Licht der Mitte bei uns hier. Na ja, wenn man es dann mal sieht, was hier am Ende der Welt ziemlich selten ist." Er verzog das Gesicht und richtete den Blick gen Himmel, an dem durch die Wolkendecke kein Licht drang, weder die Niedrigen Sterne noch der Mond. „Ich weiß auch nichts anderes mehr aus diesem Leben", fuhr Skiar fort. „Es ist, als wäre nur noch diese eine Erinnerung, dieser Splitter davon übrig geblieben."

Er schwieg wieder, stand dann auf, klopfte seine Pfeife am Fassrand aus und sah sie an. „Komm mit mir. Wir wollen uns etwas die Beine vertreten."

Sie gingen eine Weile die Straße herab. Es war noch nicht spät am Abend, doch die Straßen lagen leer und verlassen. Alles hatte sich in den Schutz der Häuser zurückgezogen. Sie spürte, dass Skiar irgendwas auf der Seele lag, hatte aber keine Ahnung, was es genau war, dass ihn umtrieb.

„Wie kommt das?", fing er schließlich nach einer Weile wieder an. „Wenn doch die Seelensteine, die bei uns Ninraé in unsere Körper eingebettet sind", er legt im Gehen die Hand auf seine Brust, „wenn sie doch unsere Persönlichkeit enthalten und sie von Verkörperung zu Verkörperung tragen, wie kommt es dann, dass unsere Erinnerungen versiegen, wie bei euch Menschen?"

Sie zuckte die Schultern. „Warum sollte das bei euch mit den Erinnerungen anders sein? Erinnerungen verblassen nun einmal, lösen sich auf. Ich kann mich an meine frühe Kindheit kaum noch erinnern." Ein bitteres Auflachen kam unwillkürlich schnaubend in ihr hoch. „Aber ich weiß noch, wie ich Danny Reardon ein Messer zwischen die Rippen gejagt habe, weil er meine Mutter eine alte Schlampe genannt hat."

Sie spürte, wie sich das Grinsen um ihre Mundwinkel hielt, als hätte es jemand dort eingefräst. Zuhause auf der alten Erde sagte man „Gewalt ist keine Lösung". Für sie war sie es doch, war es schon sehr früh gewesen. Seit dieses Gefühl in ihr herangereift war, dass sie letztendlich in diese Welt gebracht hatte. War es das Erbe ihres Vaters? Gewalt war eine Lösung, denn es vertrieb das taube Gefühl, wie ein Geist durch diese Welt zu gehen, in die sie zwar hineingeboren war, zu der sie aber nicht wirklich gehörte.

„Ihr Menschen", sprach Skiar weiter, „ihr geht verloren, ihr versickert wie Regen in der Erde. Aber wir Ninraé, wir fallen in den Todesschlaf, gehen so durch das Rad der Wandlung, und erwachen wieder als die, die wir waren. In einem neuen Körper. Sollten dann nicht all unsere Erinnerungen wieder da sein?"

Sie zuckte die Schultern. Wie sollte sie wissen, wie es war, ganz und gar ein Ninra zu sein und nicht nur gerade so viel von ihrem Blut in sich zu haben, dass es einen zu einem Fremden in der eigenen Welt machte?

„Oder ist das zu viel verlangt?", meinte Skiar. „Bin ich einfach nur vom gleichen Dünkel angefressen wie die Mehrheit meiner Rassegenossen?"

Nuava lachte stimmlos auf. „Wenn das so wäre, dann

würde ich kaum so lange mit dir rumziehen. Ganz egal, aus was für einer Scheiße du mich rausgeholt hast."

„Ich kann mir nicht helfen." Skiar boxte mit der Faust in die Luft. „Ich kann es nicht greifen, aber irgendetwas scheint mir dran zu sein an dem, was dieser Prophet erzählt hat. Dass wir auf irgendeine ominöse Art betrogen werden. Oder ist das nur Paranoia einer Rasse, die sich für allen anderen überlegen hält?"

Skiar verlangsamte seinen Schritt, wandte sich ihr zu und schaute ihr direkt ins Gesicht. „Du hast mir von deiner Welt erzählt. Ihr versteht dort angeblich so viel vom Stoff eurer Körper. Von Muskeln und Knochen. So dass ihr eine ganze Wissenschaft daraus gemacht habt. Wie sich die Materie verhält, die eigentlich tot sein müsste und in der wir uns doch lebendig fühlen. Du hast mir so viel davon erzählt. Was denkst du? Wie fließt das, was meine Seele ist, von diesem Teil in meiner Brust, diesem Seelenstein, zu meinem Gehirn, zu dem, was ihr für unser Denken und für das, was ihr seid, verantwortlich haltet?"

„Na, da fragst du die Richtige. Das, was ihr hier so von euch gebt, hat manchmal weniger mit unseren Naturwissenschaften sondern eher mit dem zu tun, was man in meiner Welt Esoterik nennt. Da reden die Leute auch von Chakren und so einem Zeug. Ich habe mal was aus der Richtung von einem Kräftestrom gehört, der die Wirbelsäule langfließen soll. Kundalini oder so, nennt man das. Vielleicht gibt es so was auch bei euch. Und vielleicht kommuniziert über irgendsoeinen geistigen Datenfluss euer Gehirn mit eurem Seelenstein."

Sie stutzte, wandte sich im Gehen von Skiar ab, sah ringsum und blieb dann stehen. „Sag mal, wohin gehen wir eigentlich?" Erst jetzt war ihr aufgefallen, dass Skiar anscheinend zielsicher in eine ganz bestimmte Richtung unterwegs war, statt einfach nur vor sich hinzuschlendern und wahllos Abzweigungen zu nehmen. Sie waren schon ein ganzes Stück über die Höhe des Platzes hinaus, auf dem vorher der Prophet gesprochen und wo die Handgreiflichkeiten stattgefunden hatten, und in den Randgebieten der Scatters angelangt.

Skiar wandte sich ihr zu und legte ihr die Hand auf die Schulter. „Ich glaube, ich muss heute Nacht noch etwas herausfinden. Geh du zurück zum Quartier." Er zögerte einen Moment. „Statt weiter herumzureden, schnapp dir Suacarn oder Venark und schaut euch mal unauffällig diese Zitadelle an. Es sieht ja so aus, als müssten wir da rein."

Das erwischte sie unerwartet. „Was ist los? Hat es etwas mit unserem Job zu tun?"

„Vielleicht", meinte er und zog die Brauen hoch. „Ich werde dir morgen früh mehr darüber sagen. Bis zum Morgengrauen bin ich wieder zurück."

„Das will ich hoffen. Wir haben hier einen Auftrag zu erledigen."

„Ach was, Nuava. Du würdest das genauso gut ohne mich schaffen." Er zwinkerte ihr zu. „Aber keine Angst, ich bin rechtzeitig wieder da."

Ohne ein weiteres Wort zu verlieren, wandte er sich von ihr ab und wanderte weiter die Straße entlang, hob nach ein paar Metern noch kurz die Hand zum Gruß.

Nuava sah ihm eine Weile nach. Überlegte, ob sie ihm folgen sollte, entschied sich dann aber dagegen. Er hatte ausdrücklich gesagt, sie sollte sich die Zitadelle anschauen. Irgendwie war er merkwürdig, seit sie hier auf Isfayr waren. Irgendwas stimmte nicht mit ihm. Allerhöchste Zeit, dass sie wieder in zivilisiertere Gebiete kamen. Mit mehr Licht. Wo man nicht ständig ins Grübeln geriet.

Sie machte sich auf den Rückweg, nahm diesmal jedoch die Richtung zu dem Platz hin, auf dem vorher die Versammlung stattgefunden hatte. Sie konnte ja dort schon mal damit anfangen, die Umgebung näher in Augenschein zu nehmen. Es war immer gut, das umgebende Terrain genauer zu kennen, für etwaige Fluchtwege oder ähnliches.

So wie auch der Rest der Stadt lag der Platz verlassen da. Die Mauern zur Oberstadt, die Treppe, und die Fundamente der Ninraéhäuser ragten schweigend auf. Nur wenige Lichter glommen durch Fenster in dem seltsam gekrümmten, glatten Mauerwerk. Sie schlenderte über die freie Fläche, fand dabei keine Spuren der vorangegangenen Gewalttätigkeiten mehr. Dabei hatte sie den Eindruck gehabt, dass es auf Seiten der unbekannten Ninraéclique einige übel Verletzte gegeben hatte. Die Schritte ihrer Stiefel hallten verloren durch die Nacht. Sie schaute die Flucht der Treppen entlang, verfolgte, wie sie um Gebäudeecken verschwanden und weiter oben wieder auftauchten, als eine Stimme sie herumfahren ließ.

„Ich hatte gehofft, Euch hier wiederzutreffen."

Eine Gestalt trat aus dem Schatten einer vorspringenden Mauerecke heraus. Sie sah die Umrisse von Schulterschutz, erkannte dann, als sie näher kam, dass der Sprecher in einer Uniform steckte. In der gleichen Uniform, die auch die Leibwache des Propheten getragen hatte. Es war der Anführer dieser Truppe, bei dem sie sich zunächst zusammen mit Skiar nicht sicher gewesen war, ob es sich um einen Menschen oder einen Caliban handelte.

Instinktiv wollte sie zu ihrem Schwert greifen, hielt sich aber zurück und ließ sich nichts anmerken. Der Mann ließ schließlich keinerlei feindliche Absichten erkennen.

Er trug keinen Helm und jetzt sah sie deutlich, dass sie tatsächlich mit ihrer zweiten Einschätzung Recht gehabt hatte: Er war ein Caliban, allerdings wirkte er älter als die meisten, die sie bisher getroffen hatte. Vielleicht lag das daran, dass sein Gesicht für einen seiner Art sehr kantig und ausgeprägt wirkte, wie ein zerklüfteter Fels. Stirn und Wangenknochen standen stark hervor, sein Kinn war energisch und Falten kerbten seine Züge, wurden durchkreuzt von allerlei Narben. Sein linkes Ohr stand zerfetzt von der Seite seines Kopfes ab. Dies war niemand, der einfach nur eine schicke Uniform trug und vor allem durch sein Dienstalter zum Hauptmann befördert worden war. Dieser Mann war schon in Kämpfen gewesen.

„Und warum sucht Ihr mich?", gab sie auf seine Bemerkung zurück. Mal sehen, was der Kerl von ihr wollte.

Tatsächlich, der Caliban lachte, wenn es ihm auch bei diesen Zügen etwas herbe geriet. „Wo hätte ich sonst nach Euch suchen können? Ihr seid doch nach diesem Vorfall verschwunden." Er schürzte die Lippen und schnalzte mit der Zunge, ein Geräusch, das sich in seiner Schärfe fast wie eine Drohung anhörte. „Außerdem hat mir jemand gesagt, dass dies der beste Ort wäre, Euch wiederzufinden."

Sie stutzte zwar innerlich, ließ den letzten Satz aber erst mal für sich stehen. „Warum sucht Ihr mich überhaupt?"

Er wandte die abwärts gerichteten Handflächen, fast in der Art eines Dieners, mit am Körper entlang gespreizten Armen ihr zu; hätte nur noch gefehlt, dass er sich leicht dazu verbeugt hätte. Bei seinen wild zernarbten Zügen, die kaum eine freundliche Miene zuließen, mochte man diese Geste leicht für Sarkasmus halten. „Weil es mir von meinem Dienstherrn so aufgetragen wurde. Und weil ich Euch einladen soll."

Sie stutzte. Musterte ihn aus zusammengekniffenen Augen mit schräg gelegtem Kopf. So etwas hätte sie am wenigsten erwartet. „Wie komme ich denn zu *dieser* Ehre?"

„Weil ihr Disridaer Ravanaic aufgefallen seid."

Aufgefallen? Schlecht, ganz schlecht. Sie wollte ja eben eher nicht auffallen. Dass sie eine Massenschlägerei ausgelöst hatte, lag eigentlich nicht auf dieser Linie. „Eurem Dienstherren? Ich denke, dies ist die Burg des Hauses Eskeregon."

„Nein, nicht meinem Dienstherrn seid ihr aufgefallen. Dem … Propheten von Isfayr. So nennt man ihn. Mein

Dienstherr hat ihm in seinem Haus Unterkunft geboten. Disridaer ist dort sein Gast."

„Okay", meinte sie, sah ihn fragend an. „Und?" Er sollte langsam mal zum Kern kommen.

„Ihr stammt nicht aus dieser Welt. Das meinte jedenfalls Disridaer."

„Aha. Und woran will er das erkannt haben?" Wenn er das aus ihrer Aufmachung geschlossen hatte, dann musste er jedenfalls sehr scharfe Augen haben. Unter ihrem Umhang hatte man kaum etwas von ihrer Jeansjacke sehen können, und der Rest bestand aus Kleidung, wie sie ganz normal in dieser Welt getragen wurde.

„Ich weiß es nicht. Er hat es mir nicht gesagt. Aber er hat Recht, oder?"

Sie nickte langsam und bedächtig. „Ich bin nicht in dieser Welt geboren."

„Ihr stammt von der Erde."

„Hat er Euch das auch gesagt?" Ihr entging nicht, dass der Caliban sie unauffällig während ihres Wortwechsels von oben bis unten musterte, und sie stellte sich vor, was er dabei wohl sah.

„Das hat er. Und, wollt Ihr der Einladung nachkommen? Dann könnt ihr mich gleich zur Zitadelle begleiten. Das Nachtmahl steht noch aus und Ihr wäret dazu herzlich willkommen."

Sie schürzte die Lippen, fuhr mit der Zunge die Reihe der Zähne entlang. Nun ja, Skiar hatte ihr aufgetragen, die Zitadelle auszukundschaften. Und aufgefallen war sie ohnehin. Außerdem würde sie dabei sehr nah an diesen Disridaer, den Propheten, herankommen. Wer weiß, was sich dabei für Gelegenheiten ergaben.

„Wie könnte ich so eine Einladung abschlagen. Wann hat man schon einmal Gelegenheit, einen wirklichen Propheten zu treffen?"

Der Caliban schritt an ihr vorbei auf die Treppen zu.

KAPITEL 7

Die Ninraéhäuser der Oberstadt drängten sich eng aneinander. Die Straßen dazwischen erschienen dadurch wie tiefe, dunkle Schluchten. Ihrem Schatten erst einmal entkommen, wand sich der Weg zwischen kahlen Felsen steil empor zur Zitadelle. Fledermäuse umschwirrten Nuava, die dem Hauptmann folgte. Von fern klang der Ruf eines Käuzchens.

Die dichte Wolkenschicht riss zum ersten Mal an diesem Abend auf, und der Mond warf sein bleiches Licht auf den Pfad und jäh emporragende Felsen und Wälle. Der Berg Morregar war von dieser Seite aus ein gänzlich kahler Felsklotz, und Gestein und Burgmauern gingen nahtlos ineinander über.

Je näher sie auf dem Pfad herankamen, um so schroffer und uneinnehmbarer wirkte diese Zitadelle auf sie. Hohe und steile glatte Mauern ohne nennenswerte Spalten und Simse, die irgendwelchen Halt geboten hätten. Im Außenwall konnte sie nicht einmal Schießscharten erkennen. Die Zitadelle erhob sich auf dem Vorsprung wie ein lauerndes, gepanzertes Untier. Wie zur Hölle sollten sie da nur hineingelangen?

Außer man wurde eben als Gast geladen. Vielleicht war das heute Abend die beste Gelegenheit. Die erste, beim Auftritt des Propheten, hatten sie verpasst. Doch wenn sich heute Abend wirklich eine Gelegenheit ergeben sollte, musste sie ja auch noch wieder aus der Zitadelle entkommen. Die hatte offensichtlich keinen Burggraben, in den man im Notfall springen konnte. Nur reichlich Felsen, an denen man zerschellen konnte. Und Mord gefolgt von Selbstmord war nicht gerade das, was sie im Sinn hatte. In diesem Drecksloch am Ende der Welt sterben, war das Allerletzte, was sie wollte.

Der Hauptmann von Eskeregons Hausgarde hielt sich während ihres Weges stumm, musterte sie nur hin und wieder mit einem verstohlenen Blick. Eins war klar: Der würde auch gewiss während des ganzen Abends seinen wachsamen Blick nicht von ihr lassen.

Da war sie also auf dem Weg zu einem Abendmahl mit dem Mann, den sie umbringen sollte. So war das: Sie brachte Leute um. Das gehörte zu ihrem Gewerbe. Sie gehörte zu einer Söldnertruppe. Sie tat es, um zu überleben und für die Truppe, die für sie das einzige war, das so etwas wie einer Familie nahe kam. Machte sie das zu einem schlechten Menschen? Sie hatte nie so von sich gedacht. Sie tat das, was zu tun war und was ihre Natur ihr gebot. So war das. Jedes Tier machte das. Und wie meinte man in ihrer Welt: Tiere sind ja so voller Unschuld. Klar.

Ihr war egal, was man von ihr hielt. Sie rechnete nicht mit einem jüngsten Gericht, und wenn, dann sollte man sie eben verdammen und einen Himmel der voller Langweiler und Opfer war, für sich behalten. Für sie war da ohnehin kein Platz.

Doch manchmal fragte sie sich schon – das war unter diesem trüben Nordlandhimmel immerhin ein paar Mal vorgekommen –, ob nur das Überleben von Tag zu Tag wirklich einen hinreichenden Grund für all das Gestrampel und das Töten lieferte. Sich für etwas einsetzen, das brachte nichts in diesem Beruf. So hatte es Skiar gesagt. Deshalb hatte er auch den Auftrag Asfarods abgelehnt. Und dennoch wünschte sie sich, einen Grund mehr zu haben, um das alles von Tag zu Tag durchzuziehen.

Egal. Erst mal diesen Auftrag erledigen und dann fort von hier. Dann würde man sehen. Auf lange Sicht.

Vor ihnen gähnte ein Abgrund. Der Weg aber führte geradewegs zu einem Vorsprung, der ihr nicht auf natürliche Art entstanden schien. Wie ein Bogen wölbte er sich in die Leere und endete abrupt. Der Felsen war zu Formen ausgebildet, die wie Wurzelwerk wirkten, die den Steinbogen in seiner Form über dem tief klaffenden, scheinbar bodenlosen Abgrund hielten. Er zielte geradewegs auf einen Vorsprung in dem ansonsten lückenlosen massiven Bollwerk, dem offenbar einzigen Tor zur Feste.

Sie trat mit dem Hauptmann beinahe bis zur Kante, sah, wie feines Steinwerk vom Rand bröckelte und in die dunkle Tiefe segelte.

Kein Graben mit Wasser. Nur harter Fels und ein steiler Sturz, wie sie schon vermutet hatte.

Von der anderen Seite wurde jetzt eine Zugbrücke herabgelassen, die den Abgrund passgenau überbrückte.

Eine Zugbrücke – das war ziemlich mittelalterlich für diese Welt. Aber das war ja auf der Erde nicht anders; auch dort gab es trotz all der Technologie und dem modernen Leben immer noch reichlich Gebiete, in denen es recht mittelalterlich zuging.

Nun dann mal los. Die Zugbrücke senkte sich. Ihr schauderte beim Blick in die Tiefe. Das war eine ganz schöne Entfernung. Der Torweg am Ende der Zugbrücke dahinter gähnte jetzt wie ein Rachen. Lediglich zwei trübe Leuchtorben glühten darin. In ihrem Licht zeichneten sich undeutlich Bewegungen von Wachen ab.

Auf zum Mahl mit dem Propheten von Isfayr.

KAPITEL 8

D ie Zitadelle Kaer Varnacht war gewaltig für einen einzigen Menschen, der lediglich mit Personal, einer Hausgarde und einem Gast hier lebte. Es war offensichtlich, dass sie ursprünglich für ein ganzes Ninraéhaus mit einer Vielzahl von Angehörigen gebaut worden war.

Nuava suchte, seit sie die Zitadelle über die Zugbrücke betreten hatte, wachsam die Umgebung ab. Schon im Torweg, unmittelbar nach Überschreiten der Brücke, war sie nach ihren Waffen gefragt worden. Also schnallte sie ihr Langschwert ab, händigte es dem Wachsoldaten zusammen mit dem Kurzschwert und ihrem Dolch aus. In dem an den Torweg anschließenden Hof fiel ihr sofort die starke Präsenz von Wachen auf. Die waren praktisch überall. Ein ganzer Trupp von Soldaten nahm gerade Aufstellung im Burghof und führte eine offizielle Wachübergabe durch. Für einen einzelnen Mann, der zurückgezogen am Ende der Welt lebte, umgab sich Eskeregon mit einer Menge von Soldaten. Schlecht für ihr Vorhaben.

Ihr Blick glitt die Mauern der den Hof umgebenden Gebäude entlang. Die waren glatt wie die Außenmauern und es gab in ihnen keinerlei Fenster, die man leicht erreichen konnte. Wie zur Hölle sollte sie bloß ungesehen hier hinein gelangen?

Eine Eskorte von zehn Soldaten schloss wie selbstverständlich zu ihnen auf und folgte ihnen, als der Hauptmann sie durch ein doppelflügeliges Tor in den Hauptturm führte. Alle waren sie mit Lang- und Kurzschwert bewaffnet, einige trugen Armbrüste. Entsprechend dem Äußeren der Anlage wirkten auch die Gänge und Hallen, durch die Nuava geführt wurde, verlassen und kahl. Sie entsprachen dem, was Nuava von ninraidischer Architektur kannte, nur hatten die Innenräume, genauso wie auch schon das Äußere der Zitadelle, ein archaischeres Gepräge, als ginge ihr Stil auf eine ältere Epoche zurück. Die Echos ihrer Schritte hallten durch Gänge und Gewölbe, Treppen wanden sich um Biegungen und verschwanden im Dunkel. Wandstrukturen wurden durch Nähte unterbrochen, die glatten von rauem Stein trennten, und zusammen mit den typischen ninraidischen Friesen Muster bildeten, deren Formen sich auch schon einmal gerne mit dem Blickwinkel veränderten.

An jeder Ecke standen penetrant Wachen, aber von anderen normalen Bewohnern war tatsächlich nichts zu entdecken. Sie blickte an den Reihen ihrer eigenen Eskorte entlang, die sich genauso wie der vorausgehende Hauptmann stumm hielten, nahm mit ihnen Treppenflucht um Treppenflucht, einige eng und sich windend, und kam sich mit jedem Schritt vor, als tappe sie tiefer in eine weitläufige und verzwickte Falle.

Schließlich hielten sie vor einer schweren eichenen Tür. Nachdem der Hauptmann zunächst in ein Zimmer vorausgegangen war, wurde auch sie hineingebeten. Zwei Männer erwarteten sie zusammen mit dem Hauptmann dort drinnen. In der Mitte stand ein massiver Tisch, der bereits für das Mahl gedeckt worden war. Sie trat auf die beiden Männer zu, bemerkte aus den Augenwinkeln, wie auch die Soldaten ihrer Eskorte sich durch die Tür in den Raum drängten und entlang der Wand Stellung bezogen.

Der eine der Männer, ein alter Ninra mit über die Schultern fallendem, glatt gekämmtem Haar, trat ihr entgegen. Ihr fiel auf, dass er die klassischen lang fallenden Gewänder der Ninraé trug, in dunkelgrauen Tönen gehalten. Er hatte eine hohe Stirn und vorgewölbte Brauen, aus deren Schatten lebhafte Augen sie anschauten, die ganz im Gegensatz zum Rest der Züge standen, in die sich ein leicht mürrischer Ausdruck eingeprägt hatte. „Ich freue mich, Euch begrüßen zu dürfen. Wir haben selten Gäste hier. Dann hat Hauptmann Garvat Euch also gefunden." Er wandte sich zu dem zweiten Mann um, bei dem es sich um den Propheten handelte. „Ihr habt also Recht damit gehabt, Disridaer, wo sie zu finden sei."

Jetzt, von Nahem war die Jugend in den Zügen und der Gestalt des Propheten noch frappierender. Etwas Unschuldiges, von der Härte der Welt Unberührtes lag darin.

Der ältere Ninra wandte seinen Blick wieder Nuava zu. „Disridaer Ravanaic seid Ihr bereits begegnet. Das Volk nennt ihn den Propheten von Isfayr …"

„Ich denke, sie hat schon davon gehört", unterbrach ihn der Prophet mit bescheidener Geste. „Disridaer", sagte er in ihre Richtung, „wird als Name für den heutigen Abend reichen. Meine Familie halten wir aus all dem heraus. Sie bedenkt meine Person und das, was ich tue, ohnehin nicht mit gunstvollem Blick." Mit einer gewissen Irritation musterte Nuava erneut die Züge des Bezeichneten. Propheten sollten gefälligst alt und weise sein. Das, was sie da fand, stand ganz im Gegensatz zu dem, was dieser Ninra zu sagen hatte. Und zu dem, worauf sie sich innerlich vorbereitet hatte, als sie den Auftrag bekamen. Dieser jugendliche Prophet wirkte von Gestalt und Gesichtszügen her schlank und feingeistig. Er trug eine ähnliche Kutte wie auch schon bei seiner Rede, doch war diese leichter, eher etwas für Innenräume als für die harsche Witterung des Nordens. Sein Blick war gerade und offen; er fand und hielt den ihren freundlich und sicher. An ihrem Äußeren oder ihrer Abkunft schien er keinerlei Anstoß zu nehmen.

Dieser Mann war gar nicht das, was sie erwartet hatte. Dazu noch musste sie feststellen, dass sie diesen Propheten auf den ersten Blick durchaus sympathisch fand. *Keine Verbrüderung mit dem Zielobjekt*, mahnte sie sich innerlich.

Sie neigte höflich den Kopf, kam sich dabei ein wenig vor wie eine Käufliche auf einer Kommunionsfeier. „Wie komme ich zu der Ehre dieser Einladung? Dass dieser Kerl auf dem Platz ausgerechnet mich gewählt hat, um zu zeigen, was für ein arroganter Bastard er ist und dafür die verdiente Prügel bezogen hat, dürfte kaum ein ausreichender Grund gewesen sein."

Disridaer, der Prophet, lächelte und trat an die Seite des Ninraéfürsten Eskeregon. „Nein. Dadurch ist nur etwas offen ausgebrochen, was schon lange geschwelt hat. Es besteht schon lange ein … na, nennen wir es Gegensatz zwischen den Häusern Eskeregon und Iscaron. Nein, Ihr habt tatsächlich Recht. Der eigentliche Grund ist, dass ich an Euch Zeichen erkannt habe, dass Ihr nicht aus dieser Welt sondern aus einer anderen stammt und auch dort geboren wurdet. Von der Erde, habe ich Recht?"

Sie blieb ihm die Antwort schuldig. Der Prophet ließ sich davon und von dem argwöhnischen Zug in ihrer Miene nicht beirren und fuhr mit einem jugendlichen, milden Lächeln auf den Lippen fort, „Ihr werdet Euch fragen, woher ich das weiß. Nun, man nennt mich nicht zu Unrecht einen Propheten, wobei ich das, was mir da als Gabe zuteil-wird, selber nicht gänzlich verstehe. Ich weiß nur, vieles daran ist etwas Altes, was vor langer Zeit viele Ninra beherrschten. Ich habe die Gabe Zeichen in den Äthern zu sehen, Verknüpfungspunkte, Bilder und Hinweise, die daran gebunden sind, die sich manchmal erschließen und manchmal nicht. Und an Euch habe ich nicht nur das Zeichen der Adamstöchter sondern auch das Mal der Welt von Stein, Feuer und Eisen erkannt."

Nuava nickte. „Ja, ich stamme von der Erde. Aber warum führt das zu dieser Einladung?"

„Weil mich eine Welt außerhalb der unseren interessiert. Weil mich der Blick eines in einer anderen Welt Geborenen auf die unsere umso mehr interessiert."

„Disridaer", schaltete sich jetzt der Herr der Zitadelle erneut ein, „lass uns darüber bei Tisch reden. Unser Gast hat wahrscheinlich Hunger." Da hatte er Recht. Seit einem kleinen Imbiss in der „Galgeneiche" hatte sie heute noch nichts Vernünftiges gegessen. „Ihr entschuldigt, dass wir unser Abendmahl nicht im großen Speisesaal abhalten, sondern hier in diesem etwas kleineren Turmzimmer. Hier kommen wir beide meist zusammen, nehmen auch unser Mahl ein und lieben es, dabei lange Gespräche zu führen. Nicht wahr Disridaer? Aber ich habe mich noch gar nicht vorgestellt. Ich bin Valtranir Eskeregon, der letzte hier im Norden verbliebene Angehörige des Hauses Eskeregon. Nur ich bin noch auf Isfayr übrig und halte diese Burg."

„Mein Name ist Nuava", stellte sie sich schlicht vor, und die beiden schienen sich damit zufriedenzugeben. Sie setzten sich an den Tisch, während Nuavas Augen die Reihen der Wachen entlangfuhren, die stumm und regungslos entlang der Wände standen. Ihr Hauptmann, der alte Caliban mit den zerfurchten, zernarbten Zügen und dem zerfetzten Ohr, Garvat, wie Eskeregon ihn genannt hatte, setzte sich wie selbstverständlich zu ihnen. Eskeregon bemerkte ihren Blick.

„Hauptmann Garvat ist für mich mehr als nur der Hauptmann meiner Hausgarde", wandte er sich erklärend an sie. „Er hat mir, auch schon bevor ich Disridaer in meinem Hause aufgenommen habe, in meiner Zurückgezogenheit Gesellschaft geleistet.

Das Gespräch ging lebhaft hin und her zwischen dem Propheten Disridaer und dem Herrn des Hauses Eskeregon. Die hatten sich ja einiges zu erzählen. Die erste Verblüffung über Disridaers jugendliche Erscheinung hatte sich gelegt. Sie sah die beiden, die Art, wie sie miteinander umgingen, und die hatte, entgegen dem, was man aufgrund des offensichtlich engen Verhältnisses und des Altersunterschieds in ihrer Erscheinung erwarten durfte, so gar nichts von Vater und Sohn. Oder von Schüler und Lehrer. Jedenfalls, wenn es um die den Alterszeichen nach zu erwartende Rollenverteilung ging. Manchmal schien es sogar, als sei der dem Aussehen nach ältere Ninra in der Schülerrolle.

Nuava hatte, wenn sie angesprochen wurde, versucht, so wenig wie möglich von sich preiszugeben, und sowohl Disridaer als auch Eskeregon hatten höflich davon abgesehen, weiter nachzubohren.

Es kam die Rede auf den Auftritt Disridaers heute auf dem Platz und was er der Menge dort gesagt hatte. Nuava sah ihre Gelegenheit gekommen und schaltete sich ein.

„Ich fand Eure Rede heute sehr interessant und bin froh, dass ich zufällig dazugestoßen bin. Abgesehen von diesen Krawallmachern hatte ich auch den Eindruck, dass das Volk das, was ihr zu sagen habt, begierig aufgenommen hat. Wann habt Ihr vor, wieder öffentlich zu reden?"

Eskeregon und der Prophet Disridaer blickten zuerst sie an, sahen dann einander an. „Vorerst wird das wohl nicht der Fall sein", erwiderte dann Eskeregon. „Nicht nach diesen Vorfällen."

„Aber das dürfte diese Kerle doch nur in ihrer Arroganz bestätigen", wandte Nuava ein. „Sie werden denken, sie hätten Euch eingeschüchtert und sich gehörig in die Brust schmeißen. Das gibt ihnen doch erst recht Oberwasser. Ich an Eurer Stelle, ich würde gleich morgen wieder ..."

„Die Sicherheit Disridaers geht vor", schnitt ihr Eskeregon ins Wort. „So bald wird Disridaer sich nicht mehr in der Öffentlichkeit zeigen."

Mist.

„Obwohl es mir zutiefst widerstrebt, mich dem zu beugen", wandte der Prophet ein. „Doch mein Auftrag ist ein größerer, und Isfayr ist schließlich nur ein einziger, unbedeutender Ort dieser Welt."

Verdammt.

Eskeregon und Disridaer wandten sich wieder einander zu und nahmen ihr angeregtes Gespräch erneut auf. Guter Versuch, leider fehlgeschlagen. Doch danach durfte sie jetzt auf keinen Fall weiter in diese Richtung bohren oder Fragen stellen, die sich anhörten, als wollte sie die beiden ausfragen. Sie würde sonst schnell Argwohn erregen und ihren Auftrag gefährden. Sie hatte sich schon weit genug aus dem Fenster gelehnt.

Stattdessen nahm sie immer wieder unauffällig die Umgebung in Augenschein. Und immer wieder, gewann sie dabei den Eindruck, dass Hauptmann Garvat dies nicht entging. Niemals vergaß er, auch während des Essens nicht, ihr regelmäßig wachsame Blicke zuzuwerfen. Argwöhnischer Veteranenbastard.

Der Raum hatte etwas von einem Studierzimmer und war neben von Büchern überquellenden Regalen gefüllt mit allerlei Gegenständen und Artefakten, deren Sinn Nuava zum größten Teil verborgen blieb. Es gab einen verschachtelten Durchgang zu einem Nebenraum, doch der lag in den Schatten und war für sie nicht einsehbar.

„Darum haben wir Euch zu unserem Mahl hinzugebeten." Mitten in ihren Gedanken merkte sie plötzlich, dass Disridaer sie angesprochen hatte, riss sich zusammen, blickte ihn direkt an. Was hatte der Kerl gesagt?

Disridaer jugendliches Gesicht war ihr ernst und dennoch freundlich zugewandt. „Ihr wart bei meinem Vortrag dabei und fandet ihn interessant. Ihr habt gehört, was ich über diese Welt zu sagen hatte. Nun", er deutete aufmunternd auf sie, „als jemand, der nicht aus ihr stammt – wirkt das, was ich darüber behauptet habe, genauso schockierend auf Euch wie auf meine Rassegenossen?"

Wahrscheinlich bot sie Disridaer für einen Moment nichts als einen blanken Blick dar. Sie musste sich zuerst einmal sammeln. „Ihr redetet davon, dass diese Welt künstlich geschaffen wurde?" Disridaer nickte ihr aufmunternd zu. „Na ja." Sie stocherte mit der Gabel in ihrem Teller herum. „So was hört sich auch auf der Erde ganz schön abgedreht an. Welten künstlich schaffen?" Sie schnaubte. „Die ahnen ja noch nicht einmal, dass es überhaupt andere Welten gibt. Für die meisten ist der Weltraum voller toter Himmelskörper. Ein paar zumindest gestehen die Möglichkeit ein, dass sie nicht die einzigen sein können, dass es da draußen irgendwo noch anderes Leben auf irgendeinem Planeten geben muss." Ihr Blick ging ins Leere, und ihre Gedanken holperten ihr davon. Sie sah Bilder ihrer Kindheit vor sich aufglimmen, sah sich oben auf dem Dach, auf das sie über die Feuerleiter hochgeklettert war, sah den Sternenhimmel über sich, dachte daran, wie sie sich selber mit dem Blick hinauf zu diesem geheimnisvollen Gefunkel selber die Frage stellte, was es da oben wohl gäbe. Ob es irgendwo da oben vielleicht eine Antwort darauf gäbe, warum sie sich so leer fühlte, als ob ihr irgendetwas an Substanz fehlte, das andere offenbar besaßen. „Aber irgendwie", sprach sie weiter, und die Worte schienen hervorzurollen, ohne dass sie sich groß daran stieß, mit wem sie hier sprach, „irgendwie frage ich mich, ob diese Welt überhaupt ‚da draußen' ist. Ob wir jetzt wirklich irgendwo dort oben in dem Himmel sind, auf einem dieser Punkte, die wir von der Erde aus sehen. Ob diese Welt tatsächlich das ist, was die Adamssöhne und -töchter Planeten nennen?" Sie fasste den jungen Propheten wieder in den Fokus ihres Blickes. „Ich glaube nicht", sagte sie, starrte vor sich hin, sagte dann nach einer Weile. „Ich weiß nicht, was diese Welt ist, aber die Idee, dass sie bewusst geschaffen wurde, das hört sich für mich auch nicht verrückter an als jede andere Möglichkeit."

Ihr Blick wandte sich von Disridaer ab, glitt über Eskeregon, über den Hauptmann seiner Garde, fuhr die Reihen der Wachen ab, unter denen auch zwei Ninraégesichter waren. „Das Interessante ist aber, warum sich keiner der Ninraé, anscheinend außer Euch", sie wies auf Disridaer und Eskeregon, „für diese Frage interessiert. Sie werden erst aufmerksam, wenn irgendjemand etwas äußert, was ihnen wie Ketzerei vorkommt. Warum stellt sich vorher keiner der Ninraé die Frage, was eigentlich diese Welt ist?"

„Weil sie degeneriert sind." Der Einwurf Eskeregons traf Nuava nicht allein wegen seiner Plötzlichkeit beinahe wie ein milder Schock. Dieses Wort, das er da benutzte, es passte nicht zu einem Ninraé. Es passte nicht, dass einer es auf die eigene Rasse anwandte. Eskeregon hatte seinen Stuhl zurückgeschoben und seine Gabel mit einer Geste des Unwillens neben seinen Teller gelegt. „Die Ninraé sind alt. Sie sind mürbe. Sie sind ausgehöhlt." Er legte den Kopf ein wenig in den Nacken, blickte in die leere Luft. „Auch ich bin alt." Er schien sich schnell wieder zu fassen, sein Blick fokussierte sich, sein Zeigefinger richtete sich auf Nuava. „Aber ich bin mir zumindest darüber im Klaren. Ich bin dieser Welt müde, ich bin dieses eitlen Getriebes müde. Darum lebe ich hier am Ende der Welt, während alle anderen meines Hauses von hier fortgegangen sind. Und es ist mir auch kein Trost auf das Rad der Wandlung zu warten. Dass ich diesen Körper verlasse und erfrischt in einem neuen Leib mich verkörpere, das ist eine Illusion." Mit einer plötzlichen Kopfdrehung sah er den Propheten an. „Bis auf Ausnahmen", wandte er mit einer Geste zu Disridaer ein, „deren Seelenstein nicht nur mit präsenten Erinnerungen an ihre Verkörperungen sondern auch mit Visionen, die über den Erfahrungsbereich unserer Rasse hinaus gehen, in einen neuen, jungen Körper fahren." Er seufzte, schloss für einen Moment die Augen. „Auch ich erinnere mich. Ich erinnere mich an mehr meiner vorangegangenen Verkörperungen als wahrscheinlich die meisten anderen Ninraé. Ich schaue meine Erinnerungen an, und ich sehe die Wahrheit in dem, was Ihr sagt." Er wandte sich Disridaer zu. „Dass wir mit jeder Verkörperung etwas verlieren, dass wir weniger werden. Dünn und fadenscheinig, blasse Schatten von dem, was wir einmal waren. Ich meine damit nicht die Fähigkeiten, die wir einmal besessen haben, sondern unsere Seele selbst." Er schnaufte, schloss erneut die Augen dabei und schüttelte den Kopf. „Ich bin müde. Ich bin müde, die Weltläufe anzuschauen und mich zu fragen, was nur aus uns geworden ist und wie das geschehen konnte. Ich möchte all dem nur noch entkommen, dieser Mühle der Wandlung, diesen Leben, die auf Leben folgen, diesem Immergleichen, diesem elenden Wiederkäuen und dabei immer mehr sich selbst verlieren. Ich schaue in den Spiegel meiner Erinnerungen, und ich sehe, was ich einmal war. Und das, was ich jetzt bin, das ist nichts als ein trüber Schatten davon."

Eskeregon gab sich einen Ruck, in seine Miene kehrte wieder ein energischer Zug zurück, als er erst sie ansah, dann mit seinem Blick auf Disridaer wies. „Deshalb habe ich ihn bei mir aufgenommen. Weil ich weiß, dass er die Wahrheit sagt. Wir müssen dem allem entkommen. Wir müssen aus dem Rad der Wandlung heraustreten, wenn wir Ninraé uns retten wollen."

„Ich denke", warf Disridaer auf diese Worte hin lächelnd ein, „dass es uns nicht aus Zufall zueinander gezogen hat. Was Ihr ahnt", er nickte Eskeregon zu, „ich weiß es. Mir wurde es offenbart. Und diese Wahrheit darf nicht hier in Isfayr bleiben. Die ganze Welt muss davon erfahren."

„Deshalb", pflichtete Eskeregon ihm bei, legte dabei

seine Hand auf die Disridaers, und zum ersten Mal erschienen sie Nuava wie Vater und Sohn, „wirst du aufbrechen, wie wir es geplant haben. Du wirst die Länder des Festlands bereisen, und du wirst überall die Wahrheit verkünden. Ich gebe dir zu deinem Schutz meine Armee mit. Dafür habe ich sie aufgebaut. Dafür habe ich meine Hausgarde aufgestockt. Sie wird dich begleiten und dich schützen. Ich selber brauche nicht viel. Ich bleibe hier mit einem kleinen Bedienstetenstamm zurück. Aber du wirst Isfayr verlassen und allen die Wahrheit verkünden."

Oh Gott, dachte Nuava, während sie die beiden beobachtete. Sie sehen nicht, wie sehr das alles zum Scheitern verurteilt ist? Wie verrückt das ist? Selbst dann, wenn die Karriere des Propheten nicht morgen schon dadurch beendet würde, dass sie ihren Auftrag erfüllten und Urnam seinen Kopf brachten.

„Werden sie die Wahrheit hören wollen?", hörte sie Disridaer zweifelnd fragen. Genau, da hatte er den wunden Punkt angesprochen. Egal, was man auch von den Theorien der beiden halten mochte.

Eskeregon wandte bitter den Blick ab. „Die Ninraé sind verderbt. Daher auch dieser Frevel, den du in den Äthern gesehen hast."

„Obwohl der eigentliche Verursacher", wandte Disridaer ein, „nach den Zeichen in den Wisperschichten, keiner der Ninraé ist. Aber ich sehe auch, dass ein Ninraé die Hand über all das hält und es fördert. Damit trifft ihn nicht minder die Schuld."

„Wie kommt es, dass Ihr all das seht, aber nicht wisst, wer genau diese Leute sind, die das tun?", fühlte sich Nuava bemüßigt zu fragen, und sei es auch nur, um nicht weiter über das Schicksal dieses Propheten nachzudenken.

Disridaer zuckte knapp lächelnd mit dem Kopf. „Es ist schwierig, das jemandem zu erklären." Er kniff die fein geschwungenen Lippen zusammen und schloss die Augen mit den langen, dichten Wimpern, als suche er nach Worten. „Ich kann in die Wisperschichten blicken und in andere Räume, die ich nicht wirklich benennen kann. Dabei offenbaren sich mir Zeichen … Bilder, Gefühle. Es ist tatsächlich sehr schwer das einem Außenstehenden zu beschreiben. Manchmal offenbart sich das alles vollständig und ungerufen. Manchmal nur in Fragmenten. Dann forsche ich in den Schleiern, vermag aber nichts zu finden." Er gestikulierte mit seinen feingliedrigen Händen, um seine Worte zu unterstreichen. „Es braucht manchmal einen Auslöser, einen Schlüsselpunkt, von dem aus man die Tür zu einer Vision dann vollständig öffnen kann. So ist es auch mit diesem Frevel der die Äther vergiftet. Ich kann sein Ausmaß spüren, aber keine Einzelheiten und auch nicht die Identität der dafür Verantwortlichen." Er atmete tief mit zusammengekniffenen Augen, schüttelte dabei den Kopf. „Es ist zum Verzweifeln. Manchmal denke ich, ich müsste es doch jetzt mit Händen greifen können. Ich spüre ihn wie eine Wunde, den Punkt, der die Vision endgültig öffnen kann, aber der Schlüssel dazu zeigt sich mir einfach nicht."

Die beiden redeten weiter, schienen Nuava dabei ganz vergessen zu haben. Die beobachtete sie, fühlte sich dabei plötzlich selber beobachtet und ihr Blick traf sich mit dem von Hauptmann Garvat, der ihn mit finsterer Miene hielt. Argwöhnte er etwas? Sie wandte sich von ihm ab und wieder dem Zwiegespräch von Disridaer und Eskeregon zu, ohne aber wirklich ihren Worten zu folgen. Sie musterte die Züge des Propheten und wie das Licht der Leuchtorben und die Schatten, die sie warfen, die Formen seiner Züge noch feiner durchgestalteten.

Sie musste sich eingestehen, dass sie auf irgendeine Weise von diesem Jungen fasziniert war, der mit mehr als der Weisheit der Jahre sprach, die sich auf seinen Zügen zeigten. Einen Ninraé wie ihn hatte sie noch nie getroffen. Ja, er hatte etwas. Das, was er sagte, war ehrlich. Sie glaubte tatsächlich, dass er so etwas wie eine Gabe hatte. Dass er in den Wisperschichten las, was immer das heißen mochte. Da kam irgendetwas aus einem Raum, von einem Ort, von irgendwoher zu ihm, wovon sie sich keinen Begriff machte. Ihre Zeit in dieser Welt hatte sie gelehrt, dass es mehr gab als das, was sie sehen oder begreifen konnte. Sie glaubte, dass dieser Disridaer etwas berührte. Etwas Wertvolles, etwas Wahres.

Und sie wusste dennoch, sie würde ihren Auftrag ausführen und ihn töten.

Er war die Zielperson.

Meet the buddha, kill the buddha.

Sie sah Disridaer, sie sah den Mann mit dem jugendlichen Antlitz, den sie den Propheten von Isfayr nannten, an, musterte seine Züge, sah den Blick in seinen Augen, und Nuava dachte: Dieser Mann, dieses Jüngelchen, es trägt schon das Mal des Märtyrers. Für diesen Mann ist dieser Weg und kein anderer bestimmt. Er muss fallen. Egal, ob wir es tun oder ob er tatsächlich auf das Festland gelangen würde, um dort seine Botschaft zu verbreiten. Er ist das mit dem Mal bezeichnete Opfer, das man zur Schlachtbank führt. In der Reinheit und der Klarheit, mit der er die Wahrheit berührt hat, hat er auch schon das Gift aufgenommen. Es ist zu rein und zu viel für ein Wesen. Solche Menschen können nicht lange leben. Das Universum lässt sie nicht. Es lässt nicht zu, dass zu viel Wahrheit in einem Menschen frei wird und er so unter anderen Menschen wandelt.

Ihre Gedanken wurden jäh durch ein Klopfen an der Tür unterbrochen.

Eine Wache trat ein, kam zum Tisch herüber, stellte sich hinter Eskeregon, beugte sich vor und flüsterte etwas in sein Ohr.

„Was, er selber?" Eskeregon hob erstaunt den Kopf und wandte sich zu Disridaer. „Ciauras Iscaron. Er ist in der

Zitadelle und möchte vorgelassen werden." Disridaers Augenbrauen hoben sich ebenfalls in Erstaunen.

„Lasst ihn herein", sagte Eskeregon zu dem Diener. „Er hat Einlass erbeten. Wenn er seine Waffen abgelegt hat, weiß ich keinen Grund, warum ich ihm eine Audienz versagen sollte."

KAPITEL 9

Ciauras Iscaron bedachte den Soldaten, dem er seine Waffen aushändigte, mit einem wütend finsteren Blick.

Wahrscheinlich war es besser so, dass er ohne Waffen vor Eskeregon – und vielleicht auch vor diesen verfluchten Propheten – trat. Sonst würde er sich vielleicht noch dazu hinreißen lassen, selber das zu tun, womit er doch wohlweislich andere beauftragt hatte. Andere würden diese Tat ausführen, Fremde, damit kein Schatten eines Verdachts auf ihn selber fiel.

Ciauras musste diesen grimmigen Blick nicht vorsätzlich aufsetzen – er war wirklich wütend. Er bebte geradezu vor Zorn, und der ließ ihn nur schwer das Tempo der Eskorte ertragen, die ihn daraufhin durch die Gänge der Feste Kaer Varnacht führte, um ihn zu Eskeregon zu geleiten. Doch er kämpfte nicht gegen die in seinem Innern aufsteigende Wut an. Er ließ sie zu und schürte sie.

Das, was Eskeregons Garde seinen Verwandten und anderen Mitgliedern seines Hauses angetan hatte, konnte einfach nicht ignoriert werden. Da war es auch ganz egal, wie er zu diesen stand, dass er ihre satt zufriedene Art nur schwer ertrug. Sie hatten sich hier auf Isfayr ganz ausgezeichnet und wohlig eingerichtet und waren damit zufrieden, zu einem der wichtigsten Häuser am Rande der Welt zu gehören. Solch eine Genügsamkeit! Solch ein gepflegtes und selbstgefälliges Phlegma!

Bei den Verheerern, er wollte etwas verändern in der Welt! Er wollte gestalten, tätig sein, nicht einfach nur zur Herde gehören. Deshalb hatte er sofort die Gelegenheit ergriffen und dem Neaphraniten Zuflucht geboten. Weil er die Chance erkannt hatte, die ihm in Gestalt dieses abtrünnigen Genienmagiers in den Schoß fiel. Darum hatte er ihn in einem abgeschlossenen Teil der Festung untergebracht, damit er dort seinen Forschungen und seiner ganz besonderen Unternehmung nachgehen konnte, über die alle anderen seines Hauses nur die Nase gerümpft hätten. Und deshalb hatte er auch den Mord an demjenigen in Auftrag gegeben, der drohte, seine Vorhaben mit dem Neaphraniten vor aller Welt zu enthüllen und an den Pranger zu stellen. Der Prophet von Isfayr musste sterben. Sein eigener Name musste aus all dem herausbleiben, aber die heutigen Ereignisse erforderten energischen Widerspruch.

Unwirsch fuhr er sich mit der Hand über seinen rasierten Schädel, spürte die sprießende Stoppelschur unter seinen Fingerspitzen. Wie immer er auch über seine Familienmitglieder und den Anhang denken mochte, der Vorfall auf dem Platz blieb ein unerträglicher Affront gegenüber dem Hause Iscaron. Es war nicht zu dulden, dass man seinem Bruder so einfach die Nase brach und dass man weitere Angehörige seines Hauses derart verletzte. Und die Wut darüber kam ihm recht.

Er spürte sie in sich, während er eskortiert von den Wachen die sich windenden Treppenfluchten hinaufstieg, und spürte keine Veranlassung sie zurückzudrängen. Sollte sie doch für ihn arbeiten. Vielleicht konnte er so Eskeregon und den Propheten ja zu unüberlegten Handlungen veranlas-

sen, die den von ihm Gedungenen ihre Aufgabe erleichter-
ten. Im Ameisenhaufen herumstochern und sehen, was
geschieht. Konnte sie vielleicht aus dieser schwer befes-
tigten Zitadelle herauslocken.

Ciauras und seine Eskorte erreichten schließlich ihr Ziel,
und deren Anführer verschwand kurz hinter der Tür, kam
dann wieder hervor und bedeutete ihm einzutreten. Er
stürmte hinein, von seinem Zorn getragen und spürte, wie
sein weinroter Umhang sich hinter ihm bauschte.

Da saßen noch andere an der Tafel und beiläufig nahm
er die jugendliche Erscheinung des Propheten wahr. Doch er
machte Eskeregon aus, der aufgestanden war, und stürzte,
ohne weiter auf den Rest der Gesellschaft zu achten, auf
ihn zu.

„Was soll das?", fuhr er ihn an. „Herrscht Krieg
zwischen unseren Häusern, dass Eure Garde so auf
Mitglieder meines Hauses losgeht?" Eskeregons Miene
blieb erstaunlich gelassen. „Denn wenn dem so ist, muss ich
es wissen. Einen Krieg könnt Ihr haben. Mein Haus gegen
Euer Haus? Ist es das? Legt Ihr es auf ein Kräftemessen an?
Ich sage Euch, Ihr würdet euch nur eine blutige Nase dabei
holen und das Haus Eskeregon wäre auch mit seinem letzten
Mitglied aus dem Norden vertrieben!"

Er hielt den Blick auf Eskeregon gerichtet, sah aber aus
den Augenwinkeln, dass einer derer, die noch am Tisch
saßen, sich auffällig rührte.

Eskeregon sah ihm weiter ins Gesicht, und außer den
leicht zusammengekniffenen Augen, aus denen er ihn
musterte, war in seiner Miene kein Zeichen einer Erregung
zu erkennen.

„Zunächst einmal", begann er, „möchte ich Euch bitten,
Euch eurer Manieren zu besinnen. Ihr seid in meinem
Hause, ich habe Euch vorgelassen …"

„Ich zeige die Manieren, zu denen man gegenüber
jemandem verpflichtet ist, der anrät, sich mit dem Pöbel,

dem Gewürm anderer Rassen gemein zu machen. Der solche in seinem Haus aufnimmt und fördert, die das auch noch im Ton einer Offenbarung predigen. Ah, das ist er ja, von dem wir sprechen."

Er deutete auf den Propheten, den er mit einer knappen Drehung des Kopfes ausmachte und der dazu nur mild und blöd starren konnte wie ein Schaf. Ein Stuhl wurde scharrend zur Seite geschoben, jemand stand auf und drängte sich in seinen Gesichtskreis.

„Niemand hat euch angegriffen." Jetzt trat der ihm direkt entgegen und Ciauras erkannte den Hauptmann von Eskeregons Hausgarde, diesen verfluchten abgehalfterten Caliban. „Wir haben Bürger verteidigt, die von Angehörigen eures Hauses angegriffen wurden. Und wir haben den Propheten beschützt. So wie ich ihn auch jetzt vor Euren Angriffen beschützen werde."

„Angriffe?" Ciauras trat einen Schritt zurück, maß den in die Tage gekommenen Caliban mit einem verächtlichen Blick von oben bis unten. „Angriffe sollen das gewesen sein? Wenn wir ihn angreifen wollten, dann sähe das anders aus. Dann säße er nicht länger hier sondern wäre blutend und schreiend in das Rad der Wandlung gefahren. Und wenn ich auf dem Platz dabei gewesen wäre, dann wäre der Zusammenstoß zwischen euren Leuten und dem Haus Iscaron sicher anders ausgegangen. Wer wüsste dann, ob ihr ebenfalls jetzt noch hier stehen würdet." Er hob das Kinn, musterte den Caliban von oben herab. „Ohne dass das Rad der Wandlung auf euch gewartet hätte."

„Mäßigt Euch …", hörte er Eskeregon ansetzen, doch der Caliban fuhr fort, „Es wurden keine Maßnahmen ergriffen, die über den Schutz der Bevölkerung und eines Gast des Hauses Eskeregon hinausgegangen wären."

„Was?" Am liebsten hätte er dem Kerl in seine vernarbte Calibanvisage geschlagen. „Mein jüngerer Bruder wurde verletzt. Ihm wurde die Nase gebrochen. Ein Sechser-Cousin schwer verletzt. Eure Wachen habe ihn angegriffen."

„Dieser Tumult ging nicht von meiner Garde aus", hörte er Eskeregon von jenseits der Korona der Wut sagen, die seinen Blick einfasste.

„Sie sind eingeschritten, um Schlimmeres zu verhindern", mischte sich der Prophet ein. „Dass Eure Leute Nicht-Ninraé auf diesem Platz misshandeln."

„Eine Adamstochter hat meinen Bruder zuerst angegriffen. Wollt Ihr …"

„Wenn Ihr dieser … Adamstochter etwas zu sagen habt, Sportsfreund", eine kehlige weibliche Stimme schnitt ihm das Wort ab. Von erneut aufflammender Wut wegen dieser rüden Unterbrechung befeuert, wandte er sich in die Richtung, aus der die Stimme gekommen war. Ein weiterer Gast hatte am Tisch gesessen, jemand, den er in seiner sorgsam gehegten Wut bisher nicht wirklich bemerkt hatte.

Sie war jetzt ebenfalls aufgestanden, kam ihm einen Schritt entgegen. Er sah sie, nahm die Einzelheiten ihrer Erscheinung und ihrer Aufmachung in sich auf … Und hatte Mühe, seine Überraschung zu verbergen. Sicher, die Wut half ihm dabei. Wahrscheinlich würde sie es nicht bemerken. Denn das konnte nur eine Person sein. Das Aussehen, alles. Keine Zweite auf die das zutraf, konnte sich auf Isfayr aufhalten.

Doch wie, um alles in der Welt, kam sie ausgerechnet hierher?

Nuava sah, wie dieser Ciauras stutzte, als sie auf ihn zutrat, und wunderte sich. Bisher hatte dieser arrogante Ninraé-Bastard sich ja nun von gar nichts einschüchtern lassen. Nicht einmal Gastrecht und andere einfachste Sitten hatten ihn aufgehalten, seine aggressiven Reden zu schwingen. Sie wunderte sich ohnehin, dass Eskeregon ihm das durchgehen ließ und ihn nicht schon längst von der Wache mit auf ihn gerichteten Schwertspitzen nach draußen hatte komplimentieren lassen.

Aber der Kerl sah sie, stutzte. Fing sich aber schnell wieder. Was war hier los?

Kahlköpfig war er. Er hatte seine bei den Ninraé meist sonst doch so üppige Haarpracht geschoren. Das war ungewöhnlich; so etwas hatte sie noch nie bei einem seiner Rasse gesehen.

„Es war also Euer Bruder?", fuhr sie fort, als wäre nichts geschehen und als hätte sie nichts bemerkt. „Dann teilt Ihr seine Meinung, was Adamstöchter betrifft? Abschaum und so?"

Einen kurzen Moment maß er sie. „Sicher", sagte er dann kurz und klar und knapp.

„Na", erwiderte sie, schenkte ihm dabei einen kalten Blick, „dann muss ich Euch sagen, dass ich ihm jederzeit wieder die Nase brechen würde. Und jedem seiner Sippe, der etwas Ähnliches wagt."

Ciauras Mundwinkel zuckten und entblößten für einen Moment seine Zähne, sein Schädel zuckte vor, eine Winzigkeit nur, dann hatte er sich im Zaum, und er funkelte sie lediglich nur grimmig an. Seine dunkel glitzernden Ninraéaugen saßen unter schwer vorspringenden Brauen. Die Nase war lang und scharf geschnitten, das Kinn ausgeprägt und breit, und seine Wangenmuskeln bebten.

Er kämpfte offenbar mit sich. Dann wandte er sich abrupt um. Was ging hier vor? Er wandte sich erneut Eskeregon zu, deutete mit dem Finger auf ihn. „Ich werde Euch das nicht durchgehen lassen. Viel zu lange vergiftet Ihr hier die Atmosphäre mit Eurem unterminierenden Gedusel und Eurer zersetzenden Duldsamkeit. Und das, was Euer … Prophet", er spie das Wort regelrecht aus, stieß seinen Finger dabei ohne hinzusehen in die Richtung von Disridaer, „da vorbringt, untergräbt die Säulen dieser Welt und ihrer Ordnung. Das kann nicht geduldet werden. Solche Frevel dürfen nicht länger ungestraft geäußert werden. Wenn niemand sonst den Mut hat, dann werde ich es tun. Glaubt mir, die Macht dazu habe ich. Und wenn ich vorgehe, dann tue ich es offen mit dieser Macht und mit eigenen Händen." Ciauras knirschte mit den Zähnen, ballte diese Hände, von denen er da sprach, zu Fäusten, und auch Eskeregon blieb jetzt nicht länger ruhig. „Die Tage des Propheten von Isfayr sind gezählt", krönte Ciauras seine Tirade. „Das Rad der Wandlung wartet schon auf ihn."

Na, das war ja allerdings ein starkes Stück. Dieser Tage hatten es wohl einige auf den Propheten abgesehen. Vielleicht sollten sie zurücktreten und ihn machen lassen. Wenn er seine Drohung ernst meinte. Wenn sie nur so viel Zeit hatten. Die Frist, Urnam den Kopf des Propheten zu bringen, lief unerbittlich ab.

Einen kurzen Moment fragte sie sich, ob dieser Kerl es gewesen war, der den Mordauftrag am Propheten an sie rausgegeben hatte. Nein. Dann würde er nicht hier auftauchen und einen solchen Auftritt hinlegen.

Die Ereignisse um sie herum schnitten ihre Überlegungen ab. Zunächst trat der Hauptmann der Hausgarde auf Eskeregons Wink vor.

„Hauptmann Garvat", sagte Eskeregon zu ihm, ohne den Blick von Ciauras zu lassen, „bitte weist diesen Mann aus unserem Haus. Er hat unseren guten Willen und unsere Gastfreundschaft lange genug beansprucht."

Hauptmann Garvats Hand schlich fast wie beiläufig in Richtung des Schwertknaufs. Da war der kaum erahnbare kalte Schatten eines Lächelns auf seinen Lippen. Seine Leute waren gut trainiert, nahm Nuava war. Wie im Echo seiner Geste gingen die Hände der an der Wand aufgereihten Wachen ebenfalls in Richtung ihrer Waffen.

„Die Eskorte, die ihn hierher gebracht hat, wird noch auf

ihn warten", sagte Garvat, ohne den Blick von Ciauras zu lassen. „Er wird schnell und ohne Aufruhr das Haus verlassen. Ich werde ihn persönlich begleiten."

Ciauras nahm es mit einem höhnischen Aufschnauben und einem Schulterzucken an, schickte sich an, Kurs auf die Tür zu nehmen. Nuava sah nicht mehr, wie er tatsächlich dorthin ging oder wie ihn seine Eskorte dort in Empfang nahm. Ihr wachsamer Blick hatte den Propheten gestreift, war weitergewandert und schnell wieder zu ihm zurückgekehrt. Denn der stand da, erstarrt, wie vom Donner gerührt. Blickte Ciauras hinterher – blickte vielmehr in seine Richtung, ohne festen Fokus im Blick –, als habe er einen Geist gesehen.

Stiefelschritte, die Tür fiel ins Schloss. Nuava sah, dass nun auch Eskeregon offensichtlich Disridaers verstörter Zustand aufgefallen war. Er trat zum Propheten hin, dieser bemerkte es, aus seiner Starre erwachend, fing sich, fasste Eskeregon am Arm.

„Wir müssen reden", sagte er.

Die beiden wechselten einen Blick, dann senkte Eskeregon knapp den Kopf in Nuavas Richtung. „Ihr entschuldigt uns."

Und dann verschwanden sie gemeinsam hinter dem Vorsprung, die Stufen hinauf in den angrenzenden Raum.

Nuava blieb allein zurück, starrte stumm und von innen ihre Lippe beißend die Wachen an. Und war froh, dass ihr niemand in den Schädel schauen konnte, um ihre Gedanken zu lesen.

KAPITEL 10

E r ist es."

Valtranir Eskeregon starrte Disridaer verständnislos an. „Was? Wovon redest du?"

„Er ist es. Der Ninraé aus meiner Vision. Ciauras ist es." Eskeregon warf einen unruhigen Blick in Richtung des Raums, den sie soeben verlassen hatten. Disridaer hatte zwar, kaum dass sie hinter dem Vorsprung verschwunden waren, rasch die Tür hinter sich zugezogen, aber es stieg jetzt, wo ihm langsam die Tragweite von Disridaers Enthüllung dämmerte, die Vorstellung in Eskeregon auf, dass ihr Gast, die Menschenfrau, sie hören konnte. Nein, das war unmöglich, sagte ihm sein Verstand.

Trotzdem fasste er den jugendlichen Ninraé beim Arm, lenkte ihn durch das durch Buchschränke verengte Zimmer zum Fenstersims hin.

„Jetzt sag mir, was geschehen ist", drang er auf den Propheten ein, die Stimme noch immer wider besseres Wissen gesenkt.

„Die ganze Zeit habe ich nach dem Schlüssel meiner Vision gesucht", begann Disridaer mit mühsam gezügelter Erregung. „Nach dem Bild, nach dem Ankerpunkt, von dem aus sich die Schleier auflösen lassen." Er gestikulierte mit den Händen. „Die Vergiftungen in den Äthern. Der Frevel, der alles mit seinem Hauch durchdringt, aber seine genaue Gestalt nicht zeigt."

„Und was ist sie, seine genaue Gestalt?"

Disridaer stockte, wich mit gegen ihn erhobenen Handflächen zurück. „Ich weiß es noch immer nicht. Die eigentliche Natur der Tat bleibt noch immer unklar. Nur, dass sie sich wie ein Schwefelbrand durch das ganze Gewebe zieht und alles durchdringt wie ein Pesthauch, wie eine abscheuliche Sonne, die frisst und vergiftet. Aber", er machte eine dringliche Geste, „ich kenne jetzt den Täter. Nicht den unbekannten Neaphraniten sondern den Paten, der das alles fördert und seine Hand darüber hält. Es ist Ciauras Iscaron."

„Das heißt, das alles, was immer es auch ist, passiert hier, direkt auf Isfayr?"

„Wahrscheinlich."

„Warum kommt er dann hierher und riskiert, dass du ihn erkennst?"

„Ich habe ihn nicht erkannt. Das funktioniert anders." Disridaer schüttelte heftig den Kopf, kniff dabei die Augen zusammen. „Woher soll er das wissen? Wie soll ich es Euch erklären? Etwas geschieht, etwas rührt sich in den Äthern, und das ist wie ein Knotenpunkt. Dass es diesmal Ciauras selber war, sein Gesicht, was er tat, was er sagte, was er fühlte, war ein Zufall. Es hätte auch irgendetwas ganz anderes sein können."

„Aber weiß er das?"

Disridaer stieß den Atem aus, ließ den Blick und den Kopf sinken, sah dann wieder hoch. „Wusste er, konnte er ahnen, dass er so etwas auslösen kann? Nein, er hatte keine Ahnung. Zum Glück, sonst wäre es nicht …"

„Gleichgültig", unterbrach ihn Eskeregon. „Wichtig ist, du musst hier weg. Schneller als wir es geplant haben." Sie sahen sich beide einen Moment stumm an, und es wurde

Eskeregon umso klarer. „Du darfst nicht warten, du musst Isfayr verlassen. Gleich morgen. Er hat eine direkte Drohung gegen dich ausgestoßen. Eine Morddrohung. Wer weiß, was er jetzt schon plant? Vielleicht fühlt er sich deshalb so sicher und marschiert hier herein."

Disridaer wollte etwas sagen, aber Eskeregon kam ihm zuvor. „Außerdem muss man von diesem Frevel erfahren. Was immer es ist, es wird sich dir erschließen. Doch wenn du mit dem Ausmaß, das es hat, Recht hast, dann muss man davon erfahren und ihm das Handwerk legen. Ihm und diesem ominösen Neaphraniten."

Eskeregon straffte sich, richtete sich auf, trat vom Fenster weg. Er hatte einen Entschluss gefasst.

Langsam, entschlossen wandte er sich wieder Disridaer zu, dessen Umriss vom Fensterrahmen eingefasst wurde. „Morgen in aller Frühe werdet Ihr Isfayr verlassen. Vom alten Hafen bei den Minen aus. Mir steht ein Schiff zur Verfügung, Ciauras nicht. Jedenfalls keins, das ihm bei einer Verfolgung nützt." Er schnaubte verächtlich. „Sie verlassen sich zu sehr auf ihre Portale und die bequeme Art, dadurch von einem Ort zum anderen zu gelangen. Ihr reist per Schiff." Er deutete energisch auf den Propheten. "Zunächst mit kleinem Geleitschutz. So viele wie das Schiff fassen kann. Den Rest meiner Schutztruppe schicke ich Euch durch das Portal nach. Sie werden Euch bereits auf dem Festland erwarten. Aber zunächst einmal müsst Ihr von hier verschwinden."

Nur mit Mühe hielt Nuava sich davon ab, unruhig hin und her zu wandern und damit Argwohn zu erregen. Stattdessen trat sie zum Fenster und sah blicklos in die Nacht hinaus.

Wenn sie doch nur einen Weg sehen könnte, aus dieser

Zitadelle lebend zu entkommen. Mit einem Prophetenkopf im Gepäck.

Sie hatte schon eine Menge durchgezogen, aber das hier – ihr Verstand, ihr ganzer Instinkt sagte ihr, das wäre reiner Selbstmord. Und doch … Es musste einen Weg geben. Dieses Bollwerk, wie sollten sie sonst nur hineingelangen?

Sie rief sich zur Ruhe. Wenn sie so weitermachte, würde sie sich noch die Lippen blutig kauen. Verdammt, sie war doch ein Profi.

Sie hörte Geräusche, Schritte hinter sich, wandte sich um. Da kamen sie zurück: Eskeregon und Disridaer, der Prophet von Isfayr. Die Art, wie sie sich verhielten, sich bewegten, ihre Ausstrahlung ließ etwas tief in ihr anklingen. Man mochte es einen Instinkt nennen. Oder eine Intuition. Es sagte ihr: Etwas geschieht hier. Bleib ruhig und warte ab. Hier geschieht etwas, das alles ändert.

Sie hatte so etwas schon früher gehabt, und es hatte ihr ein paar Mal das Leben gerettet.

„Ihr entschuldigt uns." Eskeregon trat ihr entgegen, während der Prophet sich im Hintergrund hielt. „Ich weiß, es ist unhöflich, dieses Abendmahl hier abzubrechen. Aber Ihr habt selbst gesehen, was geschehen ist."

Nuava kratzte alle Erinnerung ihrer besten Manieren von irgendwo zusammen. „Kein Problem", war alles, was dabei herauskam. Und dass sie die Schultern zuckte und die Lippen schürzte. „Ich verstehe voll und ganz, dass so etwas den Abend verdirbt." *Was tut ihr? Was tut ihr jetzt als Reaktion darauf? Werdet ihr nervös? Tut ihr etwas Dummes.* „Ich werde gehen und Euch alleine lassen. Bestimmt habt Ihr einiges zu besprechen, was mich nicht unbedingt etwas angeht. – Allerdings …" Sie hielt inne, blickte Eskeregon an, dann den Propheten. „… wenn ich Euch meine Unterstützung gegen diesen Ciauras anbieten darf? Ich bin ja schon einmal mit seiner Mischpoke aneinandergeraten und es würde mir keinen geringen Spaß machen, auch ihm seine

Physiognomie ein wenig gerade zu rücken." Ein Grinsen durfte man sich hier erlauben. Und auf den Versuch kam es an.

Eskeregon aber neigte ablehnend den Kopf. „Ich denke, meine Hausgarde wird schon damit fertig werden." *Wäre auch zu schön gewesen.* „Aber ich danke für das Angebot. Und ich bedauere noch einmal, das unser Abendmahl und unser Gespräch so jäh unterbrochen wurde."

Ja, ja, bedauere du mal. Dennoch fühlte sie sich von diesem Abend und der Begegnung mit dem Propheten auf eine unerfindliche, unergründliche Art berührt.

Ihr Blick ging über Eskeregons Schulter zu Disridaers jugendlichem Gesicht hin.

Meet the buddha, kill the buddha.

Nachdem Hauptmann Garvat auch sie persönlich zum Tor der Zitadelle begleitet hatte, überschritt Nuava die für sie herabgelassene Zugbrücke, hielt erst gar nicht an, noch drehte sie sich um, als sie hörte, wie sie hinter ihr sofort wieder hochgezogen wurde.

Sie ging nicht den ganzen Weg bis zur Oberstadt zurück. Stattdessen schlug sie sich irgendwo zwischen die Felsen, wo sie niemand vom Weg her sehen konnte, und wartete.

Allzu lange musste sie dort nicht verharren.

Ein Trupp von Reitern preschte an ihr vorbei.

Kaum waren sie verschwunden, folgte sie ihnen. Zum Glück mussten diese, als sie erst einmal die Oberstadt erreichten, ihr Tempo bremsen. Und sie konnten auch nicht über die Stiegen herabgelangen. Nuava hingegen konnte schnelle Abkürzungen durch enge Gassen und Hausdurchgänge nehmen. Ihr entging nicht, dass die Reiter – Eskeregons Hausgarde, was denn sonst – sich aufteilten. Ein Teil ritt in Richtung des Flusses, ein anderer Teil hielt sich südwärts, in Richtung der Meeresküste. Am Rande der Stadt hängten die Reiter sie ab. Natürlich, hier konnten sie wieder das Tempo ihrer Pferde ausnutzen. Aber als sie am Stadtrand angekommen das Echo der Hufe auf dem schmalen zwischen Felsen verschwindenden Pfad verklingen hörte, wusste sie, was das Ziel ihres Weges war.

Sie stand da, blickte in die Dunkelheit, in der nur das durch eine Lücke in den Wolken fallende Sternenlicht die glatten schroffen Felsflächen und Kanten entlang des Pfades aufblitzen ließen, hörte von fern das Rauschen von Wellen, die sich an einer Küste brachen, und wusste, was Eskeregon und der Prophet beschlossen hatten.

Egal wann Skiar zurückkehrte, sie würden in dieser Nacht eine Menge Erkundungen und Vorbereitungen durchzuführen haben.

KAPITEL 11

E s ist schwierig und höchst gefährlich, sich bei Dunkelheit durch ein Moor zu arbeiten. Daher hatte Skiar, nachdem er die „Galgeneiche" in einem weiten Bogen umgangen hatte, sich doch lieber an den Dammweg gehalten. Er zog es vor, ständig auf der Hut vor unliebsamen Zeugen zu sein und deretwegen seine Sinne in äußerster Anspannung zu halten, als irgendwo einsam und erbärmlich im Morast versinkend zu verrecken.

Ganz zu Anfang der Strecke über die Piste aus gestampfter Erde hatte er tatsächlich von fern das Klappern von Hufen gehört. Er hatte sich schnell in Deckung geschlagen, und hatte bald einen kleinen Trupp von Reitern vorbeigaloppieren sehen. Das war dann aber auch die letzte Unterbrechung auf seinem Weg. Er hielt sich vorsichtig am Rand des Dammes, um weiterhin sofort in Deckung springen zu können, aber weder von weiteren Reisenden noch Wachen hatte er irgendeine Spur entdecken können. So näherte er sich allmählich seinem Ziel so weit, dass er erkennen konnte, wie der Morn Bracair seine düstere Präsenz in den Nachthimmel reckte.

Ein Nordlandmoor in einer wolkenverhangenen Nacht

ist eigentlich nichts, noch weniger als nichts, dachte Skiar. Alles Romantische daran war Erfindung von Poeten, die nie sich selbst, die Welt und sämtliche Götter verfluchend, in solch einem Moor festgesteckt hatten. Hier ist nur im Dunkel verschwimmende tückische Leere, die dir auflauert, die dich in die Irre leiten und dich verschlingen will. Eine Unterwelt, durch die er jetzt wie ein Schatten geisterte. Nichts zu sehen, nichts was der Erwähnung wert wäre. Doch gewahrte er in der Dunkelheit diesen Berg, den Morn Bracair wie eine mächtige zentrale Masse. Er ahnte, mehr als dass er es sah, zersplittert den Hauch der Nacht durchteilende Felsableger um dieses Massezentrum herum, wie abgesprengte Teile einer ursprünglich geballten steinernen Macht.

Er sah vereinzelte Lichter vor der Bergmasse, wie vom Himmel gestürzte Sterne, die sich in ihrem Fall im Gewirr der Kämme und Schluchten verfangen hatten. Das musste die Feste des Hauses Iscaron sein. Abgelegener und einsamer ging es ja kaum noch. Es war wahrscheinlich eine verrückte Idee dort hineingelangen zu wollen, ganz allein, mitten in der Nacht. Aber das war das Dumme bei verrückten Ideen: Hatten sie sich einmal in deinem Schädel eingenistet, wurde man sie nicht wieder los.

Ja, er hatte sich die Karte, die Asfarod ihnen gezeigt hatte, mit Bedacht genau angesehen. Selbst wenn er nicht die Absicht hatte, diesen Auftrag anzunehmen, so wusste man doch nie, wofür man solche Informationen einmal gebrauchen konnte. Jetzt wusste er es. Er hatte sie sich eingeprägt, und er traute sich jetzt zu, die Stelle zu finden, wo es angeblich einen Eingang zu einem Gang geben sollte, der direkt in die Festung führte.

Es war ein Risiko, aber er wollte einfach wissen, was dort vorging. Was so verflucht geheim und ungeheuerlich war, dass man sie angeheuert hatte, den Propheten von Isfayr zu entleiben, bevor dieser eine weitere Vision hatte, die ihm enthüllte, dass die Schuldigen des ominösen Vergehens direkt unter seiner Nase saßen und er sie anklagen konnte.

Und es stand für ihn außer Frage, dass er mit seiner Einschätzung, was ihren Auftrag betraf, Recht hatte. Hatte sich so eine Intuition als logische Schlussfolgerung erst einmal in einem Schädel eingenistet, wurde man sie nicht mehr los. Sie nistete sich ein, verpuppte sich und schlüpfte als Wahrheit aus. *Ja, und was nützen dir diese ganzen klugen Einsichten in die verräterischen Wege des Geistes? Hängst hier im Moor und folgst deiner „Wahrheit" trotzdem.*

Das Gelände wurde felsig. Der Grund erhob sich zum Berg hin, er ließ das Moor hinter sich zurück. Die Wolkendecke dünnte immer wieder zeitweilig so aus, dass der Mond sie mit seinem Schimmer durchdringen konnte, was ihm das Auffinden der einzelnen Wegmarken erleichterte. Das Gelände war zerklüftet und von Felsformationen durchzogen, die ihm wie riesenhaft sich auftürmende Narbenwülste erschienen. Der Stein war rau und porös, erinnerte ihn an Bims. *Ja, oder an Vogelkacke.* Er musste sehr auf seinen Weg achten, denn zwischen den scharfgratigen Kämmen öffneten sich immer wieder jähe Höhlungen mit aufgeworfenen Kanten. Sie erschienen, als hätte es hier irgendwelche Einschlüsse und Blasen im Fels gegeben, die unter dem Einfluss unbekannter Gewalten aufgeplatzt waren.

Die Gestalt, die der Morn Bracair zeigte, war durch den Ausbruch unbekannter Gewalten geformt worden. Von Domänenkräften, die durch eine Erschütterung und ein Ungleichgewicht im Weltbau, hier an dieser Stelle ihre Macht ausgetobt und die Felsen verflüssigt und gesprengt hatten. So hatte es auch Asfarod angedeutet und damit den Ursprung des geheimen Zugangs zur Festung Iscaron erklärt.

Er hatte da noch irgendetwas anderes gesagt. Er hatte es im Hintergrund seines Bewusstseins mitbekommen, während er darauf konzentriert gewesen war, sich die Einzelheiten der Karte einzuprägen. Er konnte sich nicht erinnern. Doch irgendetwas sagte ihm, dass es von Bedeutung war. Was war das nur?

Er stieg die Hänge höher hinauf. Der Zugang, eine dieser aufgeplatzten Felsblasen lag weiter oben an der Flanke des Berges. Im trüb verhüllten Schein des Mondes stiegen die Felsflächen leichenbleich zu seiner Seite hin an. Wo es glatte Flächen gab, war sein Weg einfach, doch bald kam er in zerklüfteteres Terrain und musste durch Gräben klettern, die wie die in gigantisch vergrößerten vielfachen Spuren von Karrenrädern den Berg hinabliefen. Doch gleich dahinter musste laut der Karte der Eingang liegen. Die Aussicht auf das Ende seiner Suche verlieh ihm neue Kräfte für seine Kletterei. Er suchte auf dem steilen Anstieg Halt für seine Hände. Das musste der letzte Grat sein. Ausgerechnet jetzt verdunkelten die Wolken erneut das Licht des Mondes.

So schnell ziehende Wolken?

Nein, keine Wolken!

Rasch warf er sich herum, verlor den Halt und schlitterte auf allen Vieren wieder zum Grund der Rinne herab. Und das rettete ihm wahrscheinlich das Leben.

Ein mächtiger, grotesker Schatten landete an der Stelle, wo er sich eben noch befunden hatte. Ein raspelndes Zischen ging davon aus.

Skiar riss es auf die Beine. Seine Hand ging zum Griff der Waffe, die an seiner Seite hing. Was er sah, ließ ihm für einen Moment den Atem stocken. Die Klinge seiner Kriegssichel fuhr im gleichen Moment blank aus der Scheide.

Ein abscheuliches Wesen hockte dort auf dem Felshang, hockte dort fest an einer Stelle und rutschte ihn nicht herab, denn seine Klauen hatten sich wie Dornen in den porösen

Grund gebohrt. Es hatte einen langen Leib, der in der Mitte gebläht war und nach hinten wie in einem verkümmerten Schwanz auslief. Es war bleich wie der Fels und schwarz gefleckt, hier mit zackigen Streifen, dort wie mit Spritzern gezeichnet. Verkümmerte Flügel flappten einmal hektisch entlang des Rumpfes. Sein Kopf, ein Stummelschädel am Ende eines kurzen, verdickten Halses, reckte sich in seltsam abgehackten Stößen in seine Richtung und bot ein weiteres gegliedertes Dornenpaar dar, ähnlich den Extremitäten, die sich in den Fels gebohrt hatten, eine Mischung zwischen Armen, Mandibeln und Stacheln.

Eine Raubhärne. Ein seltenes und gefährliches Vieh. Ein Streigenabkömmling.

Richtig, das war es, was Asfarod gesagt hatte. Was er vergessen hatte. Dass es einen Wächter gab.

Das Vieh kreischte mit sich senkendem Kopf. Und sprang los.

Sein Körper verfinsterte den Himmel, wie schon vorher, als er es für Wolken gehalten hatte. Er wartete bis zum letzten Moment, warf sich zur Seite. Scharfe, glatte Gliedmaßen fuhren um ihn herum nieder wie die gespitzten Gitterstangen einer Käfigfalle. Er wand sich hindurch, aus dem Schatten des aufgeblähten Bauches und streckte dabei die Kriegssichel von sich weg, riss sich mit der anderen Hand den Fellmantel von der Schulter, um mehr Bewegungsfreiheit zu haben. Zu kaum mehr hatte er Zeit, denn die Raubhärne griff erneut an. Die Beine zuckten und tanzten in seine Richtung, wollten ihn aufspießen. Knapp entkam er ihnen, sie ließen ihm keinen Raum die Sichel zu schwingen. Eine erneut auf den Boden eintrommelnde Attacke der Dornenbeine. Er wollte zurückweichen, doch eines erwischte ihn im Sprung. Seine scharfe Kante durchschnitt den Stoff seines Ärmels, ratschte knapp über die Haut. Dann war das Vieh wieder über ihm. Sein Kopf zuckte vor. Die spitzen Kopfglieder schnappten vor, und

Skiar sah, dass ihre Enden feucht im trüben Licht glitzerten. Dieses dem Kiefer entspringende Gliederpaar war nicht nur zum Zuschnappen gedacht; dies waren auch Giftstacheln. Er schaffte es, die schwere Sichel zwischen sich und den Kopf zu bringen, für einen Hieb reichte es nicht, doch es hielt die Härne zurück. Lange genug, um sich durch einen Sprung aus ihrer Reichweite zu retten. Nicht ganz! Im Flug erwischte etwas seine Flanke und warf ihn gegen den Fels. Schwer aufstöhnend kam er wieder hoch, nur um zu sehen, wie sich das Vieh sofort wieder auf ihn warf. Ihr pfeifendes, zischendes Kreischen zog wie ein Sägeband durch seine Sinne. Diesmal warf er sich nicht zur Seite, sondern schätzte im Bruchteil einer Sekunde den richtigen Zeitpunkt ab und zog die Sichel in einem kräftigen Bogen über seinem rücklings liegenden Körper durch. Die Raubhärne kam herab, der Klingenschwung biss ihr tief ins Bein. Durchschnitt das Gliedende. Die Raubhärne stürzte und taumelte. Die bisher uhrwerkgleiche Koordination ihrer Glieder kam – mit einem davon verstümmelt – aus dem Rhythmus. Sie stocherte und stümperte mit immer noch tödlichen Instrumenten. Skiar spürte den Hauch der wahnwitzig schnellen Bewegung auf seiner Haut. Ein erneutes, noch lauteres Kreischen, das ihm wie ein Sägeblatt durchs Mark fuhr. Der Stummelkopf schoss herab, der gifttriefende Klammerschlund der Raubhärne öffnete sich. Er trieb die Sichelspitze blind in die zappelnde Attacke. Ein erneutes Kreischen antwortete ihm. Fast wurde ihm die Klinge aus der Hand gerissen. Doch er kam frei, hatte Luft. Fasste den Sichelgriff in beide Hände, als sich vor ihm die Raubhärne erneut zu ganzer Größe erhob und sich auf ihn stürzen wollte.

Wieder zuckten die Kieferstacheln vor. Die Klinge kam herab. Die Raubhärne schrie. Eines seiner Kopfglieder war nur noch ein Stumpf. Ohne abzusetzen, in einem einzigen kreuzenden Schwung, zog Skiar die schwere Klinge erneut

hoch und durchtrennte auch den zweiten Strang des Glie-
derpaares.

Verreck du Biest!

Er hob die Sichel mit beiden Händen über den Kopf,
ließ sie auf den Stummelschädel niedersausen. Sie biss sich
in den Knochen, dass es knirschte. Die Raubhärne kreischte
nicht mehr, war aber längst nicht tot. Der Schlag hatte den
harten Schädelknochen nicht durchdringen können. Aber er
ließ das Tier todwund und außer Sinnen zurück, so dass er
zur Seite springen und mit einem schnellen, gezielten Satz
vorpreschen konnte, um die gebogene Klinge tief in den
Hals des Tieres zu treiben. Der ganze Körper zuckte. Es
brauchte einen zweiten und einen dritten Schlag, um den
dicken Hals gänzlich zu durchtrennen.

Dann hechtete Skiar zurück, um dem blinden Zappeln
des Körpers Raum zu geben, der selbst enthauptet immer
noch die Glieder zucken, den Rumpf sich aufbäumen, die
Dornenspitzen über den Felsen scharren ließ.

Skiar wartete bis der Todeskampf mit einem letzten
Rucken erstarb, dann ließ er seine Kriegssichel sinken und
atmete tief durch.

Der blasenähnliche Einsturz wies an seinem Grund eine
Vielzahl von Höhlungen auf, kleine Nebenblasen in einer
porösen Gesteinsmasse. Skiar hatte schon ein paar davon
untersucht, hatte aber den Zugang zu dem Stollen, der in die
Festung führen sollte, noch immer nicht gefunden. Einige
dieser Höhlungen waren nur wie Grotten, die nicht weit in
den Stein hineinreichten, andere wanden sich verschlungen
um einige Biegungen, bis auch sie in einer Sackgasse
endeten.

Frustriert stand er in der Mitte der Senke, atmete schwer
durch und hob seinen Blick zu den gezackten und wie

verbogen gewölbten Rändern des kraterhaften Einbruchs. Wie ein fahler Lakenfetzen drang das Mondlicht durch die Wolkendecke.

Verdammt, er war sich sicher, dass hier der Eingang zu dem Gang liegen musste. Die umgebenden Felsformen kennzeichneten diesen Krater eindeutig.

Er lauschte in die Nacht, hörte den Wind leise und klagend um die Hänge des Morn Bracair streichen. Und er stutzte plötzlich. Da war noch ein anderes Geräusch; es klang nicht wie der Nachtwind, auch wenn es etwas Ähnliches hatte. Es war etwas Rasselndes, Pfeifendes. Er lauschte wieder, entdeckte es erneut in einem kurzen Aussetzen des Windes. Es war so leise, dass es ein Wunder war, dass er es überhaupt gehört hatte. Und es kam hier aus diesem Felskessel. Aus seinen Tiefen.

Lauschend ging er darin umher und nach einer Weile fand er eine Öffnung, bei der er sich sicher war, dass das Geräusch dorther kam.

Er musste sich bücken, um hineinzugelangen, doch sofort hinter dem Eingang weitete sich der Raum. Dort an der Wand hingesunken lag eine Gestalt. Von ihr ging das Geräusch aus.

Es war ein Atemgeräusch, denn der Brustkorb des rücklings gegen die Wand liegenden Wesens hob und senkte sich rhythmisch und synchron damit. Doch es hatte auch etwas von einem Heulen, einem Klagen. Es erinnerte Skiar ein wenig an einen der Dudelsäcke, wie man ihn in Tuarnamnoc verwendete, aus dem die Luft entwich.

Das Wesen sah ihn, stützte sich mühsam auf seinen Ellenbogen auf und krabbelte darauf ein Stück zurück. Die Hüfte und die Beine schleifte es dabei nach.

Skiar konnte nicht erkennen, um was es sich bei diesem Wesen handelte, und hakte jetzt den Leuchtstab von seinem Gürtel, da er nicht mehr befürchten musste, man würde sein Licht entdecken. Er ließ ihn aufglühen, und das Wesen hob abwehrend die Hände, und zwischen den Schatten, die sie auf sein Gesicht warfen, sah Skiar bleiches, aufgetriebenes Fleisch, durch das blutige, schwärende Risse liefen.

Angeekelt zuckte er zunächst zurück, zwang sich dann aber genauer hinzusehen. Das Wesen beobachtete ihn, die Arme noch immer vor dem Gesicht gehoben, mit starrem Blick, sagte nichts.

Mein Gott, was war das? Zunächst hatte er gedacht, einen verwundeten Caliban vor sich zu haben, doch dann sah er die schwarz glitzernden Augen, die kennzeichnend für seine Rasse waren. Bei Inaim, das war ein Ninraé. Auch wenn das schwer zu glauben war. Dieses Ding dort wirkte wie ein verrottender Leichnam. Schwarz sich wellendes Fleisch quoll am Hals auf, Fetzen von Haut und Gewebe hingen herab. Er sah auf die Hüfte, die Beine. Die Kleidung war auch dort zerrissen und ließ den Blick auf was darunter lag frei. Der eine Unterschenkel war eine einzig rohe, zerfleischte, auftreibende Masse, der andere Unterschenkel war in der Mitte durchtrennt.

Er sah, wie der Blick des am Boden Liegenden von seinem Gesicht aus an seiner Gestalt herabglitt und zum Griff seiner Waffe wanderte, die wieder in ihrer Scheide von seinem Gürtel hing.

„Töte mich", sagte das Wesen. Wahrscheinlich hatte die Raubhärne es tödlich verwundet und jetzt bettelte es um den Gnadentod. „Ich bin schon tot", kam es weiter von dessen Lippen.

Er seufzte. Unter den jetzigen Bedingungen, war das eine realistische Einschätzung der Situation. „Es sieht nicht gut für dich aus", sagte er.

„Nein", entgegnete der am Boden Liegende. Der sich öffnende Mund war ein roter, schmalllippiger Schlund. „Ich bin schon tot. Ich bin wirklich und wahrhaftig tot. Nur mein Körper lässt mich nicht los."

Ja, das war auch eine Art, es zu sehen. So konnte man es ausdrücken.

„Wer bist du? Was bist du?" Skiar war sich noch immer nicht sicher, ob es sich bei dem Sterbenden nicht doch um einen Caliban handelte. Die Züge hatten so wenig Ähnlichkeit mit einem seiner Rasse.

„Ich bin ein Ninraé, genau wie du", kam die raspelnde Stimme. „Sieht man das denn nicht? Sieht man das denn schon nicht mehr?" Sein Kopf fiel ihm zu Seite, Skiar glaubte, Resignation in dem entstellten Ausdruck zu lesen. „Ist es schon so weit mit mir?"

Dann straffte er plötzlich seinen Nacken, sodass dort erneut das Fleisch in einem breiten Riss aufsprang, hob seinen Kopf. „Versprichst du mir, dass du mich ins Rad der Wandlung schickst, wenn ich dir sage, was mit mir geschehen ist? Dass du einen Weg findest, wie mein Körper mich endlich loslässt?"

Skiar nickte stumm, räusperte sich und sagte dann mit noch immer belegter Stimme: „Ja, das verspreche ich."

Das, was das Wesen von sich gab, das von sich behauptete, ein Ninra zu sein, wechselte zwischen Verständlichem und wirren, der Verzweiflung und einer tiefen Verstörtheit entrungenen Fetzen. Sein Name war einmal Nadroc gewesen, und er war ein Ninraé. So viel brachte er klar über die Lippen. Er war gestorben oder glaubte, gestorben zu sein, aber dann war er zurückgekehrt.

„Ich habe den Sog des Rads der Wandlung gespürt. Mein Körper hatte das Ende seines Weges erreicht. Aber dann …" Er stockte. „Aber dann …"

Erneut richtete er aus dem zerstörten, faulenden Gesicht einen flehenden Blick auf Skiar. „Versprich mir, dass du dem ein Ende bereitest. Das muss aufhören. Diese Qual, die man unseren Brüdern antut. Du bist ein Krieger. Du kannst ihn aufhalten. Und wenn du es nicht kannst, dann lass es die Welt wissen und bereitet dem gemeinsam ein Ende. Er darf nicht mit diesem Gräuel fortfahren."

„Wer? Wer darf nicht mit welchem Gräuel fortfahren?", entfuhr es Skiar.

„Der Neaphranit."

Da war es, das Wort und das Geheimnis. Und er hatte Recht gehabt. Da war etwas, das sie durch den Mord am Propheten von Isfayr vertuschen sollten.

Asfarod seinerseits hatte den Neaphraniten ausschalten wollen, weil er ein wichtiger Machtfaktor war, der seinem Kampf für einen Umsturz im Wege stand. Die Frage war, ob Asfarod gewusst hatte, dass hier etwas Merkwürdiges vor sich ging und es ihnen verschwiegen hatte. Oder war er in diesem Punkt ahnungslos? Und was war das Ausmaß dieser Sache?

„Unsere Brüder?", fragte er. „Sind da noch mehr wie du? Und was ist es denn genau, was dieser Neaphranit tut?"

„Er ist ein Teufel, ein wiedererstandener Verheerer." Die Lippen des Wesens, das von sich sagte, ein Ninra zu sein, verzogen sich in einer Weise, dass es schien, er spie die Worte voller Hass und Abscheu aus, doch kein Speichel flog oder zeigte sich auf seinen Lippen. „Mit seiner von Inaim verfluchten Kunst bannt er unsere Seelen an unsere Körper. Er hindert die Seelensteine daran, den Körper zu verlassen und dem Sog des Rads der Wandlung zu folgen und Frieden im Todesschlaf und der Erneuerung zu finden. Er schließt uns in einen toten Körper wie in einem Kerker ein."

Der tote Ninra richtete sich wieder auf seinen Ellbogen auf. „Weißt du, wie es sich anfühlt, in einem toten Körper zu leben? Nein, wie sollst du dir das vorstellen können? Du nimmst all die kleinen Zeichen des Lebens als selbstverständlich und nimmst sie gar nicht mehr wahr, all das Fließen der Ströme durch deine Glieder. Du wirst dir dessen erst wirklich gewahr, wenn es nicht mehr da ist. Doch dann kratzt und schabt es nur noch in den Höhlungen. Da quillt es wie ein entseelter Schwamm. Da wird alles, was vorher bebte und pulsierte, zu totem morschen Holz. Dein Schädel knarzt und scheuert und raschelt wie verödetes Laub, während dein Seelenstein die Gedanken und Impulse durch leere Kammern und Gänge treibt. Du nistest in versteinertem Holz, und dabei will deine Seele doch nur wieder irgendetwas fühlen, etwas Warmes, vielleicht auch nur etwas Blutendes und Schmerzendes."

Ein kalter Hauch streifte Skiar. Sein Blick ging wieder zu den verstümmelten Beinen. Vielleicht war es gut, dass er das nicht spüren musste.

Der Ninra, der Nadroc geheißen hatte, nahm seinen Blick wahr. „Nein", sagte er, als hätte er Skiars Gedanken erraten, „selbst das würde ich liebend gerne spüren. Indem der Neaphranit den Verfall unserer Körper aufgehalten hat, hat er uns aus der Welt gestoßen. Und nichts ist schlimmer als ein Verbannter aus dem eigenen Körper zu sein und ihn doch wie ein totes Gerät ständig mit sich herumzutragen, leerer und leerer zu werden."

„Den Verfall aufgehalten?" Skiar stutzte. Das passte so gar nicht zum Anblick den dieses Wesen darbot.

Der tote Ninra blickte einen Moment verständnislos, dann blickte er an sich herab. „Du meinst, wie ich aussehe?", fragte er mit raspelnder Stimme. „Dafür ist das Gift der Raubhärne verantwortlich. Es hat mich durchdrungen, als sie meine Beine zerbiss und damit meine Flucht beendete. Sie hat es in meinen Körper gepumpt, und es hat sich darin verbreitet und damit dem entgegengewirkt, was der Neaphranit mit seinen Manipulationen und Künsten bewirkt hat. Ich weiß nicht, was ihre Magier und was dieser Neaphranit genau tun. Jedenfalls hat er Möglichkeiten gefunden, unsere Körper in einem Gleichgewicht kurz vor dem wirklichen Verfall zu halten. Das Gift der Raubhärne hat dieses Gleichgewicht zerstört, und das lässt meinen Körper nun langsam endgültig verrotten."

„Dann stirbst du also wirklich?"

Der tote Ninra warf den Kopf hin und her, so heftig, dass Skiar schon dachte, es würde ihm den schwärenden Hals durchreißen. „Ich weiß es nicht, ich weiß es nicht, was am Ende auf mich wartet. Und wie lange es dauert." Ruckartig kam die Bewegung des Kopfes zu Ende. Die von totem Fleisch umgebenen Augen fixierten Skiar mit verzweifeltem Blick. „Aber das ist nicht das Schlimmste." Etwas lag in diesem Blick, das Skiar ein Frösteln durch sämtliche Knochen schickte. „Das Schlimmste sind die Nächte, wenn alles still ist, wenn alles schweigt. Dann spürst du, wie du immer mehr abtreibst, dein Geist in diesem toten Gehäuse sich in der Leere verliert. Wie dein Seelenstein seine Schwere verliert und dich nicht mehr halten kann und du hinaustreibst. Wie du dich etwas näherst, das fremd und unbekannt ist."

Die Hand des lebenden Toten schoss vor und sie umschloss Skiars Handgelenk. Er zuckte zurück, doch der Griff hielt ihn fest, so dass er voll Abscheu darauf starrte. „Ich spüre", sagte der Ninra, der einmal Nadroc gewesen war, „wie ich mich der Abscheulichkeit nähere. Wie das Jenseitsfeuer nach mir greift."

Obwohl Skiar nicht abergläubisch war, konnte er sich eines Schauders nicht erwehren. Zu tief saß die Angst vor dem, was man Abscheulichkeit nannte, im Bewusstsein seiner Rasse verankert.

Der Ninra, der einmal Nadroc geheißen hatte, sprach noch weiter. Nackte Angst und Pein hatten ihn in ihrem Griff. Skiar hörte zu, er konnte nur ahnen, was mit Nadroc vorging und was sein Seelenstein empfand. Doch am Maß seines Leidens war kein Zweifel. Er verzehrte sich danach, dass diese Qual ein Ende hatte, danach, diesen toten Körper, diesen Kerker der Pein endlich zu verlassen und ins Rad der

Wandlung einzutreten, zunächst ins Vergessen, danach in das Räderwerk, das jeden Ninra ergriff und von dem keine Erinnerung mehr zurückblieb.

„Wie viele sind es?", fragte er den Ninra. „Wie viele hat der Neaphranit zu dem gemacht, was du bist?"

„Wir waren sieben. Doch es sollen mehr werden. Er hat die anderen unter seiner Kontrolle. Er dringt in ihren Seelenstein ein und lässt sie tun, was er will. Sie sind seine willenlosen Marionetten. Sie bewegen sich nach seinem Willen und tun seine Taten. Ich weiß nicht, wie es geschah, dass bei mir diese Kontrolle aussetzte. Ein Zufall, ein kleiner Fehler, den dieses Monstrum gemacht hat. Ich weiß es nicht. Jedenfalls nutzte ich die Gelegenheit, zu entkommen. Durch die Gänge. Bis ich in diesem Krater herauskam, wo die Raubhärne mich erwischte."

Er erzählte weiter, schilderte jetzt wieder zunehmend wirrer und bruchstückhafter, wie es ihm gelang zu entfliehen, in den Tunnel zu gelangen, der aus der Festung herausführte. Skiar konnte seinen gestammelten Worten und Halbsätzen nur noch wenig Sinn entnehmen, aber er hatte auch schon mehr gehört, als er eigentlich aufnehmen konnte und wollte.

Eine Armee aus willenlosen Soldaten. Unverwundbar und nur schwer zu stoppen – weil sie schon tot sind. Hatte Asfarod das gewusst oder geahnt? Er starrte an Nadroc vorbei. Sein Blick ging ins Dunkel und ins Leere. Bis ein Satz, mehrmals von dem bedauernswerten Geschöpf wiederholt, ihn aus seinen Gedanken riss.

„Töte mich", sagte es, so sprudelte es immer wieder über dessen Lippen hervor. „Töte mich. Du hast es versprochen. Töte mich."

Skiar stand auf, sah auf den an der Wand Hingesunkenen herab. Wie tötet man einen Toten? Dessen Seelenstein nach Befreiung schreit. Seelensteine. Bewusstsein. Er hatte noch am vergangenen Abend mit Nuava darüber gesprochen, bevor er hierher aufgebrochen war. Als hätte er dies hier vorausgeahnt. Als sei etwas von dem, was in der Festung am Hang des Morn Bracair vorging, irgendwie in die Atmosphäre herausgesickert und habe ihn berührt und diese Gedanken angestachelt.

Was sind unsere Erinnerungen? Was ist unser Wesen? Was davon bleibt? Warum, wenn wir doch immer die gleichen sind, wenn wir aus dem Rad der Wandlung kommen, werden unsere Erinnerungen dünner. Wir werden weniger und weniger. So etwas Ähnliches hatte der Prophet verkündet. Wie fließt das, was meine Seele ist, hatte er Nuava gefragt, von dem Seelenstein in meiner Brust zu meinem Gehirn, zu dem Ort, wo unsere Gedanken ein Zuhause finden und von dem wir unseren Körper lenken?

Nuava hatte etwas von einem Kräftestrom erzählt, der die Wirbelsäule entlang floss. Vielleicht traf sich da die Weisheit ihrer Welt mit dem, was es mit seiner Rasse auf sich hatte.

Er öffnete die Schließe um den Knauf seiner Waffe, zog sie aus dem Holster. Der Ninra, der einmal Nadroc geheißen hatte, sah ihn ohne Furcht an.

„Gute Reise", sagte Skiar. „Vielleicht sehen wir uns wieder."

„Mein Name ist Nadroc", antwortete der am Boden Liegende und Skiar glaubte fast, ein Lächeln auf seinen entstellten Lippen zu sehen. „Erinnere dich an mich."

Er tat das, was er zu tun hatte, schnell und ohne Zögern und mit dem Gebet im Herzen, dass es das zum Ziel Führende und das Richtige war. Der vom Hals getrennte Kopf rollte, ohne dass es Blut gab, ein wenig zur Seite.

Skiar trat zurück, schloss kurz die Augen und wiederholte sein Gebet, und es zerfloss ihm in Regionen, in denen Worte abhanden kamen.

KAPITEL 12

S kiar hatte sich im Schneidersitz hingesetzt. Dass er es tat, hatte er gar nicht bewusst wahrgenommen. Er fand sich einfach in dieser Haltung wieder, starrte in Richtung des Toten.

Nach einiger Zeit sah er, wie sich ein heller Schimmer auf dessen Brust ausbreitete und wie sich etwas daraus erhob. Eine perlartig durchscheinende Sphäre schwebte über Nadrocs Brust. Sein Seelenstein. Er hatte das Richtige getan.

Nadroc war von seinem Leiden erlöst.

Er saß da, sein Blick verlor sich im Anblick des Seelensteins und die Worte Nadrocs hallten durch seinen Geist, die Bilder seiner Qualen, seiner Not, im Kerker eines toten und dann verfallenden Körpers eingeschlossen zu sein. All die Eindrücke, die Worte und Schilderungen Nadrocs nisteten in ihm wie Geister. Sie heulten durch die Gänge und Hallen seiner Erinnerungen und fanden dort ein Echo. Sie fanden dort Nahrung.

Seine Lider fielen zu. Seine Augen öffneten sich schlagartig wieder. Er wusste, was Nadroc empfunden hatte.

Vor ihm lag das ganze Ausmaß der Ungeheuerlichkeit

dessen, was Nadroc angetan worden war. Es erstreckte sich vor ihm wie eine weite dunkle See, spiegelglatt und ohne jede Dünung, ein Pfuhl, der Grenzen sprengte, der sich im Erreichen seiner Ausdehnung wieder auf sich selbst zurückwendete und sich in die Unendlichkeit fortsetzte – und er versank darin.

Unvermittelt nahm er die Heftigkeit seines Atems wahr, wie er durch ihn rauschte, wie er ihn schwer und schnaufend ein und aussog, wie sich seine Nasenflügel darunter blähten, sich sein Brustkorb hob und senkte.

Heftig und bewusst, in einem kraftvollen Stoß, stieß er ihn aus.

Nein! Das durfte nicht geschehen.

Sie durften sich nicht zum Handlanger von so etwas machen. Der Prophet, der kurz vor der Benennung dieses Frevels stand und ihn offenlegen wollte, durfte nicht durch ihre Hand getötet werden. Auf keinen Fall durften sie Anteil daran haben, dass dies verschleiert und verborgen wurde. Sie durften keine Mitschuld an all dem tragen.

Aufstehen, sich die Hände von dem reinwaschen und weggehen. Den Staub von den Füßen schütteln und den Dingen ihren Lauf lassen.

Nein, nein, nein, es war nicht ihre Aufgabe, diesem Neaphraniten das Handwerk zu legen. Aber sie durften ihm nicht helfen. Sollte ihn das Schicksal auf andere Art ereilen. Sollte der Prophet seine letzte Vision haben und all das der Welt verkünden. Nicht ihr Ding – das ging auch ohne sie.

Die Schattenmonde verschrieben sich nichts anderem als dem, wofür sie bezahlt wurden. Sie banden sich nicht. Sie verschrieben sich keinem Aufstand, keinen Idealen, sie gingen frei ihren Weg.

Aber *diesem* Auftrag konnten sie sich nicht verschreiben.

Die milchige Sphäre über der Brust des jetzt endlich

Toten verblasste langsam, verlor immer mehr von ihrem Licht, wie ein Mond, der hinter Wolken verschwindet.

Skiar saß lange da und sah den Seelenstein Nadroc aus seiner Sicht verschwinden.

Welche Pfade sind das, auf denen wir in die Domäne der Wandlung gehen?

Skiar stand in einer kahlen und fremden Landschaft. Mit bleichem Licht sickerte der Mond erneut durch die Wolken hindurch. Bizarre Felsformen durchwuchsen nackt die zerfurchten Hänge. Der Kadaver der Raubhärne wölbte sich wie ein Unrathaufen aus der Steinfläche.

Einen kurzen Moment hielt er am Rand des Kraters inne. Dann setzte er Fuß vor Fuß, ging zielsicher Schritt um Schritt.

Die Schattenmonde mussten frei bleiben. Sie durften niemandes Sklaven werden, durften sich nichts und niemandem verpflichten.

Sie mussten weiter die Möglichkeit haben, ihre Existenz zu sichern, und man musste ihnen weiterhin lukrative Aufträge anbieten.

Dafür durfte auf keinen Fall das Wort herumgehen, dass sie einen Auftraggeber verraten hätten. Es durfte sich auf keinen Fall herumsprechen, dass sie einen bereits angenommenen Auftrag abgebrochen hatten. Denn dann würde sie niemand mehr anheuern. Er musste die weitere Existenz und das Auskommen der Schattenmonde sichern.

Und es traf den Richtigen. Jemand, der sich mit dem Paten dieses Ungeheuerlichen gemein machte.

Und es durfte keine überlebenden Zeugen geben.

Das war sein Job. Das Morden war sein Job. Er hatte ihn über all die Jahre betrieben. Vielleicht, wenn man schon so oft durch das Rad der Wandlung gegangen ist, dass die Erinnerung verblasst, vielleicht geht man dann frivol mit dem Töten und Sterben um.

Ich bin mitten im Leben tot.

Er fragte sich, ob das nicht für alle Ninraé der Fall wäre.

Keine Zeit für solche zersetzenden Gedanken. Du hast eine Aufgabe zu erledigen.

Sie sind alle Gauner und Schurken, und jeder hat den Tod verdient. Sie sind alle schuldig.

Richtig? Richtig.

Seine Schritte wurden schneller, und er hielt auf den Dammweg zu.

KAPITEL 13

K ommt ein Mann in eine Kneipe. Und alle, die darin rumsitzen, wollen ihn umbringen. Es war leichter, wenn man sich das vorstellte. Nicht viel, aber immerhin etwas.

Skiar blickte über die blutige Szenerie im Schankraum der „Galgeneiche", die sein Werk war, die er mit seiner Kriegssichel, die keinen Namen mehr trug, angerichtet hatte.

Ein weiterer Tropfen Blut fiel vom Kandelaber herab in die kleine Pfütze, die sich dort auf den Dielenbretter sammelte. Umgeben von einer unübersehbaren Masse von Spritzern und Geschmier. Von den verstümmelten Leichen ganz zu schweigen. Die Fliegen kamen schon aus allen Ecken und senkten sich auf besudelte Leichname und Blutlachen herab. Woher kamen die nur so plötzlich in diesem nassen und kalten Wetter?

Er saß da auf einer der Wirtshausbänke in dem ganzen blutigen Chaos und sein Atem wurde allmählich wieder ruhiger.

Urnam war tot. Zumindest das war erreicht. Derjenige,

der ihnen den Auftrag gegeben hatte, konnte nicht mehr über sie reden.

Seufzend stand er auf, ging zu dem Leichnam hinüber. Es gab noch etwas zu tun, damit das alles nicht sinnlos blieb. Wenn Urnam Beweisstücke an sich trug, die etwas über ihren Auftrag verrieten, dann musste er die finden.

Er hockte sich hin, öffnete und durchsuchte zuerst den Beutel, den der Tote an seiner Hüfte trug. Nichts drin außer Münzen und irgendwelchem nichtigen Kram.

Widerwillig zog er mit zwei Fingern die Jacke beiseite. Die war auch mit einem sauberen Schnitt durchtrennt. Unter dem Schnitt klaffte es feucht und rot wie in einer Fleischerauslage.

Er fand eine Innentasche in der Jacke, die ein zusammengefaltetes Schriftstück enthielt. Er faltete es auf, überflog die ersten handgeschriebenen Zeilen. Treffer. Das war das gesuchte Schriftstück. Er setzte sich wieder auf die Bank, studierte es genauer.

Natürlich keinerlei Namen. Aber der Auftrag, den Urnam ihnen anbieten sollte. Es bestand also die Wahrscheinlichkeit, dass er den Drahtzieher nie gesehen hatte. Ja, da standen auch die Bedingungen. Ja, der Kopf des Propheten … Er stutzte, las weiter, nahm die Bedeutung der Worte in sich auf.

Lehnte sich zurück, ließ das Schriftstück zwischen seine Oberschenkel sinken, lehnte den Kopf zurück.

Eigentlich sollte ihn das nicht überraschen. Jetzt nicht mehr, nach all dem, was er erfahren hatte.

Bei Ablieferung des Kopfes sollten sie selber getötet werden.

Ciauras Iscaron wollte sich reinwaschen und Spuren verwischen. Er sprang auf, lief im Schankraum umher, stieß Leichen, die im Weg lagen, mit dem Fuß beiseite. Es dauerte nicht lange, bis er die ersten der Armbrüste fand. Direkt unter einem Tisch. Nicht geladen. Noch ohne Munition. Er hatte Glück gehabt. Weitere in einer Ecke hinter der Bänken. Dort fand er auch die Pfeilmagazine.

Sie hatten sie frühestens am nächsten Tag erwartet, daher waren sie noch nicht auf ihn gerichtet gewesen. Selbst wenn die Schattenmonde den Propheten noch in dieser Nacht erledigt hätten, wären sie doch sicher nicht vor Morgengrauen mit seinem Kopf gekommen.

Wie schlampig. Wie unvorbereitet. Wie … unprofessionell.

Kommt ein Mann in eine Kneipe. Und alle, die darin rumsitzen, wollen ihn umbringen.

Er durfte auf keinen Fall deren Fehler machen. Er musste sich beeilen. Wer wusste schon, auf welche Gelegenheiten, den Propheten zu töten, Nuava in dieser Nacht gekommen war.

Er musste sie finden. Er musste ihr sagen, dass ihr Auftrag gestorben war. Dass sie auf keinen Fall den Propheten von Isfayr töten durften.

Er nahm sich gar nicht erst die Zeit, seine Kriegssichel vom Blut zu reinigen. Das hatte Zeit; sie würde schon nicht rostig werden. Er ließ sie in die Scheide an seiner Hüfte gleiten, zog die Schließe über ihrem Knauf zu und polterte auf die Tür zu.

Kaum durchschritt er sie, machte ein paar Schritte aus dem Windschatten des Gebäudes, schlug ihm ein kalter, feuchter Nachtwind entgegen.

KAPITEL 14

N uava lehnte sich an den nackten Fels, ließ ihren Blick im Halbkreis wandern.

Zu ihrer Linken sah sie über in der Tiefe rauschende Wasser hinweg auf das Steilufer eines Meeresarms, der hier in eine Bucht mündete. Dann folgte vor ihr, jenseits eines schmalen Abgrunds, das Torhaus auf der Spitze der steil vorspringenden Landzunge. Daran schloss sich zu ihrer Rechten erneut ein Blick über in der Tiefe rauschende Wasser auf ein weiteres Steilufer an, die Begrenzung eines zweiten Meeresarms. Beide Meeresarme trafen sich in dieser Bucht und umschlossen die gewaltige Felsensäule, auf der sie sich eingerichtet hatten und nun warteten.

Sie schenkte der zu beiden Seiten neben ihr kauernden Crew ebenfalls einen abschätzenden Blick und fand mit einer grimmigen Befriedigung, dass sie gute Vorarbeit geleistet hatten. Jetzt konnte der Sonnenaufgang und mit ihm der Prophet von Isfayr kommen, begleitet von seiner Eskorte aus Mitgliedern von Eskeregons Hausgarde.

Wo war nur Skiar geblieben? Das bereitete ihr ein wenig Sorgen, obwohl sie wusste, dass Skiar gut auf sich aufpassen konnte. Sie hatte nicht damit gerechnet, diesen Auftrag allein mit der Truppe durchziehen zu müssen, aber so sah es wohl aus. Verdammt, was war denn so wichtig, dass Skiar dafür mitten in der Nacht verschwinden musste?

Es hatte sich eine Gelegenheit ergeben, vielleicht die letzte, die sie bekamen, und die musste sie nutzen, egal ob Skiar rechtzeitig zurückkam oder nicht. Die Verantwortung lag bei ihr. Es hatte eine Entscheidung angestanden, und sie hatte sie getroffen.

Auch wenn sie diesen widerlichen, arroganten Elfendrecksack Ciauras Iscaron nicht ausstehen konnte, so hatte er ihr – so hatte er ihrem Auftrag – doch einen guten Dienst erwiesen. Er hatte den Propheten von Isfayr aus seinem Loch herausgelockt. Aus dem uneinnehmbaren, unbezwingbaren Loch der Zitadelle von Kaer Varnacht. Genauso musste sie von jetzt an über ihn denken: als den Propheten von Isfayr, als ihre Zielperson, nicht als Disridaer, mit dem sie das Abendmahl eingenommen hatte.

Meet the buddha, kill the buddha.

Der Wind änderte die Richtung und pfiff um den Felsvorsprung herum, auf dem sie hockten. Suacarn neben ihr ölte noch einmal alle beweglichen Teile seiner Armbrust, legte sie in Anschlag, zielte über das Visier hinweg in Richtung des Torhauses jenseits des Spalts, an dessen Grund das Meer gegen die Felsen schäumte. Eine schmale Brücke führte über ihn hinweg.

Das diesseitige Ende der Brücke zum Torhaus wurde gesäumt von zwei Pfeilern mit einem schmalen Fries von Ninraé-Ornamenten. Sie waren im Stil ein Ebenbild des Torhauses auf der anderen Seite des Abgrunds, das wohl ursprünglich einmal als Zollhaus gedient hatte. Es war kantig, roh und zweckmäßig, und zu seinen Seiten ragten die beiden Wachtürme auf wie dunkle, spitze Zinken. Torhaus und Brücke bildeten einen schroffen Gegensatz zur Kunstfertigkeit des Bogens und der Brücke, die ins Innere der Zitadelle Kaer Varnacht führten. Im Torhaus waren zwei Wachen zurückgeblieben. Von denen war allerdings momentan nichts zu sehen.

Diese Brücke zum Torhaus würde sie später überwinden müssen, um sich den Kopf des Propheten zu holen, als Beweis, dass sie ihren Auftrag ausgeführt hatten. Das lag alles noch vor ihnen. Wichtig war jetzt nur, dass sie diese sich ihnen bietende Gelegenheit – wahrscheinlich die letzte – erkannt und sich entsprechend vorbereitet hatten.

Als sie vor Stunden die eine Abteilung der berittenen Angehörigen der Hausgarde Eskeregons über den Felspfad in der Dunkelheit verschwinden sah, hatte Nuava sofort begriffen, wohin sie wollten.

Denn der Weg, den sie einschlugen, führte an den verlassenen Tualramí-Minen vorbei.

Zum alten Hafen.

Einst waren regelmäßig Schiffe von Isfayr nach Ciadbroc gefahren, beladen mit in den hiesigen Minen abgebautem Tualramí. Dieses wertvolle Mineral hatte der Insel in der Vergangenheit seinen Reichtum beschert und dazu geführt, dass einige Ninraéhäuser hierhin übergesiedelt waren. Doch diese Zeiten waren längst vorbei. Die Tualramí-Vorkommen waren erschöpft, und der alte Hafen, weit abseits, am Ende des engen Netzwerks von Buchten und Fjorden, war heute verlassen.

Dieser Hafen lag am Fuße einer riesigen in einer Meeresbucht aufragenden Säule, offenbar ein Überbleibsel einer einstmals zusammenhängenden Steilküste. Er wurde durch eine günstige Lage inmitten verschiedener, ihn säumenden Felsformationen vor Wind und Welle geschützt. Seine bescheidenen Anlagen reichten gerade soweit aus, dass ein oder zwei Schiffe hier am kahlen schwarzen Stein des Kais landen konnten. Mehr hatte es wahrscheinlich auch nicht bedurft, um das seltene und kostbare Mineral zu verladen und die vom Festland kommenden Güter zu löschen.

Unten im Hafen, am anderen Ende des sich im Zickzack und um den Turm windenden Weges, hatte bereits Eskeregons Schiff angelegt, auf dem der Prophet von Isfayr mit dem Morgengrauen die Insel mit Kurs auf das Festland verlassen sollte. Um dessen Besatzung mussten sie sich keine Gedanken machen, denn bis die von dort nach oben gelangen konnten, war hier alles vorbei.

Besser hätten sie es gar nicht treffen können, dachte Nuava, als sie sich jetzt umblickte. *Gesegnet sei dieser zerklüftete Fels mitten im Meer.*

Die Überfahrt hierher war der gefährlichste Teil ihrer Vorbereitungen gewesen, aber Dwalf hatte die Aufgabe, sie sicher und unbemerkt zur Felssäule des alten Hafens überzusetzen, meisterhaft bewältigt.

Der Firimduerga war an der Küste Gruagains aufgewachsen, hatte schon früh gelernt, Fischerboote zu steuern, und bevor er zu Skiars Schattenmonden stieß, war er lange Jahre zur See gefahren. Die sichere und unbemerkte Überfahrt hatten sie nicht nur Dwalfs Seefahrtskünsten, sondern auch seinen scharfen Augen zu verdanken, mit denen er, wie alle seiner Art, besser im Dunkeln sehen konnte, als die Angehörigen jeder anderen Rasse.

Sie spürte, wie sich rechts und links jemand neben sie schob, erkannte mit kurzen Seitenblicken Suacarn und Durukum.

Suacarn deutete mit einer knappen Geste auf die Brücke und das alte Zollhaus dahinter. „Konnten wir das nicht direkt von der anderen Seite machen?"

Nuava wandte sich ihm mit hochgezogenen Augenbrauen zu. „Ist das dein Ernst, Sportsfreund?" Schwieg, wies mit einem Zucken des Kinns rüber. „Schau dir das an. Ich bin ein Freund von einfachen Lösungen, aber wie willst du dich über diese weit einsehbare Felsenplatte auf der anderen Seite unauffällig nähern? Alles, wo man Deckung nehmen kann, ist zu weit weg, um einen sicheren Schuss anzubringen. Ansonsten käme nur ein Blitzangriff in Frage, vielleicht zu Pferd. Und die einzigen, die hier am Arsch der Welt dafür geeignete Pferde und keine Ackergäule haben, wären die hohen Ninraéhäuser. Hättest du die etwa fragen wollen? ‚Tschuldigung, wir sind eine Söldnertruppe, haben einen Elfenpropheten zu ermorden und würden dafür gerne Ihre Pferde kaufen'? Nein, das da drüben sind die einzigen Pferde, die wir brauchen, und die werden wir für unsere Flucht nutzen."

Der Weg auf der anderen Seite, der zum Torhaus führte, war von ihrem Standort aus über gut zweihundert Meter hinweg hervorragend einsehbar. Erst dann erhob sich eine weitere Stufe von Felsenklippen, die gerade einen scharfen Durchlass für die Straße boten. Die einzige Unterbrechung des ansonsten schnurgeraden und ebenen Zugangswegs war eine Stufe im Terrain, etwa zwanzig Meter vom Torhaus entfernt. Nuava vermutete, das einmal so etwas wie eine Rampe diesen Höhenunterschied für Reiter und Karren überbrückt hatte, aber diese ursprüngliche Konstruktion war zusammengebrochen, wahrscheinlich durch klimatische Verhältnisse – ein Beben oder einen Erdrutsch – und hatte ein Trümmerfeld hinterlassen, das Reitern jetzt ein Hindernis bot. Die Hausgarde Eskeregons hatte bei ihrem Eintreffen dort von ihren Pferden absteigen und zu Fuß weitergehen müssen. Die Reittiere der hier als Wachen Zurückgebliebenen waren dort, wo sie von den Posten im Torhaus gut gesehen werden konnten, noch immer ange-pflockt. Und die Eskorte des Propheten würde noch mehr mitbringen.

„Hier dagegen", wandte sie sich wieder Suacarn zu, „liegen wir gut versteckt in Deckung. Außerdem erwartet man von dieser Seite keinen Angriff. Und, wie sieht's mit deinem Schussfeld aus, na?"

„Von hier aus kann ich alles gut erwischen, was ich erwischen will", musste Suacarn zugeben. „Der Abgrund ist zwar dazwischen, aber die Entfernung ist ideal. Solange mein Ziel nicht in den Schatten des Torhauses tritt."

„Und genau das ist der Punkt. Vorher hast du eine Menge Zeit."

„Ja, ich weiß", lenkte Suacarn ein. „Sie werden da hinten von den Pferden steigen, sie zurücklassen und den Rest des Weges zum Torhaus zu Fuß zurücklegen."

„Genau das ist dein Zeitfenster, den Propheten zu erledigen. Schaffst du das?"

„Wofür hältst du mich? Natürlich schaffe ich das."

„Der Prophet ist tot, Chaos bricht aus. Sie haben ihren Auftrag versaut, ihre Kampfmoral ist am Arsch." Sie hob die Stimme gerade so, dass sie wusste, die anderen konnten sie hören. Dort drüben auf der anderen Seite beim Torhaus, bekam garantiert keiner über den Wind und das Rauschen der Brandung irgendetwas mit. „Schon in der Sekunde, wo der Prophet fällt, stürmen wir über die Brücke. Eine schnelle Aktion mit Kairn und Berphor als Vorstoßteam, genauso wie bei der Festung von Truan-Askair. Wir holen uns den Kopf des Propheten als Beweis für den erledigten Auftrag, schnappen uns die Pferde und verschwinden. Alle Pferde, damit wir nicht verfolgt werden können. Wir reiten zur ‚Galgeneiche' und bringen Urnam den Kopf. Wir schnappen uns Urnam und nehmen ihn direkt mit. Damit keiner auf die Idee kommt, uns übers Ohr zu hauen. Mit ihm geht es zu dem abgesprochenen Versteck in den Bergen, in der Nähe des Portals, wo wir unseren Lohn erhalten sollen. Und dann geht's morgen auf die andere Seite, rüber zum Festland. Isfayr adieu und auf Nimmerwiedersehen."

„Als Priester verkleidet", feixte Durukum. „Ausgerechnet wir. Ich kann das noch immer nicht glauben."

Sie hatten das Ganze zwar vorher genau besprochen, und alle Rollen waren klar verteilt, aber sie wollte es ihnen noch einmal einhämmern. Und sie das klar und simpel tun. Jetzt war der Moment für Sicherheit und Klarheit. Und dafür, die Moral vor so einem Einsatz zu stärken. Das war jetzt ihr Job, jetzt da Skiar nicht da war. Dass dabei etwas schiefgehen konnte, dass es nicht so einfach sein würde, die Hausgarde Eskeregons unter diesem Hauptmann Garvat zu überrumpeln, wusste sie selbst. Aber sie waren die Schattenmonde. Sie waren ein starkes, gut eingespieltes Team, und sie würden das durchziehen, wie sie so was immer durchgezogen hatten.

Verdammt, wo blieb nur Skiar? Was auch immer ihn aufgehalten hatte, er kannte den vereinbarten Ort der Lohnübergabe, das Versteck in den Bergen. Ihm war schon nichts passiert, redete sie sich zu. Skiar wusste, was er tat. Warum hatte er sie nur in das, was immer er da gerade abzog, nicht eingeweiht?

Die Formen des Torhauses, die Klippen auf der gegenüberliegenden Seite zeichneten sich mittlerweile schon ein wenig deutlicher ab. Der Mond war vom Himmel verschwunden. Der gräuliche Schimmer eines neuen Tages schlich langsam und unerbittlich herbei.

KAPITEL 15

D ie klamme kalte Stunde, bevor die Nacht sich er-
gibt, bevor die Welt sich zu einem neuen Tag
wendet. Manche sagen, die Welt ersteht mit jedem
wiedererwachten Tag neu. Manche sagen, alles wird leichter
mit dem Morgen.

Skiar fühlte zwar, wie die Kraft durch seine Glieder,
durch seinen Körper strömte, wie sich die Sehnen seiner
Beine mit jedem mächtigen Laufschritt spannten, der ihn
weitertrug, doch das Gefühl der Leichtigkeit versagte sich
ihm. Dafür lag eine drückende und treibende Last zu schwer
auf seinen Schultern.

Und er fühlte, wie sie mit jedem seiner Schritte
schwerer wurde. Seit er die „Galgeneiche" verlassen hatte,
trieb ihn eine dunkle Furcht an und bohrte ihm ihren Stachel
ins Fleisch. Etwas Ungreifbares vereinte sich mit dem Entsetzen über das, was Ciauras Iscaron und der Neaphranit
dort am Morn Bracair trieben. Es verfolgte ihn wie der
Schlag dunkler Schwingen. Er musste Nuava und seine
Schattenmonde rechtzeitig erreichen. Eine Stimme tief in
seinem Inneren sagte ihm, dass etwas Ungutes geschehen
war und die Zeit drängte. Er musste seine Schattenmonde

davon abhalten, den ihnen erteilten Auftrag auszuführen. Sie waren verraten worden. Sie sollten für etwas Schreckliches benutzt und dann getötet werden. Sein Gewissen bot allerlei Tiefen, das wusste er, doch das, für das sie eingespannt werden sollten, konnte er in keinem Abgrund versenken.

Hatte Nuava womöglich während der Nachtstunden eine Möglichkeit entdeckt, den Propheten zu töten und traf schon die Vorbereitungen?

Er näherte sich einer Gabelung des Weges. Geradeaus ging es zu den Scatters, rechts hinunter ging es zu den Buchten mit den verlassenen Tualramí-Minen und dem alten Hafen. Die Umrisse der Scatters, sowohl der Felsen als auch des wuchernden Labyrinths von Behausungen, zeichneten sich gegen einen grauer werdenden Himmel ab. Weitere Umrisse wuchsen aus dem noch in Dunkelheit gefangenen Grund wie prekäre Klippen, durch die er in seinem raschen Lauf seinen Kurs finden musste. Die Welt schwankte im Rhythmus seiner auf den Boden auftreffenden Sohlen und das, zusammen mit den Schatten, die durch seinen Geist schwirrten, verwirrte ihn für einen Moment länger, als es vielleicht sonst der Fall gewesen wäre.

Die Umrisse waren nah, zu nah. Sie bewegten sich.

Das waren Menschen. Das war ein ganzer Trupp von Leuten, die sich eng beieinander hielten. Wie in militärischer Aufstellung.

Er verlangsamte seinen Lauf, um ein klareres Bild zu bekommen. Dabei fuhr seine Hand zu dem Holster an seiner Seite und öffnete die Schließe über dem Knauf.

Armbrustschützen. Er erkannte es an der Haltung des Anlegens, an dem Muster, das die Reflexionen auf ihren Waffen formten. Noch mehr ohne Armbrüste im Hintergrund.

„Er ist es", hörte er eine Stimme.

Mehr als in der „Galgeneiche". Soldaten diesmal, kein

einfacher Haufen von Halsabschneidern. Und mit Armbrüsten.

Das mussten Iscarons Leute sein.

„Er darf auf keinen Fall zum alten Hafen." Wieder dieselbe Stimme. Die des Anführers. „Er darf nirgendwohin mehr gehen. Sein Weg endet hier." – *Zum alten Hafen.*

Er hörte das Schnappen der Armbrustmechanik. Die Geschosse lagen jetzt im Schaft.

Die Zeit, die ihm blieb …

Seine Hand schloss sich um den lederumwickelten Griff. Er beschleunigte seine Schritte. Die Klinge flog aus der Scheide. *Du weißt, wie der Anblick einer Kriegssichel auf den Feind wirkt, das Licht auf ihrer Klinge. Ein halbes Dutzend Armbrüste sind auf dich gerichtet, vielleicht mehr. Treib ihnen den kalten Schrecken in die Glieder.*

Er hörte die erste Silbe sich von den Lippen des Anführers lösen.

„Schie–"

Ein Schrei brach tief aus seinen Eingeweiden, brandete roh durch seine Kehle. Er erkannte ihn nicht als seinen eigenen, als er die Schleier der ersterbenden Nacht durchschnitt.

Ein Schnappen von Sehnen. Pfeile flogen durch die Dunkelheit.

Skiar stürzte vor wie ein brüllender, rasender Dämon. Der schwere Schwung der Kriegssichel durchströmte wie eine Verlängerung seiner eigenen Kraft die Sehnen seines Arms. Ein Pfeil schrammte seinen Oberarm entlang. Er spürte den Windhauch der anderen. Doch alle flogen sie an ihm vorbei in die Dunkelheit. Sein Schrei, sein rasendes Anstürmen mit dem blanken Stahl der Sichel in der Hand, hatten ihnen den Nerv genommen, das hier kaltblütig durchzuziehen, sicher zu zielen.

Hektische Versuche nachzuladen. Vorrücken von mit Schwertern Bewaffneten. Seine Sichel flog, zog ihren Bogen und ein erneuter Schrei brach von seinen Lippen.

KAPITEL 16

Natürlich werden sie ihn aufhalten. Es ist ein ganzer Trupp Eurer besten Soldaten. Dagegen hat auch ein Veteran wie Skiar Schattenmond keine Chance. Habt ihr etwa Zweifel an den Fähigkeiten Eurer eigenen Soldaten?"

Ciauras bedachte den Neaphraniten, während ein kurzer Anflug von Zorn in ihm aufstieg, mit einem finsteren Blick – den dieser nicht sah, weil er von ihm abgewandt stand und sich ganz auf seine Konklavsphäre konzentrierte. Zu'u, wie der Neaphranit sich ihm gegenüber nannte, hielt seine Finger gegen beide Schläfen gepresst, während die Kreatur auf seiner Schulter hockte wie ein kleines Äffchen, obwohl es tatsächlich eher die Gestalt eines kleinen, haarlosen Hundes mit aschefarbenem Balg besaß. Es passte sich insofern farblich perfekt Zu'us Aufmachung an und verschmolz mit seiner Gestalt, der dunklen, schwarzgrauen, eng anliegenden Kleidung aus Stoff und Lederapplikationen.

Ciauras stand am Rand der hohen und geräumigen Halle und hielt Abstand von Zu'u. Nicht nur, weil er dessen Konzentration nicht stören wollte, sondern auch wegen der Natur von dessen Gerätschaften. Es waren nur wenige und sie waren verteilt über die ganze Weite der Halle, weil einige der Experimente des Neaphraniten und die daraus hervorgehenden Erscheinungen Raum beanspruchten. Einige dieser Geräte, vor allem eine große kugelförmige Apparatur zeigten den stumpfen Glanz von Eisen. Dem Neaphraniten selbst machte die Berührung dieses Metalls nichts aus, doch er als Ninraé konnte dessen Nähe nur schwer ertragen und musste sich durch ein kostspieliges und rares Gegenmittel gegen dessen schädlichen Einfluss schützen. Wie seltsam, dass die Insel Isfayr ihren Aufstieg gerade der Ausbeutung des Grundstoffs für dieses Mittel verdankte und ihren Fall dem Versiegen dieser Quellen. Nach den ersten Funden hatte man mit großen Anstrengungen und Eifer Stollen und Minen in die Berge getrieben, um das Tualramí abzubauen. Schiffsladung um Schiffsladung war zu den Ländern des Festlands transportiert worden und Isfayr war für kurze Zeit aufgeblüht. Doch der Hunger nach Tualramí, den Blumen der Erde, hatte dafür gesorgt, dass die Vorkommen in wenigen Jahrzehnten schon bis zum letzten Quentchen ausgebeutet wurden. Immer neue Vortriebe hatten auch keine neuen Adern aufspüren können. Das spärliche Tualramí ‚das Ciauras heute bezog, damit er Zu'u bei seinen Experimenten Gesellschaft leisten konnte, musste vom Festland importiert werden.

Während Zu'u weiter in seiner Konzentration gefangen war, wurde Ciauras Blick vom Ergebnis der Forschungen des Neaphraniten angezogen, von der Reihe von Nischen, in denen jede dieser Gestalten stand, aufrecht, starr, wie Statuen, beleuchtet vom Glanz der Leuchtorben, die diesen unterirdischen Räumen ihr Licht gaben. Zu'u schwieg weiterhin, schien ihn keiner Beachtung zu würdigen, und er konnte seine Faszination nicht beherrschen. Also trat er, in einem vorsichtigen Bogen die große Eisensphäre und die anderen Gerätschaften gleichen Materials umgehend, zu den *Gebannten* hin.

Er schritt ihre Reihen entlang, blickte in ihre starr geöffneten Augen, die wirkten, als würden sie wachen, würden jede Sekunde empfinden, die sie wie hypnotisiert in die gleiche Richtung blickten. Zu'u hatte ihm versichert, sie befänden sich in einem dem Schlaf ähnlichen Zustand, auch wenn sie gar nicht so aussahen. Sie wirkten auf ihn keineswegs wie Angehörige seiner eigenen Rasse, eher wie Calibane. Ihre Gesichter hatten sich unter dem Prozess verändert und neben den schwarzen Augen wiesen sie wenig Ähnlichkeiten mit Ninraé auf. Das Gute daran war, es machte es ihm und Zu'u möglich, ihre Natur zu verschleiern. Man konnte sie leicht als augmentierte Calibane ausgeben. Eine Elitearmee aus speziell augmentierten Calibanen, das würde sein Markenzeichen sein. Er hob den Arm, blickte auf das breite Armband mit der eingearbeiteten Metallscheibe darin, das sich über dem Handgelenk um seinen Unterarm spannte, und das diese *Gebannten* auch seinem Befehl unterwarf. Der Machtfaktor, den der Neaphranit darstellte, würde es ihm wieder erlauben, in die Geschicke ihrer Welt einzugreifen. An Hygorneans Seite, für die Alte Ordnung. Er konnte etwas bewegen, etwas verändern. Wozu war das Leben sonst da? Auch wenn die anderen degenerierten und trägen Angehörigen des hiesigen Hauses Iscaron, das nicht begreifen wollten.

„Er ist es."

Die plötzlichen Worte schreckten ihn auf. Er wandte sich zum Neaphraniten um.

„Er darf auf keinen Fall zum alten Hafen", sagte Zu'u jetzt mit noch immer geschlossenen Augen, die Finger weiterhin gegen die Schläfen gepresst. „Er darf nirgendwohin mehr gehen. Sein Weg endet hier."

Seine Augen öffneten sich abrupt, seine Hände sanken herab. Er sah Ciauras an.

„Der Kampf hat begonnen", sagte er.

„Siehst du, wie es läuft?", fragte Ciauras. „Siehst du wie er ausgeht?"

„Die Konklavbindung mit dem Hauptmann Eures Trupps ist latent. Ich kann sie jederzeit wieder öffnen."

„Kontrolliert Ihr so die *Gebannten*? Über eine Konklavbindung?"

Zu'u bedachte ihn mit einem Blick, der kurz an ihm herabglitt, dann zu seinem Gesicht zurückkehrte und den er nicht deuten konnte. „So ungefähr."

Es sah aus, als wollte er sich abwenden, dann schien er sich jedoch zu besinnen. „So etwas wie eine einseitige Konklavsphäre liegt dem Kern auch eures Skriptorsiegels zugrunde." Zu'us Blick glitt zu Ciauras Arm herab, und Ciauras hob seine Hand, um es näher zu betrachten. Konzentrische Kreise umliefen die leicht gewölbte Oberfläche der in das Armband eingearbeiteten Scheibe. Ein paar weitere Linien und Symbole waren darin eingegraben. In seiner Mitte befand sich die edelsteinartige Erhöhung, mit der er diese Gerätschaft ins Leben rief. „Diese Konklavsphäre", fuhr Zu'u fort, „wird jedoch eingeschränkt. Sonst würdet Ihr alles, was die *Gebannten* wahrnehmen, auch selber erleben. Von allen, die Ihr über das Siegel ansprecht. Ich glaube, das würde Euch ein wenig überfordern." Ein kleines, feines Lächeln lag auf den Lippen des Neaphraniten. „So führen sie lediglich für Euch den Schildwallmodus aus. Mit der Zeit werdet Ihr lernen, Eure Befehle präziser auf sie zu übertragen. Die sie dann ausführen müssen, als wäre es ihr eigener Wille. Oder Ihr werdet ihnen Worte eingeben können, so wie ich es eben bei Eurem Hauptmann getan habe."

„Und? Was ist mit ihm? Was ist mit dem Hauptmann? Ist dieser Skiar schon tot?"

Ein kurzer Schatten der Verärgerung zog über Zu'us Gesicht, dann schloss er kurz die Augen, atmete mehrmals ruhig durch. Nach ein paar Sekunden öffnete er sie wieder.

„Ich sehe Blut, Schmerz und Chaos. Heftige Gefühle, die ich nicht eindeutig lesen kann."

Ciauras stieß zwischen zusammengebissenen Zähnen einen kurzen Aufschrei aus und hieb mit seiner Faust in die Handfläche. Er hatte es geahnt. Diesen Skiar durfte man nicht unterschätzen. Sein Ruf eilte ihm voraus. Genau deshalb hatte er ihn engagiert. Genau deshalb gab er den perfekten Sündenbock ab. Aber das war jetzt vorbei!

„Wir greifen ein! Wir bringen das jetzt zu Ende", versetzte er heftig.

„War es denn nicht eigentlich der Sinn des Auftrags an die Schattenmonde, unsere Hände von all dem rein zu halten, damit vorerst keine Aufmerksamkeit auf unsere Aktivitäten fällt?"

„Ja", platzte es aus ihm heraus. „Eigentlich!" Heftig wandte er sich dem Neaphraniten zu und starrte ihm direkt in die Augen. Zu'u wich nicht zurück Zu sehr war er sich wohl seiner Macht bewusst. „Aber jetzt sind sie alle da unten beim alten Hafen. Wo es keine Zeugen gibt. Ich habe sie da herausgelockt! Ich habe sie aus ihrem Bau getrieben. Obwohl Ihr mich davon abhalten wolltet."

Der Neaphranit zuckte mit keiner Wimper. „Es war gewagt."

„Aber der Prophet ist jetzt dort draußen. Mit einer kleinen Eskorte Eskeregons. Wo es keine Zeugen gibt. Eine Abteilung meiner Soldaten steht bereit …"

„Weil Ihr erwartet hattet, dass Euer impulsives Handeln zu Komplikationen führen könnte, die unser Eingreifen erforderlich machen?"

„… die Pferde sind gesattelt." Ciauras ignorierte den Einwurf des Neaphraniten. „Ich sage, wir gehen dorthin und bringen das zu Ende."

„Es wird ein Schiff da sein. Es könnten Zeugen ent— kommen."

„Nicht mit Eurer Macht. Wir werden zusammen angreifen und das zu Ende bringen. Der Prophet stirbt heute Nacht."

„Und Eskeregon?"

„Was immer er wissen oder ahnen sollte: Wer glaubt einem einsamen Sonderling, der ganz allein in einer für ihn viel zu großen Burg hockt und in aller Stille eine Armee um sich sammelt?"

Zu'u blickte ihn eine Weile stumm an, dann wandte sich sein Blick ab, wanderte hinüber zu den Gestalten, die aufgereiht in den Nischen standen.

„Wenn wir es heute Nacht zu Ende bringen wollen, dann sollten wir kein Risiko eingehen."

KAPITEL 17

Die Zeit der Wandlung, die Stunde, die zwischen den Rädern liegt, war gerade vorüber. Der Himmel färbte sich merklich grau, und Dunkelheit wurde zu Formen und Schatten, als sich etwas in dem Einschnitt zwischen den Felsenklippen rührte. Nuava stieß Suacarn an ihrer Seite an, dessen Kinn auf seine Brust hinabgesackt war.

„Werd wach, Scharfschütze, und krieg deine Sinne klar!"

Die Wachen im Torhaus hatten die Annäherung ebenfalls bemerkt, denn Nuava sah sie aus seinem Schatten auf die Freifläche hinaustreten. *Gut. Geht ihr mal raus. Dorthin, wo wir euch im Blick haben.*

Neben ihr regten sich die anderen. Giarn gab Dwalf einen unsanften Fußtritt. Flüstern, leises Stiefelscharren, das Rascheln von Kleidung und Rüstung und gedämpftes Klirren von Metallteilen erfüllte die Luft.

Nuava lehnte sich über die Felskante vor und kniff die Augen zusammen, um besser sehen zu können.

Aus einer vagen Bewegung wurden undeutliche Formen, als kröche in der verhangenen Düsternis eine Schlange langsam zwischen den Felstrümmern hindurch auf sie zu. Allmählich wurde sie als eine Kolonne von Reitern erkennbar.

Natürlich war es die Eskorte mit dem Propheten von Isfayr.

Erst als sie zu dem Felssturz kamen und von ihren Pferden absteigen mussten, konnte sie deutlich Hauptmann Garvat an der Spitze erkennen.

Ein Klacken neben ihr verriet, dass Suacarn seine Armbrust spannte. Sekunden später sah sie, wie er sich neben ihr mit der Waffe im Anschlag vorschob, den Fels als Auflage und Stütze für seine Armbrust nutzend.

Ja, sie stiegen alle ab. Garvat trat zum Pferd eines Reiters mit Kutte und über den Kopf gezogener Kapuze. Das war er, Disridaer Ravanaic, der Prophet von Isfayr. Andere aus dem Trupp luden Truhen von Lastpferden, wohl das Gepäck des Propheten, das für ihn Nötigste, das er eilends in dieser Nacht zusammengepackt hatte. Andere führten die freien Pferde zu den anderen und banden sie an. Mehr als zwei Mann würden sie kaum dort zurücklassen.

„Hast du ihn im Visier?", flüsterte sie Suacarn zu.

„Hab ihn", gab der halblaut zurück. „Sind nur viele um ihn herum."

„Warte wie abgesprochen, bis sie den Felssturz hinabgestiegen sind. Lass sie möglichst nah an das Torhaus herankommen, damit wir, wenn der Prophet fällt, möglichst schnell bei ihm sind und uns seinen Kopf holen können." Hörte sich einfach an. Den Propheten würden sie kriegen. Ein Schuss und das war's; da verließ sie sich ganz auf Suacarn. Aber um den Kopf des Propheten würde es mit Sicherheit einen Kampf geben. Wenn nur Skiar hier wäre. Ihr war klar, wie sie bei diesem Szenario zusammengearbeitet hätten. Sie hätte den Kopf geholt und Skiar hätte sich um Hauptmann Garvat gekümmert. Denn der Mann war gefährlich. Den nahm sie sich jetzt selber vor. Dann musste

Durukum das mit dem Köpfen übernehmen; so war es abgesprochen. Egal, wer es machte, Hauptsache der Kopf war
ab. Das Gute war, dass, so wie die Sache lag, *sie* es nicht
tun musste. Sie hatte wenig Lust, in dieses jugendliche
Gesicht zu sehen und dann seinen Kopf abzuschlagen.

Jetzt stiegen sie den Felssturz hinab. Garvat wollte dem
Propheten die Hand reichen, doch der wehrte ab. Nuava
konnte ein Grinsen nicht unterdrücken: Da kam doch
tatsächlich Garvat mit dem Propheten einfach so den
geraden Weg zwischen Felssturz und Torhaus hinab. Natürlich, wenn sie überhaupt eine Gefahr vermuteten, dann
bestimmt nicht von dieser Seite.

„Suacarn?", flüsterte sie.

„Hab ihn."

„Lass ihn noch näher kommen."

Suacarn lag da hingehockt, wie irgendein Scharfschütze
aus Nuavas eigener Welt und zielte sorgfältig mit über dem
Lauf hochgeklapptem Visier.

„Näher."

Ja, noch ein bisschen.

„Näher."

„Ich habe ihn."

Sie hob die Hand, bereitete sich selbst darauf vor, in der
Sekunde, wenn der Prophet fiel, vom Felsvorsprung auf den
Weg hinab zu springen und die paar Meter bis zur Brücke
zu bewältigen. Sie sah Kairn, Berphor und Durukum an, die
als Erste zusammen mit ihr rübergehen sollten.

„Beinahe."

Sie hob die Hand ein wenig mehr. Jetzt gleich.

In diesem Moment brachen die Schreie aus, und der
Tumult ging los.

KAPITEL 18

Die Aufregung begann bei den Soldaten, die noch bei den Pferden zurückgeblieben waren. Einer von ihnen hatte sich umgedreht und einen Warnruf ausgestoßen.

Von da aus hatte es sich ausgebreitet.

Alle wandten sich um. Ein kurzer Ruf. In Sekundenschnelle stürzten Soldaten aus der Reihe vor und formierten sich um den Propheten.

„Verdammt!" Suacarns Stimme.

Den Grund für Suacarns Fluch konnte sie auch von ihrem eigenen Standort aus erkennen: Einer stand jetzt vor dem Propheten. Von dort drüben kamen weitere Schreie.

„Ich habe kein freies Schussfeld mehr."

„Versuch weiter ..."

„Tu ich längst. Ist haarig, aber ..."

Soldaten scherten aus der Formation nach links und rechts aus. Wie die Spannarme ihrer Armbrüste. Richteten ihre Waffen auf den Durchgang zwischen den Felsen.

Dort heraus trat ein einzelner Mann.

Sie hätte dessen Statur sofort erkannt, auch wenn nicht

die typische Form seiner Waffe gewesen wäre, die merkwürdig schlaff in seinem Griff herunterhing.

Skiar.

Er schleppte sich mit unerbittlichen Schritten vorwärts.
Der Mantel, den er hier in Isfayr getragen hatte, war
verschwunden. Stattdessen sackten die Schultern, um die er
sonst gelegen hatte, ihm nach einer Seite weg. Seiner
ganzen schlanken Gestalt haftete etwas Krummes, Schiefes
an.

Sie hatten ihn sofort entdeckt, aber das war jetzt egal.

Skiar wischte sich mit einer Hand das Blut aus den
Augen. Er konnte sich gut vorstellen, was die Soldaten dort,
die zweifellos die Leibwache und Eskorte des Propheten
waren, vor sich sahen.

Einen hochgewachsenen Kerl mit kurzem, weißem
Haar, der ein Ninra sein konnte oder auch nicht, verwundet,
blutig. Mit einer mordsmäßig schweren, wie ein aufge-
hender Mond gebogenen Klinge.

Dass es eine viridanische Kriegssichel war, wussten die
nicht. Auch nicht, dass er sie vom letzten Viridaner dieser
Welt geerbt hatte und sie namenlos verblieb, weil er ihren
verdammten viridanischen Namen einfach nicht ausspre-
chen konnte. Wohl aber sahen sie, dass Blut von ihr herab-
tropfte.

Vielleicht sahen sie auch einen etwas irren Blick in
seinen Augen. Sie wussten nicht, dass dies kein Irrsinn war,
sondern eine neue, schreckliche Klarheit.

Und die sagte ihm, dass es ganz egal war, was sie dachten. Oder was sonst mit ihm geschah.

Der Arm wurde ihm schwer, er spürte ihn kaum noch,
und die Kriegssichel sackte herab und berührte den Boden.
Er schleifte sie über den Stein scharrend hinter sich her, bis

das Sirren endlich erstarb, als er einen Flecken mit Erde und spärlichem, gelbem Gras erreichte.

Es war egal, was sie dachten, nur eins war wichtig.

„Nuava!", schrie er mit aller Kraft, die noch in seinen Lungen war. „Nuava, wenn du hier bist! Wo immer du bist! Brich sofort alles ab, was du vorhast!"

Die Armbrustschützen legten auf ihn an.

Das war nicht möglich. War Skiar wahnsinnig geworden?

„Soll ich …" Suacarn.

„Warte."

Skiar rief etwas. Sie hatte Mühe die Worte zu verstehen, die der Wind von seinen Lippen riss. Und bei dem, was sie zu verstehen glaubte, traute sie ihren Ohren nicht.

Ohne Suacarn anzusehen, gebot sie ihm mit gegen ihn gerichteter Handfläche zu warten.

„Der Auftrag … gestorben." Das war's, was Skiar schrie, sie war sicher.

Stimmen ihrer Leute durcheinander: „Was ruft der da?" „Was tun wir jetzt?"

Berechtigte Frage. Die Soldaten der Hausgarde Eskeregons sahen sich nach allen Seiten um, spähten das Plateau und die Felsen überallhin aus. Die anderen waren damit beschäftigt, Skiar mit ihren Armbrüsten ins Visier zu nehmen. *Oh verdammt, Skiar!* Noch hatte man sie und die Truppe nicht entdeckt. Weil sie auf der anderen Seite waren, wo sie niemand erwartete.

„Stehenbleiben!" Hauptmann Garvat schrie das. Er war von der Seite des Propheten gewichen und schritt in Richtung Skiars. Seine Hand lag am Schwert. Er rief seinen Soldaten etwas zu, was Nuava nicht verstand, doch ein Teil der Soldaten rückte daraufhin vor, erkletterte den Felssturz zum höher gelegenen Terrain. Die erste Reihe bestand aus

Armbrustschützen, die Skiar die ganze Zeit fest im Visier hielten. Hinter ihnen formierte sich eine weitere Reihe Soldaten ohne Schusswaffen.

Skiar reckte den Kopf in den Nacken, blickte kurz zum sich mit Dämmer überziehenden Himmel auf. Dann, als habe er alle Kraft zusammengenommen, schrie er noch einmal, den Wind und das Meeresrauschen übertönend, dass es von den umgebenden Felswänden widerhallte.

„Der Auftrag ist gestorben! Es gibt keinen Anschlag!"

Das letzte Wort ging wie eine Welle durch die Hausgarde Eskeregons. Nuava sah, dass Garvat ein paar Schritte ging, sich dabei nach allen Richtungen wendete. Der alte, zernarbte Veteran sondierte das Umfeld, hatte sie aber hier drüben noch immer nicht entdeckt.

Wie lange würde ihr Versteck und die unerwartete Richtung, aus der sie kamen, sie noch vor Entdeckung schützen?

Was ging hier vor? Was sollte sie tun?

Skiar versuchte den Schweiß wegzublinzeln, der ihm trotz der Morgenkälte in die Augen lief.

Wo war Nuava? Dass sie hier irgendwo war, wusste er mit tödlicher Sicherheit.

Sie musste herauskommen. Sie und ihre Leute. Sie mussten sich zeigen. Diese fatale Situation hier musste aufgelöst werden. Die Schattenmonde mussten sich mit den Soldaten Eskeregons zusammentun. Um den Propheten zu beschützen. Und um Iscaron zu besiegen, wenn der auf eigene Faust einen Anschlagsversuch auf den Propheten unternahm. Dass er so weit war, direkt einzugreifen, hatte er gerade auf drastische Weise erlebt.

Er tat sein Bestes, die auf ihn angelegten Armbrüste zu ignorieren.

Sie war hier. Er wusste es. „Er darf nicht zum alten

Hafen", hatte der Anführer seiner Angreifer gesagt. Und hier, beim alten Hafen, war der Prophet. Außerhalb des Schutzes der Zitadellenmauern. Angreifbar. Wenn Nuava nur irgendetwas drauf hatte, dann hatte sie das rechtzeitig herausgefunden und war hier, um den Auftrag auszuführen.

Sie war hier. Er wusste es.

Er spürte, wie sein Bewusstsein für einen Moment wegsackte, wie sein Kopf leicht wurde. *Scheiß drauf! Dräng es zurück!*

Noch einmal riss er sich zusammen, rief so laut er konnte: „Kommt heraus. Nuava, hörst du mich? Ihr habt einen gemeinsamen Feind." Er senkte den Blick, ließ ihn die Reihen der Soldaten entlang schwenken, fand zwischen ihren Reihen hindurch ihren Anführer. „Ihr habt einen gemeinsamen Feind", wiederholte er, indem er den Hauptmann über die Entfernung, durch die Aufstellung der Leibwache hindurch fixierte.

Dann noch einmal, irgendwohin ins Blaue, wo immer sie sein mochte: „Vertrau mir! Nuava, hörst du mich? Vertrau mir."

Durukum sah sie verwirrt an. Suacarn hielt noch immer über den Armbrustlauf hinweg den Blick fest auf das Ziel gerichtet.

„Was tun wir?", fragte er, ohne sie anzublicken.

Nuava schloss kurz die Augen, atmete durch. Dann stand sie aus der Hocke auf.

„Ich vertraue ihm."

Sie warf einen knappen Seitenblick nach rechts und links. „Kommt aus der Deckung. Bis auf dich, Suacarn. Alle anderen tut, was ich tue. Kommt mit."

Sie sprang von dem Vorsprung herab, kam in der Hocke auf dem Weg auf. Ein, zwei Sekunden später, folgten ihr die ersten der restlichen Schattenmonde. Drüben hatte der erste besonders Wachsame sie entdeckt. Es gab erneut Aufregung und Schreie.

Skiar, ich hoffe so verdammt, dass du Recht hast.

Skiar, ich hoffe so verdammt, dass du okay bist.

Sie erinnerte sich an seine schiefe Haltung und daran, dass es so aussah, als sei er blutig und mitgenommen. *Oder dass du zumindest wieder okay wirst.*

Als sie die ersten Schritte auf die Brücke setzte, wusste sie, dass ihr die anderen folgten. „Die Hände von den Waffen."

Sie ging durch den dunklen Schlund des Torbogens auf der anderen Seite, warf den beiden Soldaten, die an der Seite hervortraten, jeweils einen finsteren Blick zu, damit sie sich keine Dummheiten erlaubten.

Garvat drehte sich zu ihr um, erkannte sie. Er sagte etwas, wiederholte es dann mit lauter Stimme, dass sie ihn verstehen konnte. „Was geht hier vor?"

Ganz groß – die meisten der Soldaten hatten sich jetzt in ihre Richtung gewandt. Armbrüste zielten auf sie.

„Fragt ihn." Sie deutete in Skiars Richtung. „Er weiß es." Keiner der Blicke wandte sich von ihnen ab und wieder Skiar zu. Genauso war's mit den Armbrüsten.

„Die Waffen weg!"

Skiar, ich hoffe, du bist dir verdammt sicher. „Fragt …" Nuava stutzte.

Ihr Blick, der über die Entfernung hinweg den von Skiar gesucht hatte, wurde von etwas in seinem Rücken eingefangen. Sie konnte es auf die Distanz und in der noch immer schwer über den Klippen hängenden Dunkelheit nicht richtig erkennen, doch da war ein Aufruhr von Schatten, dort drüben bei dem Hohlweg.

Etwas … etwas näherte sich. Schnell. Sehr schnell.

Freund oder Feind? Den Überblick hatte sie längst verloren.

Beritten. Einer an der Spitze.

Etwas regte sich in ihren Eingeweiden, wie eine zusammengeringelte Schlange, die den Kopf erhob. Ein verdammt schräges Gefühl.

„Achtung! Von hinten!"

Hauptmann Garvat warf ihr einen scheelen Blick zu. „Was soll …?"

Aber da griffen auch schon andere ihren Ruf auf. Aus Garvats Reihen.

Jetzt sah sie es. Und hörte es. Wie die anderen auch. Ein Trupp von Reitern, die in gestrecktem Galopp auf sie zukamen.

Skiar hörte Nuavas Ruf, Sekunden später das Donnern der Hufe.

Mit schmerzenden Gliedern wandte er sich um, drehte Schultern und Kopf so weit, dass er erkennen konnte, was da hinter ihm geschah. Sah sie heranrasen. Nur ein Schluss möglich. Iscarons Schergen hatten ihn nicht aufhalten können. Jetzt kamen mehr, um das zu beenden und den Propheten zu töten.

Seine Beine fühlten sich an, als hätten sie im Boden Wurzeln geschlagen. Mühsam bewegte er sie. Sein Körper folgte seinem Befehl widerwillig, drehte sich, schwerfällig wie ein von einem Esel getriebenes Mühlrad, ganz in Richtung der Angreifer um. Einer an der Spitze – hinter ihm scherten die ihm Folgenden aus. Die Kriegssichel an seiner Seite, sie kam ihm mit einem Mal unendlich schwer vor.

Reiß dich zusammen, Skiar Schattenmond. Stell dich dem Kampf, so wie immer.

Mit der Linken versuchte er Blut und Schweiß aus seinen Augen zu wischen. Vergebens; noch immer zog sich ein Schleier vor seine Sicht. Er fühlte hinein in sein Inneres, nahm von irgendwoher die Kraft, stellte sich vor, wie sie durch seine Glieder strömte. Hob die verdammte Sichel.

Er hob sie ein wenig, nahm eine Kampfposition an, hob sie dann ganz. Spürte die Kraft.

Ein Reiter an der Spitze, der seinen Rappen auf ihn zu galoppieren ließ, eine Klinge gesenkt, gerade auf ihn ausgerichtet, wohl ein Schwert. Erde spritzte von den Hufen des Pferdes auf. Erstes diesiges Licht glänzte auf dem Metall der Klinge.

Näher. Näher.

Im richtigen Moment riss er die Sichel zum Angriffsschwung, zu einem mächtigen Hieb empor.

Nuava sah den Anführer der Angreifer heranreiten. Kein Zweifel mehr an seinen Absichten. Sah die gesenkte Klinge.

Sah, wie Skiar seine Kriegssichel hob. *Gut, er ist doch nicht so fertig, wie es zuerst den Anschein erweckt hatte. Solange er noch seine Kriegssichel schwingen kann ...* Und wie er sie schwang!

Der Reiter kam heran. Die gesenkte Klinge in seinen Händen schoss vor. Verflucht, das war kein Schwert, das war länger.

Die Sichel zog ihre blitzende Bahn. Skiar riss es nach hinten, der Reiter zog vorbei.

Die Sichel entglitt Skiars Griff, als er rücklings stürzte, von einer Waffe mit langem Schaft durchbohrt.

Oh, mein Gott, Skiar!

Der Reiter der ihn getroffen hatte, hielt ohne anzuhalten weiter auf sie zu. Hinter ihm war seine Truppe zu einer weiten Formation ausgeschert.

KAPITEL 19

Sobald Ciauras Reiter aus dem Engpass der Klippen heraus waren, fächerten sie aus, ohne ihr Tempo zu verlangsamen, bildeten eine weite Angriffswelle. Hinter der sich, sobald die Reiter der Enge des Durchgangs entkamen, eine zweite Welle bildete.

Es ging alles sehr schnell, und die vorangegangene Verwirrung unter der Hausgarde Eskeregon spielte ihnen in die Hände.

Als die ersten Armbrustschüsse fielen, war ihre Front so weit auseinandergezogen, dass sie nicht länger ein leichtes Ziel für die Schützen bildeten. Eine Kavallerieattacke treibt dazu noch einen nicht zu unterschätzenden Schrecken in die Herzen derer, die sich dieser Front von massiven Pferdekörpern, lebendigen Rammen gegenübersehen, dazu noch den blanken Klingen, die auf sie gerichtet sind.

Vereinzelte Angreifer wurden von Armbrustpfeilen aus dem Sattel geholt, doch der Rest ritt weiter. Sprengte durch die Reihen der Schützen, trampelte einige nieder. Ließ den zerrissenen Rest für die nächste Welle. Die sie mit ihren langklingigen Speeren niedermetzelte.

Ciauras Iscarons Truppe war gut ausgebildet und trainiert. Er hatte sie in vielen Jahren, da es ihn danach verzehrte, aufs Festland zurückzukehren, um endlich wieder in den Spielen der Macht und des Krieges eine entscheidende Rolle einzunehmen, zu einem machtvollen und durchdachten Instrument geschmiedet. Seine Überlegungen für eine ideale Waffe sowohl für eine Kavallerieattacke als auch für den berittenen Nahkampf gehörten dazu. Bevor ihm das Schicksal mit Zu'u einen Neaphraniten und ein mächtiges Werkzeug in die Hände spielte.

Hauptmann Garvat sah mit einer Mischung von Schrecken und sich rasend steigerndem Zorn, wie ein Großteil seiner Truppe, sein Trumpf, seine Armbrustschützen, niedergemacht wurden. Aus einer chaotischen Situation heraus. Mit einem Überraschungsangriff und einem gut eingeübten Manöver. Seine Befehle waren im ersten Aufruhr und dem Kampflärm untergegangen.

Wenn er etwas retten wollte, musste er schnell und entschlossen handeln.

„Rückzug!", brüllte er. „Hinter den Felssturz!" Er sah, dass die Soldaten um ihn herum seine Befehle hörten, fand aber noch hier und da verständnislose Blicke. „Hinter den Felssturz! Wohin sie uns nicht beritten folgen können."

Er warf einen kurzen Blick zurück, erkannte den Propheten geschützt vom Kordon seiner Garde. Er stürmte vor, packte einen der Soldaten bei der Schulter, schrie an ihm vorbei seinen Befehl in den Pulk der anderen. „Rückzug!"

Ein Reiter sprengte aus dem Chaos heraus, er wich ihm aus.

Gut, die Überlebenden waren in Bewegung geraten, folgten seinem Befehl.

KAPITEL 20

ein, Skiar, nein! Das kann nicht sein!

Nuava stand da wie gelähmt.

Sie sah Skiar dort von dem Speer durchbohrt liegen. Dann im nächsten Moment sprengten Reiter vorbei, nahmen ihr die Sicht. All die Reiter, all die Soldaten, die Kämpfenden waren für sie zu den Formen vorbeiflatternder Schatten geworden. Dunkle Schwingen, die sich ihr näherten, die ihren Kreis um sie enger zogen.

Darin klar und deutlich – auch wenn es von Kämpfenden verdeckt wurde, das Bild hatte sich gnadenlos in ihren Geist eingebrannt – Skiar vom Speer durchbohrt.

Dunkel wie durch einen Schleier nahm sie wahr, wie sich die überlebende Hausgarde Eskeregon zurückzog, wie einige davon noch auf der Flucht niedergemacht wurden, wie sie die Passage in dem Felssturz erreichten und sich dahinter zurückzogen.

All das hatte für sie seine dringliche Relevanz verloren.

Sie sah nur den Mann, der sie zu sich genommen, der sie wahrscheinlich gerettet hatte, der ihr beigebracht hatte, in dieser Welt zu überleben, von einem Speer durchbohrt zu Boden gehen und leblos liegenbleiben.

Sie spürte, wie ihre Zähne mahlend aufeinanderknirschten, die Muskeln ihres Gesichts sich schmerzhaft zu einer Maske verkrampften, wie ihre Glieder bebten und sich etwas glutheiß in ihrem Inneren ballte. Etwas, das sie nur zu gut kannte. Das dort schon immer gelauert hatte und von Zeit zu Zeit hervorgebrochen war. Doch jetzt wühlte es dort mit taub machender Raserei und brach mit der Macht einer Feuerwalze im Schacht ihrer Seele hoch und überschwemmte ihren Geist.

Löschte alles andere aus und ließ nur noch tobenden Zorn zurück.

Zuerst drang es wie ein gutturales Knurren aus ihrer Kehle, während ihre Beine ausgriffen, der Boden unter ihr in Bewegung geriet, schwoll an zu einem Schrei, der ihre Wahrnehmung verschwimmen ließ. Der Mantel fiel von ihren Schultern.

Sie rannte auf den Felssturz zu, nicht die leichter passierbare treppenartige Formation, wo sich die absitzenden Verfolger von Garvats Leuten drängten, den schroffen Wall von wild übereinander getürmten Steinblöcken. Von ihrer Wut befeuert schnellten ihre Beine sie in die Luft. Sie landete auf dem ersten Felsen, sprang weiter, nahm die Barriere in steilen, weiten Sprüngen und war oben.

Leichen, Sterbende, ein zerrissenes, ausgedünntes Feld von Nachzüglern, die Masse drängte sich zur Mitte, zum Durchgang hin, war von den Pferden abgesessen oder gerade dabei. Ein letzter Reiter, er sah sie und lenkte sein Pferd auf sie zu. Sie wusste, was sie erwartete, als er die Klinge senkte. Es war ein Speer, ein langklingiger Speer, und so einer hatte Skiar durchbohrt.

Das Pferd donnerte heran, sie sah die unter seinen Hufen wegspritzenden Brocken und Fetzen aus der dünnen, mageren Sodenschicht, fixierte die Spitze der Klinge, die auf sie gerichtet war – nur die. Die heranraste. Sie wich ihr aus, packte den Arm, der sie hielt, hebelte und zerrte. Pferd und Reiter flogen an ihr vorbei, die Unordnung eines Sturzes in ihr vorher perfektes Zusammenspiel getrieben. Sie ließ es hinter sich, griff im Lauf über die Schulter und zog ihr Schwert frei. Zeitig genug für die Feinde, die ihr entgegenstürzten – eine letzte Barriere vor dem gefallenen Skiar. Dem ersten fuhr die im Schwung durchgezogene Klinge irgendwo zwischen Schulter und Hals. Schwarzes Blut spritzte wie im Einklang des Taumels ihrer Rage. Den zweiten erwischte sie tief, er knickte weg. Der dritte, er rannte direkt in ihr Langschwert hinein, spießte sich selber auf der Klinge auf – der brechende Blick wankte ihr entgegen. Sie ließ den Schwertgriff los – die Klinge war verkeilt – ließ die Waffe gehen.

Da lag Skiar. Die Augen weit und starr gen Himmel gerichtet, der Mund offen und schlaff. Da war seine Waffe. Die Kriegssichel hatte sich mit der Spitze zuerst in den Boden gebohrt, als der Griff von Skiars Hand brach. Dort steckte sie noch immer.

Nuavas Rechte packte sie, schloss sich um den lederumwickelten Knauf. Ihre Linke gesellte sich dazu. Die Waffe war schwer, ihr Gewicht ungewohnt. Sie zog sie aus dem, Boden frei, hob sie mit beiden Händen hoch, streckte sie vor sich und wandte sich um.

Ihre Aktion war nicht unbeachtet geblieben. Ein loser Kreis von Feinden begann, sich enger um sie zu ziehen. Sie erkannte ihre Zeichen: Es waren die gleichen, die ihre Angreifer bei der Rede des Propheten auf dem Platz getragen hatten – das Wappen des Hauses Iscaron.

Die Soldaten Iscarons zogen ihren Ring um sie enger zusammen, ihre Waffen gezogen, Schwerter meist, nicht länger die für den Reiterkampf geeigneten Speere. Sie fletschte sie über die Klinge von Skiars Kriegssichel an, hatte Mühe aus dem vor Wut verzerrten Mund Worte herauszubringen.

Musste sie regelrecht hervorpressen. „Kommt her! Kommt nur alle her!"

Einen Moment besannen sie sich. Dann griffen sie an, alle zugleich.

Nuava ließ das, was in ihr sich krümmte und ballte, los.

Es war eine blutige Raserei.

Das war sie. Das war diese Nuava, mit der er noch am Abend zuvor am Tisch gesessen und gemeinsam mit Eskeregon und dem Propheten Disridaer das Mahl geteilt hatte. Und der er schon da nicht wirklich über den Weg getraut hatte.

Garvat hatte sie schon vorher wiedererkannt, als sie aus dem Schatten des Torhauses getreten war. Hatte sich ausgerechnet, dass Ciauras sie und die Truppe hinter ihr für ein Attentat angeheuert hatte. Das Wort Anschlag war ja dann auch gefallen, als dieser schwer verwundete, außergewöhnlich hochgewachsene und auch sonst merkwürdige Ninraé aufgetaucht war.

Daher also hatte Ciauras Iscaron so gestutzt, als er Nuava mit ihnen in einer Runde am Tisch vorgefunden hatte.

Nuava, sie war es, die jetzt rasend wie eine Irre die Leute des Hauses Iscaron massakrierte.

Rasch sah er sich zu Disridaer um. Das Gesicht des Propheten war aschfahl. Vielleicht lag es bei ihm ein Leben zurück, dass er eine solche Schlacht miterleben musste, vielleicht auch zwei. Vielleicht hatte er so etwas auch noch nie gesehen. Solche glücklichen Wesen sollte es in dieser und in anderen Welten geben.

„Bringt ihn hier raus!", rief er den Soldaten zu, die sich als Leibwache um Disridaer gruppiert hatten. „Bringt ihn hinunter zum Schiff!" Und zum Propheten selber: „Ihr müsst hier fort. Schnell."

Und wandte sich schon um, wusste, dass auf seine Leute Verlass war. Er musste ihren Rückzug seinen verbliebenen Männern decken. Und mit jeder Unterstützung, die sich ihnen bot.

Und diese rasende Irre war ein guter Kandidat. Er schaute sich um. Sie und ihre Truppe: Sie waren die Feinde ihrer Feinde. Sie waren mit dem Tod von einem der ihren zu den Feinden ihrer Feinde geworden. Er verstand noch immer nicht, was hier vorgefallen war, nur dass sich plötzlich die Karten neu gemischt hatten und es jetzt eine neue Aufstellung von Feinden und möglichen Verbündeten gab.

Ein paar von ihnen waren Nuava hinterher gestürzt, die offensichtlich die Anführerin war – oder die Zweite, wenn der Hagere, den Ciauras getötet hatte, der bisherige Anführer gewesen war. Sie nahmen den Kampf gegen die Kräfte des Hauses Iscaron an. Besonders ein kahler, tätowierter Hüne wütete unter ihnen.

„Na los!" Er sprach einen von ihnen an, wahrscheinlich ein Mensch-Marani-Mischling mit wild zusammengewürfelter Ausrüstung, der verwirrt und fassungslos in das Chaos starrte. „Wollt ihr Nuava nicht zur Seite stehen und den Tod eines der euren rächen?" Der Mann sah ihn mit einem Blick an, der halb befremdet, halb stier vor Wut war. „Sieht aus, als ständen wir auf der gleichen Seite", schickte Garvat noch hinterher.

Dann wandte er sich ab – sollte das bei dem Mann wirken –, um seine eigenen Leute gegen die Truppen Iscarons zu führen.

„Los, zeigt es diesen Bastarden", rief er seinen Leuten zu und stürzte vor. „Ohne Pferde habe sie ihren Vorteil verloren." *Mit* Pferden konnten sie nun mal den Felssturz nicht überwinden; man durfte ihnen nur keine Zeit lassen.

Ciauras war selber unter den Angreifern; er war es, der

den hageren Ninra mit der seltsamen Waffe getötet hatte. Setzte wohl alles auf eine Karte, dass er sich jetzt aus seiner Deckung traute und selber eingriff. Was für einen Chance, ihn endlich bluten zu lassen, diesen arroganten Drecksack, der Calibane wie ihn verachtete wie den Schmutz unter den Nägeln. Garvat zog sein Schwert, entdeckte Ciauras Iscaron im Knäuel seiner Soldaten, stürmte auf die Reihen der feindlichen Soldaten zu.

Und sah zu seiner Befriedigung, dass die Leute aus Nuavas Truppe ihnen bei dem Angriff folgten.

Beide Seiten prallten in einem wüsten Kampfgetümmel aufeinander.

Die Entscheidung des Caliban Garvat, sich hinter den Felssturz zurückzuziehen, nahm den unerwarteten Angreifern des Hauses Iscaron den Vorteil als Reiterei gegen Fußsoldaten anzutreten. Dennoch bedrängte Iscaron die Hausgarde Eskeregons schwer. Ciauras trieb seine Truppen mit Macht vorwärts. Er war ein ausgezeichneter, gefährlicher Kämpfer. Unter seiner Klinge fiel mancher von Eskeregons Soldaten, und sein Beispiel befeuerte seine Leute.

Doch auch Garvat wusste als Veteran mancher Schlachten seine Soldaten anzutreiben. Der Kampf war erbittert, aber zum ersten Mal seit dem Angriff Iscarons schien es, als hätten Hauptmann Garvats Leute eine Chance.

„Nuava." Jemand sprach ihren Namen. „Nuava, schnell hier weg. Sonst werden wir abgeschnitten."

Durch die roten Nebel ihrer leer auslaufenden Raserei erkannte sie Durukum.

Sie blickte sich um, noch immer mit vor Wut verschleiertem Blick, sah, was er meinte.

Dort hinter dem Felssturz war inzwischen eine richtige Schlacht zwischen den beiden Seiten uniformierter Soldaten entbrannt, denen des Hauses Eskeregon und des Hauses Iscaron. Den Propheten konnte sie nirgends entdecken, dafür aber den Rest der Schattenmonde, die anscheinend gegen die Soldaten Iscarons kämpften – an der Seite von Eskeregon unter Hauptmann Garvat.

Abgeschnitten. Warum denn? Der Weg ist frei. Die Gedanken hallten durch ihren Kopf wie von der Stimme Skiars gesprochen. Sie spürte, wie Wut und Schmerz sich erneut in ihr ballten. Sie würde seine Stimme nie wieder hören.

Ja, der Weg war frei, von hier zu verschwinden. Die schlugen sich dort die Köpfe ein, und um den Weg fort von hier, den Hohlweg durch die Klippen, scherte sich kein Mensch. Die Pferde waren praktisch unbewacht; sie konnten sie sich schnappen.

Aber sie hatten Skiar getötet.

Mein Leben ist einen feuchten Furz wert. Selbst jetzt im Tode hörte es sich seltsam an, wenn er solche Ausdrücke benutzte. Oder es mit seiner Stimme durch ihre Gedanken geisterte. *Verschwinde von hier. Hier ist für die Schattenmonde nichts mehr zu gewinnen. Dämmt die Verluste ein, und sucht euch einen neuen Auftrag. In diesem Metier sind wir nun mal tätig.*

Ein Job sollte sauber und ohne emotionalen Ballast sein, hörte sie Skiars Worte in ihrem Geist. *Alles andere bringt Ärger. Wir binden uns nicht. Nicht an eine Person. Auch nicht an einen Skiar Schattenmond.*

Wir verdingen uns an den, der uns eine Bezahlung bietet, solange er uns eine Bezahlung bietet. Und hier ist keine Bezahlung mehr zu erwarten. Also sammle die Schattenmonde ein und verschwinde!

„Los, Nuava, komm", hörte sie Durukum drängen.

Unterschwellig nahm sie wahr, wie zwei von Iscarons Soldaten auf sie zustürmten und dabei von zwei gezielten Pfeilen niedergestreckt wurden. Suacarn, der noch immer mit seiner Armbrust in ihrer alten Deckung auf der anderen Seite des Abgrunds lag.

Die anderen sehen das nicht so, Skiar. Suacarn, Berphor, Kairn, Dwalf, Venark ... Sie kämpfen gegen deine Mörder.

Hier ist nichts mehr zu gewinnen, Nuava. Grenze deine Verluste ein und verschwinde!

Ihr Blick ging zu der Leiche, auf dem Boden liegend, von einem Speer durchbohrt, die toten Augen gen Himmel gerichtet.

„Skiar, halt deine Klappe. Du bist noch nicht gerächt, und solange ist das hier nicht vorbei."

„Was ist los? Was redest du da?"

Sie wandte den Kopf, sah in Durukums tätowiertes Gesicht, und ihr wurde bewusst, dass sie laut gesprochen hatte. „Es ist noch nicht vorbei", zischte sie zwischen zusammengebissenen Zähnen hindurch. „Blut und Tod für Skiar. Machen wir diese Drecksäcke fertig."

Sie sah den Ingrimm in Durukums Blick hochsteigen, sah, wie sich die in seine Haut eintätowierten Zeichen und Runen unter seiner Grimasse verzerrten. Nuava warf Skiars Kriegssichel leicht und gezielt empor, fing sie höher am Griff auf, packte sie mit fester Hand. Ließ den Schrei heraus, während sie loslief, immer schneller auf das wilde Kampfgetümmel, die Reihen von Iscarons Soldaten, zulief, das Knäuel das am Abstieg des Felssturzes wogte. Sie sah, wie Blicke sich ihr zuwandten, den neuen Gegner taxierten, wie sie ihre Waffen schwangen.

Doch noch vor dem ersten Feindkontakt hörte sie erneuten Hufdonner. Schatten und jähes Licht flogen über den Grund, jagten über Fels und Klippen.

Garvat führte das Schwert im erprobten Griff beider Hände. Es war einige Zeit her, dass er in einer echten Schlacht gekämpft hatte. Aber so etwas vergaß man nicht. Dass es Hauen und Stechen, Brüllen, Bluten, Töten oder selber Verrecken war, erinnerte einen wieder an alles andere auch.

Und die Wut auf Ciauras Iscaron, diesen Dreckskerl von einem niederträchtigen Rassisten, befeuerte ihn. Er hieb mit einer Mischung von Wut und Kontrolle, wie sie nur ein Veteran wie er aufbringen konnte, auf die Soldaten Iscarons ein, die sich ihm entgegenstellten, behielt dabei immer durch den Tumult hindurch das Gesicht Ciauras Iscarons im Auge – wie ein Scharfschütze seine Zielperson durchs Visier – und hielt unerbittlich Kurs auf ihn. Es war ihm egal, was mit seinen Gegnern geschah. Schilde schmetterte er zur Seite, Gegner wichen zurück, ihr Schneid vor seinem Ansturm gebrochen, andere traten ihm entgegen. Hände vor das blutende, gespaltene Gesicht gekrallt fielen sie weg; ein Stich durch eine schlampige Deckung hindurch, den Griff um das Schwert in gekonntem Schwung gedreht, um einem stürzenden Gegner den Gnadenstoß zu geben. Immer behielt er Ciauras Iscaron im Auge.

Und dann stürzte ein letzter Feind vor ihm weg, und Ciauras stand vor ihm, der kahlgeschorene Kopf bloß, ein mächtiges Langschwert in seiner Hand, ein toter Mann seiner Garde sank sterbend vor ihm zu Boden. Ciauras entdeckte ihn, und über die Distanz hinweg maßen sie sich mit hasserfülltem Blick.

„Komm her! Lass es uns zu Ende bringen!", rief Garvat. In Ciauras Mundwinkel zuckte kurz ein hämisches Grinsen hoch, dann hob er sein Schwert zur Angriffshaltung.

Licht flog entlang der Decke des Dämmerhimmels und schlug in die Erde ein.

KAPITEL 21

D ie Pferde wehrten sich dagegen, sie zu tragen. *Gebannte* würden wohl nie für eine gute Kavallerie taugen. Als Fußsoldaten und unbarmherzige, unbesiegbare Angriffskeile waren sie wohl besser eingesetzt. Doch dazu, sie von einem Ort schnell zum anderen zu bringen, konnte man die Pferde dennoch zwingen.

An der Spitze eines halben Dutzend Gebannter ritt der Neaphranit, der sich gegenüber Ciauras Iscaron Zu'u nannte, durch die vor dem Morgen verwehende Nacht. Wie ein stummes Wispern im Wind floss der Strom der Zwiesprache zwischen ihm und den Gebannten dahin, während eine graue, flache Welt unter dem Klappern der Hufe an ihnen vorbeiflog. Die Zungen, die sein Familiargenius ihm verlieh, drängten durch den Dornenverhau der äußeren Bannhülle geradewegs in den Kern, den er um ihren Seelenstein hatte wuchern lassen – der diesen Seelenstein am Verlassen ihres Körpers hinderte. Die wispernden Zungen flüsterten und stachelten und stachen in die Nodi der Hexagonalverzweigungen, trieben sie dazu, die Befehle seines Willens als ihren eigenen Willen auszuführen in der grauen Nacht ihres

Halblebens. Ninraé, allesamt. Was bedeutete der Tod schon für ihre Rasse?

Vom Morn Bracair über den Damm durch die Sümpfe und den Pfad zum alten Hafen hinab, zwischen den Klippen hindurch.

Als er an der Spitze der *Gebannten* aus dem Hohlweg galoppierte, sah der Neaphranit, dass dort ein Kampf in vollem Gange war. Kein bloßes Handgemenge, fast schon eine Schlacht. Das war eine gute Gelegenheit zu zeigen, wie wertvoll die Gebannten für seinen Verbündeten Ciauras Iscaron sein konnten. Sollte er sie haben und benutzen wie ein Schwert und sehen, wie tödlich diese Klinge war.

Während sie auf das Gewühl zupreschten, versuchte er einen Überblick zu gewinnen, was ihm gar nicht leicht fiel, angesichts des wüsten Kampfgemenges. Wo war nur der Prophet? Er entschied sich für einen sicheren Zug, der zunächst die Entschlossenheit der Feinde brechen sollte.

Sein Genius tastete sich in die Verwerfungen der Äther, während er gleichzeitig in seinem Kodex eine Litanei geeigneter Banne abrief. Der von Werlichtern durchwebte Morgen bot ihm dazu reichlich Gelegenheiten. Er griff in die Schichten und Räume, sammelte die Kräfte und ließ sie die Kammern und Koronare des von ihm aufgerufenen Komplexbanns füllen.

Dann ließ er dessen Macht los.

Licht faserte aus den Poren des Äthers, ballte sich und raste mit entfesselter Gewalt durch das Fluidum der Dämmerung.

Ein Blitz schlug in die Erde ein.

Gleißendes Lodern. Vom Licht unbarmherzig bis auf den Knochen herabgebrannte magere Schatten.

Die Kampfreihen wurden vom plötzlich aufflammenden

Licht grell herausgearbeitet, ein zerhackter, zerrissener Scherenschnitt.

Nuava kniff geblendet ihre Augen zusammen, stoppte in ihrem Angriffslauf.

Was zur Hölle war das? Als wäre eine Bombe explodiert.

Der Blitz, sein greller Einschlag hatten Nuava aber aus dem Rausch ihres Zorns herausgerissen und ließen sie zunächst einmal die Szenerie näher in Augenschein nehmen.

Durch den Schleier tanzender Lichter vor ihren geblendeten Augen sah sie eine geisterhafte Kavalkade aus dem Hohlweg herausgaloppieren. An der Spitze eine Gestalt in weiß-silberner Rüstung, den Kopf verhüllt von einem Helm, der auf die Entfernung an eine stumpfe Tierschnauze erinnerte. Dahinter sechs Reiter in leichter Panzerung, die sie nicht identifizieren konnte. Die Kleidung, die sie trugen, war ebenfalls weiß.

Ihre Pferde donnerten heran, wurden von den Reitern gezügelt. Das Gefolge des Gewappneten hatte anscheinend Schwierigkeiten mit den Tieren. Doch während sie noch abstiegen, dabei mit ihren Rössern kämpften, griff der Mann in Weiß-Silber mit einer Hand in die Luft und schien mit gespreizten Fingern daraus Flammen zu greifen, die kurz wie eine Gloriole darüber schwebten, bevor er sie mit einem Wink seiner Hand über die ersten Reihen der Kämpfenden fliegen ließ. Sie schlugen hinten ein, zum Torhaus hin. Sie hörte Schreie, hielt sie aber in erster Linie für Schreckensschreie und glaubte nicht, dass dieser Feuerstoß tatsächlich viel Schaden angerichtet hatte.

Holy Moley, was war das für einer? Was fackelte der für einen Zauber ab?

„Beim Verheerer! Ist das ein Magier?" Die Stimme Durukums, der ebenfalls angehalten hatte.

Über die Reihen hinweg. Dann war er wahrscheinlich

nur deshalb mit seinem Feuerwerk nicht auf Maximalschaden gegangen, weil er keine Verbündeten treffen wollte. In die hinteren Reihen. Dann war das ein Bundesgenosse von Iscaron. Wäre auch zu schön gewesen, wenn das unverhoffte Unterstützung gewesen wäre.

Sie sah die Neuankömmlinge jetzt ganz nah, war aber noch immer wie gebannt von dem Anblick. Der … der Magier oder was immer es war, saß jetzt ebenfalls von seinem Pferd ab. Mit einem Fuß stand er noch im Steigbügel, dann stieg er herab wie von einem Podest. Wie ein Keil formierte sich sein Gefolge mit gezogenen Schwertern um ihn. Ihre Gesichter waren bleich. Das waren wahrscheinlich Calibane. Sie machten sich daran, sich einen Weg durch die Kämpfenden ins Zentrum des Mordgewühls zu bahnen.

„Auf sie!", rief sie Durukum zu. „Das sind Verbündete von Skiars Mörder."

In diesem Moment wandte sich der weiß-silbern Gewappnete ihr zu. Sie konnte den Helm, der seinen Kopf verhüllte, jetzt genauer erkennen. Er war tatsächlich in stilisierenden Formen wie ein Tierschädel gestaltet, eine bizarre Mischung zwischen einer Raubkatze und einen Insekt. Rauchgraues Glas, wahrscheinlich Phanum, geformt wie eine Augenmaske, bildete das Visier.

Wieder vollführte er eine Geste, und es schien, als faltete sich die Luft auf und Feuer dränge aus den Ritzen. Schoss auf sie zu.

Sie warf sich zu Boden, und eine Glutwelle fauchte über sie hinweg. Noch liegend blickte sie hoch und sah Staubteilchen, die Feuer gefangen hatten, wie Glühwürmchen zu Boden sinken. Mister Silbern-Weißer-Recke schritt aber schon davon, auf zu neuen Taten und Verheerungen. Seine seltsam bleiche Entourage hinter ihm her.

Und in diesem Moment begriff sie. Ein Magier. Asafrod hatte sie anheuern wollen, um einen Neaphraniten, einen

Genienmagier zu töten, der im Dienste Iscarons stand. Das das – das war er.

Sie stemmte sich hoch, sah ihn in die Kampfreihen eindringen, um ihn herum Feuerschnüre, die wie Peitschen zwischen die Kombattanten fuhren. Er fräste sich geradewegs durch das Kampfgewühl hindurch. Schreie überzeugten sie, dass dieser magische Zauber seine Wirkung nicht verfehlte. Entweder war er sehr geschickt in der Anwendung seiner übernatürlichen Mittel oder es war ihm egal, ob er Feind oder Verbündete damit traf.

Magischer Firlefanz hin oder her, das waren Gegner, das waren Feinde, und der Kerl, der Skiar getötet hatte, musste bluten. Sie spürte, wie auch Durukum wieder auf die Beine kam. Sie verlagerte den Griff um Skiars Waffe, spürte, wie gut der mit Leder umwickelte Knauf in ihrer Hand lag. Sie entdeckte Kairn, der durch zwei Gegner in Bedrängnis geraten war. Er kämpfte erbittert, doch seine Gegner waren gut trainiert. Er brauchte Hilfe. Sie ließ die Kriegssichel spielerisch in ihrem Griff kreisen, während sie schon auf die Gegner zustürmte, Durukum an ihrer Seite. Die Soldaten Iscarons entdeckten sie, einer ließ von Kairn ab, um sich ihrer anzunehmen. Instinktiv schätzte sie seine Haltung ein, schwang die Kriegssichel entsprechend. Ihre gebogene Klinge scharrte an dem Schwert vorbei und biss in Fleisch. Schreie und Blut folgten.

Wer war der nächste? Skiars Klinge wollte Blut trinken.

Noch während der von Zu'u geschleuderte Blitz auf sein Ziel zuraste, Licht durch den Dämmerhimmel flog, hatte Ciauras genau gewusst, mit was er es zu tun hatte. Doch auch das Erstaunen des Hauptmanns Eskeregons hatte er in dessen Augen gesehen. Er hatte es für eine rasche Attacke genutzt, eine Möglichkeit, diesen Zweikampf schnell zu beenden, doch selbst verblüfft hatte dieser in die Jahre gekommene Caliban überraschend gute Reflexe. Dieser Garvat wich seinem Angriff aus, ging sofort in einen Gegenangriff über.

Nur knapp entging er ihm. Dieser verdammte Caliban war gut. Er war ein kampferfahrener Veteran, daher durfte er nicht unvorsichtig werden.

Angriff, Riposte, Rimessa. Das zernarbte Fischgesicht parierte jeden Trick. Sie gingen in Bindung, stemmten sich gegeneinander. Die Klinge des Caliban traf seine Rüstung hart – kurz hatte er befürchtet, das Schwert würde eine Lücke darin treffen. Beim Knochenmond, er musste sich in Acht nehmen. Der Kerl kannte die Schwächen genau, die eine Rüstung haben konnte. Sie standen sich jetzt im Abstand gegenüber, außerhalb des Gefechtskreises des anderen und maßen sich, warteten auf eine Blöße in der Schwertführung. Da spürte Ciauras das klare Signal in seinem Geist. Heller und gebündelter noch als seine eigenen vorbeifliegenden Gedanken. *Benutzt die Gebannten. Löst den Ruf eures Skriptorsiegels aus. Geht in den Schild-wallmodus.*

Nach einem kurzen Moment der Verwirrung erkannte er den geistigen Ruf als Zu'us Stimme. Und wusste, was zu tun war. Den Caliban wachsam im Auge behaltend, lockerte er mit einer Hand den Griff um das Schwert, drückte den Auslöser des Skriptorsiegels an seinem Unterarm – und da kam die Attacke. Ein blitzschneller Hieb. Hätte ihn auch gewundert, wenn der Hauptmann Eskeregons seine Aktion nicht für einen Angriff genutzt hätte. Er wich ihr mit einem Seitwärtsschritt aus. Den der Caliban vorausgeahnt hatte, denn er lenkte den Schlag um. Nur haarscharf entging er ihm, konterte mit einem tiefen Schlag, auf die Beine. Von irgendwo kam das Schwert seines Gegners, blockte ihn, blieb in Bindung und zwang ihn herab, dass sein Schwert mit der Spitze den Boden berührte. Über abwärts gekreuzten Klingen blickten sie sich grimmig an.

In seinem Geist bildeten sich die Schatten der Konklavbindung aus.

Garvat blickte in Ciauras' Augen, hielt kurz seinen Blick. Ciauras trug eine Rüstung, die schwer zu durchdringen war, auch wenn sie natürlich ihre Schwachstellen hatte. Doch Ciauras wahre Schwachstelle war der ungeschützte Kopf, das bloße, kahlgeschorene Haupt. Für einen der Ninraé war das wahrhaftig ein Eberschädel – die vorspringenden Brauen, die scharfe, fast hakenartige Nase.

Daher zog er bewusst tiefe Hiebe vor. Sollte sich das Muster bei diesem Bastard einbrennen, damit er, was den Kopf betraf, unvorsichtig wurde.

Sie lösten sich voneinander, tauschten unter Schwerterklirren und Stellungswechseln erneut Hiebe aus. Es zog sich. Dieser Ciauras war gut. Doch – trog ihn sein Eindruck, oder war sein Gegner defensiver geworden? Er spürte etwas. Am Rande seines Aufmerksamkeitsfeldes, das vom Zweikampf beansprucht wurde, entstand Bewegung. Auf sie zu. Helle Formen.

Nur Sekunden und eine Parade später konnte er klarer in Augenschein nehmen, worum es sich dabei handelte.

Denn Ciauras zog sich zurück. Er löste sich aus dem Gefecht und wich mehrere Schritte rückwärts, brachte Abstand zwischen sie. Den Garvat nicht sofort zum Nachdrängen ausnutzte. Jetzt erkannte er sie genauer, und sah, dass sie sich ihm rasch näherten. Seine eigenen Soldaten und die andere Truppe fielen unter ihren Klingen. So viele waren hier schon gefallen …

Wer zur Hölle war das? Calibane? Vielleicht augmentiert? Eine Art, die er nicht kannte. Leichte Panzerung und weiße Gewänder. Er hielt Ciauras mit seinem Schwert in Schach, während er mit einem Teil seiner Aufmerksamkeit die neue Gruppe von Kämpfern taxierte. Ein halbes Dutzend, vom Eindruck her wie eine eingespielte Einheit, von einer merkwürdigen synchronen Art ihrer Bewegungen getragen.

Ciauras nutzte es seltsamerweise nicht aus, dass seine Aufmerksamkeit nicht vollständig bei ihm war, wich dagegen noch weiter zurück. Ein letzter Soldat, der ihnen im Weg stand, fiel unter ihren Klingen, und die Weißgewandeten waren heran und drängten sich zwischen ihn und Ciauras – einer griff an, Garvat konterte. Konterte schnell, geschickt und kraftvoll, seine Klinge drang ein, er zog zurück. Ein schwerer Treffer!

Wie ein Schutzwall positionierten sich die Sechs vor Ciauras. Na ja, jetzt nur noch Fünf. Denn einen … Garvat kniff verwirrt die Augen zusammen. Er war sich sicher, den Einen getroffen zu haben. Und zwar mit einem tiefen Stich direkt in Herznähe. Doch der stand nicht nur immer noch aufrecht, er wirkte, als sei er überhaupt nicht verletzt. Auf Ciauras Gesicht, hinter der Reihe der Weißgewandeten, stand ein triumphierendes, höhnisches Grinsen geschrieben.

Garvat hörte Rufe, spürte Bewegung an seiner Seite. Seine Leute kamen ihm zu Hilfe im Kampf gegen eine Überzahl. *Grins du nur höhnisch, fühl dich nicht zu sicher: Wir machen dich fertig, Leibgarde oder nicht.* Grimmige Befriedigung über die Zuverlässigkeit seiner Soldaten in ihm aufsteigend sprang er vor, griff die Reihe der Schwertkämpfer an, merkte, dass auch seine Leute ihm beisprangen. Schwerthiebe wurden ausgetauscht. Da war eine Lücke. Er sprang vor, stach zu. Stieß seine Klinge einem Mann der Leibgarde in den Leib. Der drängte vorwärts. Oh, mein Gott. Mit der Klinge im Leib, tiefer in die Klinge hinein. Was waren das für …? Spießte sich selbst auf der Klinge auf, und sein Gesicht kam dabei näher. Ausdruckslos. Schwarz glitzernde Ninraéaugen in einem calibangleichen Gesicht. Schmerz sengte wie eine rasendes Feuer durch seinen Leib. Er spuckte Blut. Dann wurden seine Verwunderung und seine Gedanken abrupt abgerissen.

KAPITEL 22

Hauptmann Garvat fiel unter den Klingen der Gebannten. Die Soldaten, die ihm beigesprungen waren, weitere, die hinzukamen, wurden ebenfalls niedergemetzelt. Wurden erstochen und zerhackt. Sie hatten wenig Chancen gegen Gegner, die ihre Hiebe und Stiche nicht zu spüren schienen. Ihre Klingen trafen zwar, aber die Mienen ihrer weißgewandeten Feinde blieben dabei ausdruckslos. Sechs Mann, die sich wie ein Schild vor Ciauras Iscaron geschart hatten, trieben einen Keil in die Truppen des Hauses Eskeregon und dezimierten sie. Ihre Schwerter hoben und senkten sich und hielten eine schlimme Bluternte, und sie achteten nicht auf die Angriffe gegen sie, schüttelten sie ab, als wäre nichts passiert. Die vollkommene regungslose Ungerührtheit, die sie dabei an den Tag legten, trieb einen eisigen Hauch in die Herzen ihrer Gegner. Die verwunderten Angreifer starben, ohne zu verstehen, was hier geschah, unter ihren Klingen.

Der Neaphranit, der sich Ciauras gegenüber Zu'u nannte, was in seiner Sprache „Niemand" hieß, nahm den Angriffskeil der Gebannten, den Ciauras vor sich herschob, mit grimmiger Befriedigung wahr. Das war die Demonstration, die er sich gewünscht hatte. Die letzten ihrer Feinde auszulöschen, war nur noch eine Frage der Zeit. Er griff, während die Kreatur mit dem aschefarbenen haarlosen Balg regungslos auf seiner Schulter saß, in die Sphärenräume und legte deren Kräfte frei, leitete sie in seine Bannkonstrukte um und ließ diese auf seine Feinde los.

Feuer kam vom Himmel, Blitze rollten die Morgenschatten entlang. Wie Skorpione stachen dutzendschwänzige Phosphorchimären zu. Feinde fielen unter dem Angriff seiner Banngespinste. Fleisch versengte, Augen platzten in den Höhlen.

Ciauras sah ihn, reagierte mit der Waffe seiner sechs Gebannten auf seinen Vorstoß. gemeinsam nahmen sie die sich ausdünnenden Haufen ihrer Gegner in die Zange. Er mit dem Gewebe seiner arkanen Attacken von dieser, Ciauras mit der Walze der Gebannten von jener Seite. Es war nur eine Frage der Zeit. Der Weg zurück zu den Pferden war ihnen abgeschnitten.

Der Ausgang schien ihm so sicher, dass er, als ihm wieder der Gedanke an den Propheten kam, diesem seine Aufmerksamkeit zuwandte. Er tastete in den Ätherschichten nach dessen Signatur, entdeckte sie auch nach kurzer Zeit. Da draußen auf dem Meer, in einem Schiff, noch gar nicht weit von der Küste entfernt, da war er. Auf einem Schiff, das es mit einem Schlag, dass es ganz und gar zu vernichten galt. Er tastete sich weiter in die Ätherschichten, fahndete nach Opportunitätsknoten und Kräftewellen, spürte die Bedingungen schwankend. Nichts, was einen absolut sicheren und nachhaltigen Schlag unzweifelhaft stützen konnte. Versuchsweise ließ er einen Bann los, und dessen Blitzwerk trieb durch die Strebestollen der Elementarerscheinungen, echote mit knisternden Fingern entlang der Biegungen und Wandungen.

Die Reaktionen verhallten, wie er gedacht hatte, irgendwo da draußen über dem Meer. Doch die irrlichternden Hunde der Sphärenkräfte waren nun schon einmal auf die Spur ihres Opfers angesetzt. Er musste nur noch auf die Gelegenheit warten. Inzwischen hatte er hier ein Scharmützel zu beenden.

Da war ein Aufflackern. Nuava bemerkte es aus den Augenwinkeln. Da wo gar kein Aufflackern sein sollte. Genau in der entgegengesetzten Richtung als der, wo diese übernatürlichen Kräfte entfesselt wurden und Gefährten und Verbündete dezimierten. Über dem Meer. Knapp wie ein Wetterleuchten.

Sie tat es als bloße Ablenkung ab, diese Sekunde vager Irritation, und warf sich weiter mit ungeteilter Aufmerksamkeit in den Kampf. Das außerweltliche Metall von Skiars Kriegssichel durchpflügte die Luft, biss tief in Leder, Fleisch und Knochen. Sie folgte ihm und führte es in einem wilden, heftigen Tanz. Es drosch auf die Legierungen der Ninraé, brachte Panzern und Schienen Dellen und tiefe Kratzer bei, durchbrach und durchbohrte sie. Nuava spürte, wie ihr der Atem roh durch Lunge und Luftröhre strömte und wie der Ausdruck einer verzerrten Fratze sich in ihre Züge eingebrannt hatte. Wo sie war, trieb sie die Soldaten des Hauses Iscaron zurück, und so hatten sich die überlebenden Schattenmonde – und auch der eine oder andere des Hauses Eskeregon – um sie gesammelt. Es war ein ehernes Knäuel, das standhielt. Das noch standhielt.

Denn Iscaron schien Grund zu gewinnen. Der anbrechende Morgen wurde von fliegendem Licht und stakkatoartigem Aufblitzen erfüllt. Ciauras und dieser Bastard, der Feuer und Blitze aus der Luft pflücken konnte, nahmen sie in die Zange. Als wären sie zwischen Hammer und Amboss geraten. Sie dagegen aber konnte das Feuer der Wut aus ihren Eingeweiden hochflammen lassen. Sie konnte es auch in die Kraft ihrer Arme und die Macht dieser Sichel lenken, die Feinde in zappelndes, blutendes Fleisch verwandelte, doch sie konnte nicht überall sein, sie konnte nicht alle töten.

Diese ausdruckslosen Bastarde im weißen Gewand, die sich wie ein Schildwall vor Ciauras formierten, schlachteten systematisch die Garde Eskeregons ab, so sah es aus, und rollten das Feld auf. Die Front der Verbündeten dünnte aus.

Kairn fiel neben ihr. Darunamarn sank ebenfalls getroffen nieder. Skiars Kriegssichel wurde ihr schwerer, doch sie schwang sie mit ungebrochenem Zorn, trieb Runen des Todes in die anstürmenden Reihen, hackte das Leben aus ihren Gesichtern. Sie würde sie auch noch mit rasendem Zorn schwingen, wenn sie die Letzte ihrer Seite auf dem Schlachtfeld war. Was leicht und schnell passieren konnte. Dennoch würde sie Skiars Grabrede mit Blut schreiben.

Grelles Licht flammte auf und blendete sie mitten im Schwung der Sichel. Berphor trudelte um seine Achse, sank zu Boden. Sie erhaschte einen Blick auf schwarz ausgebrannte Augenhöhlen und rauchende Haarbüschel.

Der magieschwingende Drecksack nahm sich ihres Haufens an! Die weiß-silberne Rüstung fing ihren Blick. Er wanderte da herum, als könnte ihm nichts etwas anhaben, inmitten eines Haufens von Iscarion-Soldaten, die ihre Chancen zu überleben wohl höher einschätzten, wenn sie sich in seiner Nähe hielten. Der tierschädelartige Helm wandte sich ihr zu. Es sah aus, als habe er sie ins Visier genommen, sehe sie geradewegs an. Wieder diese Bewegung, mit der er die Hand in die Luft warf, die fast beiläufig, fast fahrig wirkte. Zuerst flirrte es um ihn herum, dann flackerte es. Da sammelte er Kräfte, die sich wie ein vom Wind hoch aufgebauschter Umhang flimmernd um ihn sammelten. Er sah sie an, genau sie. Und dann ließ er es los, als schleuderte er es.

Eine Wand von Feuer, flatternde Schwingen, sengende Hölle raste auf sie zu.

Sie, sie war die Anführerin dieser Meute. Mit dieser Berserkerin ausgelöscht würde der Wille der anderen brechen. Daher wählte Zu'u sie aus und schickte den Flammensturm in ihre Richtung.

Ihr Bild wurde bereits von den Flammen verdeckt, da bemerkte er die Zeichen, auf die er schon die ganze Zeit gewartet hatte. Die Strömungen und Aufwinde spielten in seine Hände.

Er wandte sich ab und schenkte der Signatur auf dem Schiff nicht weit von der Küste wieder seine ganze Aufmerksamkeit.

KAPITEL 23

Der Moment dehnt sich.

Als kosteten ihn die Furien des Todes als ihr speziell für sie geschaffenes Werk aus.

Alles gewinnt eine Klarheit und eine Abgegrenztheit. Dieser Moment ist für sie, und es kommt ihr vor, als könnte sie darin herumgehen, während alles seinen Lauf nimmt, und es von allen Seiten betrachten. Nur dass es faktisch genau so nicht ist, dass sie kein Stück sich rühren kann, dass sie hier an diesen Moment, an diesen Standort, an diesen Körper gefesselt ist, während ihr Tod in Form einer Feuerwand auf sie zurast.

Irgendwo, weit hinten über dem Meer, flammt wie als Antwort auf diesen nahenden Scheiterhaufen ihres Todes ein weiteres Licht auf, ein Feuer, das sich entfacht und schnell zu einer Säule emporsteigt. Ein brennendes, hoch aufloderndes Schiff treibt dort aufs Meer hinaus.

Sie sieht wie Genun-Rhat als erster von den Feuerschleiern eingeholt wird, wie sie ihn umschlingen und an Leib und Gliedern Flämmchen aufblühen lassen, wie er –

sofort darauf, als sei bei einem Daumenkino ein Blatt vorwärtsgeschnappt – aufflammt wie ein dürres Blatt im

Herbst in einem Laubfeuer, schwarz schrumpelnd und verkohlend. Sie riecht das verbrannte Fleisch und den aschenen Hauch, spürt den sengenden Atem, wie ihre Haut schlagartig trocken wird, ihre Haare sich in der Glut ringeln wollen …

Sie sieht – und solche Dinge *kann* man nur im Augenblick des Todes sehen, wenn die Wahrnehmung sie wendet, sich krümmt und verzerrt, wie sich die Welt unweit dieses gottverdammten Orts ihres Todes wendete und krümmte, so dass solche offenbaren Trugbilder möglich werden – wie sich zu ihrer Linken, fast außerhalb des Randes ihres Blickfelds, eine Tür öffnet und jemand heraustritt – ihr Engel des Todes oder was für ein verdrehter Scheiß ihr Unterbewusstsein da aus den Tiefen hervorzaubern mochte – keine Tür, nein, eher, als sei ein Schleier beiseite gestreift – hah, der Schleier des Todes, das war ja noch besser. Schiebt die Schleier des Todes beiseite und tritt die Stufen herab, gewappnet wie der Ritter Tod, und tritt vor sie hin.

Direkt vor sie tritt er. Mit seiner roten Rüstung. Und das Feuer brandet gegen ihn an. Es teilt sich an ihm und seiner roten Rüstung. Faucht zu beiden Seiten an ihr vorbei.

Dann ist es fort, das Fauchen, wie weggeblasen, wie vorbei und weggerissen.

Asfarod dreht sich zu ihr um – ja, das ist Asfarod, sie erkennt ihn, das ist dieser Typ, der uns den Auftrag anbieten wollte, mit seiner rot glänzenden Rüstung und mit dem rot spiegelnden Visier. Seine Rüstung ist verrußt. Ein Schwarm von Raben ist vorbeigeflogen, und sie haben ihre Flügel an ihr abgestreift.

„Danke", sagt Asfarod, „dass ihr den Neaphraniten aus seinem Versteck herausgelockt habt." Er senkt den Kopf wie um seinen Respekt zu erweisen. „Beinahe wäre es meiner Aufmerksamkeit entgangen, aber zum Glück habe ich es im letzten Moment doch noch bemerkt."

Sie sagt nichts. Weiß nichts zu sagen. Für einen Moment. Doch dann ist der auch vorbei.

KAPITEL 24

Asfarod wandte sich von Nuava ab, und sie sah, wie er noch in der Drehung über seine Schulter griff und den ninraidischen Bihänder aus seiner Scheide zog. Und dann, die Klinge erhoben, lief er los. Er nahm direkten Kurs auf das Knäuel von Soldaten, das sich um den Neaphraniten wie um eine schützende Insel im Sturm gebildet hatte.

In dem Moment, als Asfarod auf ihre Reihen auftraf, der Kampf entbrannte, Stahl klirrte und Schreie ertönten, wurde Nuava klar, dass es sich bei Asfarod um einen außergewöhnlichen und überragenden Schwertkämpfer handelte. Das Schwert bewegte sich in seinen Händen, als sei es ein lebendiges Wesen, das mit seinem Willen verschmolzen war. Seine Gegner fielen unter seinen Hieben, ihre Abwehr zerfaserte. Und dabei bahnte er sich seinen Weg direkt auf diesen Magier zu.

Es war klar: Asfarod hatte es auf diesen Neaphraniten abgesehen. Er wollte ihn ausschalten, so wie er ihn zuvor von ihnen hatte ausschalten lassen wollen. Jetzt nahm er ihn sich selber vor.

War es zu glauben? Sah es tatsächlich so aus, als wäre

ihnen soeben ein Trumpf zugespielt worden, der ihnen doch noch eine letzte Chance gab? Eine Möglichkeit, nicht bloß Rache zu nehmen und dabei zu sterben? Eine blasse Chance, dieses Debakel doch noch zu ihren Gunsten zu wenden. Falls Asfarod tatsächlich eine Chance gegen die Magie des Neaphraniten hatte.

Sie packte Skiars Kriegssichel fester, maß das Schlachtfeld um sie herum, Genun-Rhats rauchende Leiche ein paar Schritt weit entfernt, all die anderen Gefallenen, die Feinde, die entweder vor Asfarods Ansturm zurückgewichen waren oder in ihrem Angriff innegehalten hatten. Ihre Feinde sammelten sich wieder, sahen sich noch immer in der Überzahl gegenüber ihrem schmelzenden Haufen, der sich jetzt erneut um sie scharte, sich formierte, ihr und der Sichel respektvoll Raum ließ.

Sie strich sich die Haare aus der Stirn, ließ ein mordlüsternes Grinsen über die Reihen ihrer Feinde wandern. „Wer stirbt als nächster?" Sie schwang Skiars Kriegssichel und stürmte auf die Hausgarde Iscarons zu. Brüllte ihre Wut heraus.

Einen Sekundenbruchteil merkwürdig klar, bevor die Raserei des Kampfes es wieder verschlang, traten in dem Lärmchaos des Kampfes die hungrig heiseren Schreie von Möwen dort drüben über dem Meer hervor, so als wollten sie ihr antworten.

KAPITEL 25

Die Spur zu dem Schiff, das den Propheten von hier fort trug, war gelegt.

Die Signatur war identifiziert, das Ziel war bezeichnet.

Der Neaphranit musste nur noch die Kräfte sammeln und ihnen den Pfad weisen. In Richtung einer Nussschale auf dem Meer, die gegen die nahende Flut ankämpfte.

Es flackerte hoch in den Äthern, wogte, brandete, Wellen trafen sich, überschnitten sich und eröffneten Möglichkeiten. Er sammelte sie, erntete ihre Front ab und leitete sie in das Bannkonstrukt, das unter dem Einströmen der Kräfte knisterte und glühte.

Er zeigte ihm den Pfad und ließ es los.

Die Kräfte züngelten ihre Fährte entlang, fanden ihr Ziel und entfesselten ihre Macht. Holz, Taue und Segeltuch fingen Feuer, das rasend schnell anwuchs. Eine Fackel flammte auf dem Meer empor.

Sein Werk war getan. So leicht, so schnell.

Zeit, auch dies hier zu Ende zu bringen. Nicht nur auf die Übermacht Iscarons zu vertrauen, um diesem bereits schwer dezimierten Haufen den Rest zu geben. Zeit, sie alle auszulöschen. Es durfte hier keine Zeugen geben. Der Kampf war fast zu Ende, der Gegner fast geschlagen. Jetzt galt es aufzuräumen.

Während sich der Neaphranit umschaute, um die Lage einzuschätzen, seinen Blick über die Toten und noch Kämpfenden gleiten ließ, bemerkte auch er, dass ein neuer Faktor in den Kampf eingetreten war. Sein von innen her klares Visier gewährte ihm einen deutlichen Ausblick. Ein Krieger in feuerroter Rüstung. Wo kam der plötzlich her? Er schien ein gefährlicher Kämpfer zu sein, denn die Soldaten Iscarons fielen unter seinem Schwert. Und er hielt zielgerichtet auf ihn zu.

Wie auch immer. Sollte er ihn angreifen und sterben; dann war ein gefährlicher Faktor auf der Gegenseite ausgeräumt. Dieser Rotgerüstete steuerte direkt auf seinen Tod zu. Jemand, der keine Magie beherrschte, würde ihn niemals besiegen können. Vor herkömmlichen Angriffen schützte ihn seine besondere Rüstung. Und selbst, wenn ihn ein Magier angriff, würde er seine Bannschirme aufbauen, und dann würde man sehen, wer der Stärkere war.

Besser gleich diesen Störfaktor ausräumen. Zuerst den Gefährlichsten, dann konnte man sich um den Rest kümmern.

Er wählte einen geeigneten Bann aus dem Köcher seines Kodex' und ließ ihn auf den Rotgerüsteten los. Feuer ballte sich zu einer Lanze, durchschnitt die aufgewirbelte Atmosphäre, nahm sich die rote Rüstung zum Ziel.

Der Rotgerüstete schien den Angriff zu bemerken. Die heranrasende Flammenlanze spiegelte sich blendend auf seinem Panzer. Unglaublich schnell trotz Rüstung wich er zur Seite. Zwecklos.

Ein grelles Aufflammen.

Sein Visier mit seinen besonderen Fähigkeiten bewahrte den Neaphraniten davor geblendet zu werden. So sah er in der nächsten Sekunde verwundert, dass sein Gegner immer noch stand. Er schwankte, er schwankte gewaltig, hatte Mühe sich zu fassen. Fast hätte ihn ein heranstürmender Soldat Iscarons erwischt. Erst im letzten Moment konnte er sein Schwert zu einer improvisierten Abwehr heben. Seine Rüstung war geschwärzt und versehrt. Ein geschwärzter Krater, wo die Feuerlanze ihn getroffen hatte. Der Rotgerüstete war ausgewichen, hatte nicht die volle Macht seines Schlages abbekommen. Dennoch musste er eine ganz besondere Rüstung besitzen, dass sie diesem Feuerstoß standhalten konnte.

Was der geheimnisvolle Rotgerüstete jedoch nicht besaß, waren magische Kräfte. Sonst hätte er den Bannschlag abgewehrt. Aus den Ätherschichten schickte Zu'u noch einmal knisternde Blitze hinterher, welche die rote Rüstung umspielten. Nicht stark, nicht tödlich, nur geeignet auszuloten und zu verwirren, während der Rotgerüstete sich seines Angreifers aus den Reihen der Hausgarde Iscarons annahm. Jeder Magiebegabte hätte spätestens jetzt einen Schutzbann aufgebaut, doch der da vertraute einfach auf den Schutz seiner Rüstung und seiner Kampfkünste gegen seinen momentanen Gegner. Mehr traten ihm nicht mehr entgegen; die Soldaten Iscarons ließen ihn in Ruhe, machten einen weiten Bogen um ihn und widmeten sich lieber dem mageren verbliebenen Rest der Hausgarde Eskeregons und dieser anderen Truppe. Überließen ihm den Krieger in Rot.

Nun gut. Ihm war es recht.

Zeit, ihn auszuschalten und dann diese Sache zu beenden.

Zuerst der in Rot, dann diese Furie und ihr wilder Haufen.

Es flammte auf über dem Meer, wie schon zuvor. Diesmal nur heftiger.

Es geschah in der Peripherie ihrer Aufmerksamkeit, während Nuava Skiars Kriegssichel schwang und die Hausgarde Iscarons zurücktrieb. Sie bemerkte es dennoch und wusste, was sie davon zu halten hatte.

Erst Skiar, dann den Propheten.

Bastard! Es war ihr Job gewesen, und sie war, bis Skiar auftauchte, entschlossen gewesen, ihn auszuführen. Meet the buddha, kill the buddha.

Doch jetzt spürte sie einen Stich. Jetzt, da sie es nicht mehr durchziehen musste. Jetzt, wo es nicht mehr Teil von etwas war, das man eben tun musste, um sich von Tag zu Tag zu schleppen. Um zu überleben, mehr nicht. Skiar hatte anders als Disridair Ravanaic nicht das Zeichen des Märtyrers getragen. Ganz bestimmt nicht. Skiar nicht. Der hatte überleben wollen. Der hatte seine Truppe zusammenhalten und durch den ganzen Mist hindurchführen wollen. Egal, was dafür zu tun war.

Die Sichel folgte ihrem Schwung, ein tödlich silbernes Aufblitzen, sie keuchte, Blut spritzte in einem Schwall aus einer pumpenden Arterie über sie, ein Körper sackte wie ein zusammenbrechendes Gerüst zu Boden – erneut Skiars Klinge heben.

Überleben! Überleben! Überleben!

War das alles?

Die Wut loderte wieder stärker in ihr hoch, bis sie den Eindruck hatte, ihr Schädel stünde in Flammen. Die Kreise ihrer Sichel schrieben weiter ihre tödlichen Bahnen. Jetzt mit neuer Macht, die sich aus dem Rausch speiste, im Zorn alles andere überschwemmte. Ihr war als könnte sie den Stahl kaum zurückhalten, selbst wenn sie es gewollt hätte. Sie war getrieben. Sie war in einem roten Brausen und Fluten, in dem sie keine Anstrengung, keine Erschöpfung mehr fühlte. Ihr war, als käme ihr Brüllen von irgendwo anders her. Ihr Kopf schwirrte wie ein Bienenstock – ihr Geist war leer. Die Soldaten Iscarons wichen vor ihr zurück.

Und dann sah sie, dass sie auch eilends dem Platz machten, was in ihrem Rücken nahte.

Sechs weißgekleidete Kämpfer, eine Front. Dahinter ein Mann, als dessen Schild und Waffe sie vorrückten.

Ciauras! Skias Mörder. Sie sah seinen kahlen, unbedeckten Schädel hinter den Reihen der Vorrückenden.

„Wir können zu den Pferden durch. Da über die Felsen." Eine Stimme in ihrem Rücken. Einer ihrer Leute. Sie glaubte an der Klangfarbe Venark zu erkennen.

Durch die vor ihr zurückweichenden Soldaten war ein Moment der Ruhe eingetreten. Ihr Blutdurst und ihre Wut liefen ins Leere. Sie sah wie durch einen roten Schleier, und sie hörte ihren eigenen Atem schwer und keuchend vor Erbitterung gehen. Sie ließ Skiars Kriegssichel sinken.

Niemand musste hier mehr sterben. Ihr Anführer war tot; einen Auftrag gab es nicht mehr. Sollten sie sich in Sicherheit bringen, solange diese Gelegenheit da war. Darum war es Skiar doch gegangen. Sie waren keinem Auftrag mehr verpflichtet. Niemand musste hier mehr sterben.

Bis auf diesen glatzköpfigen Drecksack, der Skiar getötet hatte.

„Los, verschwindet!", zischte sie zwischen zusammengebissenen Zähnen. „Haut ab! Zieht Leine!"

Sie musste noch diesen Bastard töten, der Skiar auf dem Gewissen hatte. Das war ihr Auftrag, der ihr schwer und tödlich in der Hand lag.

Erneut fauchten Flammen in die stoffliche Welt herein, sammelten sich und prasselten auf die Rüstung seines unbekannten Gegners ein. Das sollte diesen Krieger in roter Rüstung erledigen.

Der Neaphranit sah, wie er von Feuer umtost zu Boden ging.

Die Flammen verzogen sich, und Zu'u sah eine verrußte zu Boden gesunkene verknotete Masse, ein verrußter Helm und ein Panzer, den die Macht seines Angriffs niedergestreckt hatte. Rauch stieg von der geschwärzten Oberfläche auf.

Nuava registrierte, während sie noch ihren Willen und ihre Entschlossenheit auf einen neuen Angriff ausrichtete, wie Asfarod von einer Flammenwelle getroffen zu Boden ging. Damit verabschiedete sich dann ihre letzte Chance, diesen Kampf trotzdem noch zu etwas zu wenden.

Trotzdem: Dieser Bastard Ciauras, er musste sterben. Jetzt erst recht. Und wenn es das Letzte war, was sie tat. Wenn es immer nur um den nächsten Tag ging, dann war die Rache für Skiar, für den es keinen nächsten Tag an ihrer Seite geben würde, das Einzige, was blieb. Nichts zu verlieren, nichts mehr zu gewinnen. Ciauras musste unter Skiars Sichel sterben. Skiar musste gerächt werden.

„Los, verschwindet!", rief sie noch einmal über die Schulter. „Ich hole mir diesen Dreckskerl, dann komme ich nach." *Wohin immer ich auch von hier aus gehe. Vielleicht folge ich ja auch diesem Asfarod in die Flammen.* Gab es für Menschen ein Rad der Wandlung? Es gab Flammen, die von Zweifel reinigten. Sie hatte so etwas kennengelernt. Jetzt war der Moment erneut darin einzutauchen.

Sie achtete nicht mehr darauf, ob die Schattenmonde ihrem Befehl folgten, sie wechselte geschickt den Griff ihrer Hände um Skiars Sichel, ließ sie einmal um ihre Achse kreisen, fasste sie in neuem Griff. Stürmte auf den menschlichen Wall vor Ciauras zu. Der Schrei löste sich von ihren

Lippen. Wie rote Flammen loderte es durch ihren Schädel und vor ihren Augen.

Nichts zu gewinnen, nichts zu verteidigen. Kein Grund für ein letztes Gefecht, nur die blinde Gier nach Rache und der Wahn eines rasenden Angriffs. Und alles in mir brennt so verflucht nach Grund, den es zu verteidigen lohnt. Ein Scheiterhaufen wird's sowieso.

Bring es hinter dich, schrie es durch den rasenden Wirbel.

Zu'u sah, wie in die gebeugte verknotete Masse Bewegung kam. Mit rauchender, geschwärzter Rüstung kauerte sein Gegner am Boden. Dann streckten sich die verrußten Metallglieder, der Kopf hob sich. Der rote Krieger wandte ihm ein Visier zu, das von Flammen und Ruß erstaunlicherweise unversehrt geblieben war. Wahrscheinlich weil er es mit seinen Armen geschützt hatte.

Der Neaphranit sah, wie sein Gegner sich langsam aus seiner Hocke erhob. Wie eine Insektenlarve, die sich streckte und entfaltete.

In dieser Rüstung steckte wohl mehr, als er ursprünglich angenommen hatte. Sie war offenbar von Meistern ihrer Kunst gefertigt. Am Ende aber würde sich zeigen, dass nichts den Kräften aus den Sphärenräumen, die hinter aller Schöpfung standen, widerstehen konnte. Es galt nur, sie in richtiger Weise und angemessener Stärke zu entfesseln. Kein Gegner, der nur mit herkömmlichen Mitteln kämpfte, konnte es mit den Kräften aufnehmen, die ihm zur Verfügung standen.

Nun denn.

Die Kreatur auf seiner Schulter keckerte, und er griff tief in die Sphärenräume hinein, spürte das Wallen und Wogen ungeheurer Kräfte, die nur nach Entfaltung drängten, so stark, dass man sie niemals ohne die Harnischgeflechte und -hüllen eines äußerst komplexen und kunstfertigen Bannkonstrukts in diese Ebene eindringen lassen durfte.

Er fühlte das Knistern und Knacken, spürte, wie der Stoff der Welt ins Vibrieren geriet.

Der Krieger in der rußgeschwärzten Rüstung hob sein Schwert und kam steten Schrittes auf ihn zu.

Komm und hol dir deinen Teil! Fahr hinein ins Rad der Wandlung!

Er spürte die Kräfte mit Macht in sein Bannkonstrukt strömen, wie eine Sturmbö in ein Segel fuhr und es fast zum Zerreißen spannte und ein Schiff vorwärts trieb.

Komm und hol dir deinen Teil!

Nuavas Sichel raste durch die Luft, ihre Haare flogen wild. Ihre antrainierten Reflexe führten sie durch das Chaos von Klingen und Hieben. Sie attackierte die Weißgewandeten mit der ganzen Macht ihres Zorns, fegte ihre Angriffe zur Seite. Die Klinge fand satten Widerstand, sie zog sie frei, ließ sie weitersausen.

Aber es waren allein ihre eigenen Kampfschreie, die in ihren Ohren klangen. Von Ciauras Schildwall – nichts. Kein Ausdruck in ihren Gesichtern, kein Schrei kam von ihren Lippen.

Sie wich zurück, zu einer Pause vor dem nächsten Durchgang. Und zu einem Einschätzen der Wirkung ihres Angriffs. Sechs der Weißgewandeten rückten nach.

Alle sechs!

Was zur Hölle geht hier vor? Was zur Hölle sind das für Wesen?

Und sie hätte schwören können, dass sie mindestens zwei davon getroffen hatte. Wahrscheinlich schwer, hatte sie gedacht. Da waren Blutspritzer auf der weißen Kleidung. Aber nicht so viel Blut, wie zu erwarten war.

Sie raffte ihre Waffe hoch, ging in einen neuen Angriff. Fegte eine feindliche Klinge beiseite. Spürte die ihre durch Leder und Fleisch beißen. Wehrte einen weiteren Gegner ab. – Ein Hieb tief in seine Hüfte, der hatte genug. – Wich einer Attacke aus, zog sich kurz zurück. Und sah den, den sie getroffen zu haben glaubte, weiter auf sie eindringen. Was zur Hölle?

Hinter ihr war Kampflärm, aber ihre Angreifer blieben noch immer stumm.

Sie wirbelte um ihre Achse, sah dabei kurz das fliehende Bild eines Kampfgewühls hinter ihr, nahm Schwung für den Schlag und trieb die Kriegssichel in ihr Ziel. Der Arm eines der stummen Kerle, er wurde durchtrennt, mitten in einer Attacke, die er gegen sie führte. Einem anderen pflügte ein Hieb quer durch die Brust, schnitt glatt durch das Leder des Panzers. Es war ihr eigener Schrei, der ihr in den Ohren gellte. Keiner kam von ihm. Ein Angriff von der Flanke. Sie wehrte den Hieb ab, wich vor einem anderen weiter zurück. Eine Klinge durchschnitt den Stoff ihres Ärmels, schrammte durch das Fleisch ihres Arms. Ein im Kampftaumel vorbei-wischendes Bild – einer führte sein Schwert mit einer Hand, sein anderer Arm ein Stumpf. Dem hatte sie den Arm abge-hackt, dem anderen hatte sie die Brust gespalten. Wieso hatte sie das Gefühl, das waren immer noch sechs? Warum starben die nicht? Ein weiterer heftiger Austausch von Hieben. Und sie blieben in einer geschlossenen Front. Zumindest das. Das war ihr Glück. Wenn diese zombiemä-ßigen Bastarde sie in die Zange nehmen und umzingeln würden, dann sähe es schlecht für sie aus. War nur eine Frage der Zeit, bis sie einen schweren Treffer kassieren würde.

Erneut wich sie zurück, maß schwer atmend die Reihe

der sechs Kämpfer, die sich wie ein Schild vor Ciauras schoben.

Was waren das für Wesen? Waren das Ninraé oder Calibane? Oder etwas anderes?

Die kamen ihr vor wie Zombies in irgendeinem Horrorfilm aus ihrer Heimatwelt. Genauso unempfindlich, so stumm, aber anders als die Viecher in den Filmen schnell wie ein lebendiger Gegner.

Was denkst du? Haben sie einen Seelenstein? Und wie fließt das, was ihr Bewusstsein, ihre Seele ist, zu ihrem Gehirn? Wieder hörte es sich an wie die Stimme von Skiar. Die Frage, die er ihr über sich und über die Ninraé gestellt hatte.

Die Frage kriegst du für dich wohl nie beantwortet, Skiar. Nicht in diesem Leben.

Dein Mörder, er ist der Kopf von diesen unheimlichen Kerlen in Weiß, und er grinst sich eins. Er ist der Kopf, und er muss fallen.

Das ist es, was du willst. Rache. Den Kopf.

Sie sind nur sein Schildwall, sein Schwertarm, sein Körper. Sie sind unempfindlich wie Zombies. Zombies schießt man in diesen Filmen den Kopf weg. Aber du hast hier keine Knarre. Du hast nur diese Sichel, die Skiar gehörte. Aber er, Ciauras, ist ihr Kopf, auf irgendeine geheimnisvolle Art. Und ihn willst du.

Bring es hinter dich. Ciauras ist dein Ziel. Rache für Skiar. Mehr nicht. Bevor die Welt sich für dich wendet.

Sie raffte sich auf. *Ein letztes Mal. Den Kopf. Wenn der Kopf fällt ...*

Schweiß brannte in ihren Augen. Die Wunde an ihrem Arm brannte, ihr Griff um den Sichelknauf wurde ihr für einen Moment lahm. Sie biss sich auf die Lippen, sah die Front der Weißgekleideten, die stumm näherrückte, fasste alles in sich zu einem einzigen tödlichen Vorsatz zusammen.

Bring es hinter dich.

Die Flammen stürzten auf Asfarod nieder. Der Neaphranit sah es. Asfarods Gestalt wankte in einer lodernden, tanzenden Säule, machte einen Schritt vorwärts. Auf ihn zu. Weiter. Hätte Zu'u nicht seine Rüstung getragen, er hätte selbst den Gluthauch der von ihm entfachten Flammen gespürt.

War diese Rüstung etwa banngestärkt? Dieser Kerl brauchte wohl noch einen weiteren Stoß. Der Neaphranit ließ eine neue Bannwelle los. Asfarod wankte erneut, diesmal stärker. Ging zu Boden.

Zu'us Gegner sackte auf die Knie. Die Rüstung war verschmort und verbogen. Rauch stieg davon auf, wie aus der Ruine eines abgebrannten, schwelenden Hauses nach einem Regenguss. Dieser Bastard versuchte tatsächlich noch den Kopf zu heben. Es gelang ihm nicht mehr. Stattdessen kippte er zur Seite. Das war's dann wohl. Die Rüstung polterte hart, als er auf den Boden auftraf. Der Neaphranit trat einen Schritt näher. Ein rußgeschwärztes, verheertes Meisterwerk aus der Handwerkskunst ninraidischer Rüstungsschmiede, wahrscheinlich verstärkt durch die Kunst der Ätherweber.

Blickte auf seinen Gegner hinab, der regungslos zu seinen Füßen lag.

Egal wie stark seine Rüstung auch sein mochte, egal wie sehr Ätherweber sie auch mit einem Schutz umgeben haben mochten, ein mit normalen Kräften Ausgestatteter hatte keine Chance gegen jemanden, der über Mächte gebot, welche die Erscheinungen der physischen Welt formten.

Doch dieser Gegner hatte sich, zum größten Teil wohl dank seiner Rüstung, als erstaunlich widerstandsfähig erwiesen. Es war besser, hier kein Risiko einzugehen, bevor er sich wieder der endgültigen Vernichtung der Truppen Eskeregons zuwandte.

Die Kräfte, die er schon vorher entfesselt hatte, schwelten noch. Einmal aufgeweckt, brodelten sie hoch und waren nur zu begierig danach, die Wälle zu durchbrechen und die Schichten zu durchdringen.

Er spürte sie wie eine Korona um sich, wie sie züngelnd in die Manifestation drängten, eine flammende Krone, ein knisternder, vibrierender Baldachin, der sich über ihm sammelte.

Er würde die Überreste dieses Asfarods wie eine Fackel verbrennen. Er spürte die Macht durch seine Glieder strömen.

KAPITEL 26

Nuava schwang die Kriegssichel, blendete die schmerzenden Muskeln ihrer Arme, das Brennen der Verwundung aus – die stummen Weißgekleideten rückten näher – und stürzte mit einem erneuten Schrei los. Ihre Sichel trieb ein auf sie zusausendes Schwert nieder, aus dem Schwung heraus riss sie sie in eine Aufwärtswende. Etwas traf heiß sengend ihre Seite. Ein klarer waagrechter Hieb, der davon nicht aufzuhalten war, ein Widerstand und ein Kopf wurde glatt vom Hals getrennt. Verwischte Bewegung huschte durch ihre Sicht, verflatternde dunkle Spritzer vor einem plötzlich sich senkenden Schleier. Warmes Blut lief ihre Hüfte herab. Das Keuchen, das sich ihrer Kehle entrang, hatte etwas Raspelndes.

Durchhalten, nicht nachlassen. Jetzt noch nicht.

Vor ihr stand Ciauras Iscaron, der kahlgeschorene Elfenbastard. Und um sie herum kamen tödliche Klingen näher, die sie irgendwo aus einem durch Gewohnheit geschaffenen Winkel ihres Bewusstseins wahrnahm. Die Sichel hochreißend fegte sie eine davon weg. Ein brennender Schmerz in ihrem Rücken. Ciauras blickte sie an, sah ihr direkt in die Augen, ihre Blicke verschränkt, während er das Schwert zum Stoß hob. Ihre Sichel war an ihrem höchsten Punkt. Sie wollte herab, bevor sie, die sie führte, im Klingendickicht unterging. Nuava trieb sie abwärts, spuckte dabei ihren Hass in einem Schrei, den sie selbst nicht als den ihren erkannte, Ciauras ins Gesicht. Dessen Schwert zustieß. Dessen Augen sich hasserfüllt zu Schlitzen verzogen. Den die Klinge der Sichel zwischen Schulter und Hals traf und den sie spaltete wie eine Fleischeraxt.

Sie sah die zu Schlitzen gekniffenen Augen auf sich zukommen, sah die feinborstige Stoppelschur und die Schweißperlen auf seinem Schädel, als er gegen sie stürzte, vom Schwung seines Schwertstoßes getragen, fühlte wie seine Klinge ihr Wams durchschlitzte und über ihre Haut schnitt.

Instinktiv klemmte sie seinen Schwertarm unter ihrem Oberarm ein, packte ihn mit dem anderen Arm, dessen Hand noch die Sichel hielt, umschlang ihn, riss ihn herum, drehte sich mit ihm im Arm wie in einem Tanz, während sein Herz das Blut über ihre Brust, ihr ins Gesicht pumpte.

Erledigt. Fahr zur Hölle, Bastard!

Über die Schulter des toten Stücks Fleisch in ihren Armen visierte sie seine weißgekleidete Leibwache an, drehte die frische Leiche wie einen Schild, in den eine heransausende Klinge fuhr.

Fünf übrig.

Der Neaphranit zog die Falten des hochflatternden Umhangs banngefasster Kräfte enger, ließ sie genüsslich durch die unsichtbaren Finger rinnen, die in die Sphärenräume hineingriffen, bereit ein letztes, verzehrendes Feuer auf die reglos am Boden liegende Gestalt Asfarods niedersinken zu lassen.

Zu'u spürte das Aufblitzen in den Ätherschichten.

Die Welle einer Turbulenz. Der schwarzverrußte Helm zuckte.

Licht schoss in diese Welt hinein.

Eine weißblendende Aureole, eine Sichel aus Licht. Daraus hervor ein Dornenschaft. Dolchgewordenes Gleißen.

Zu'u spürte es in seinem Innern.

Wie es ihn durchbohrte. Ein sengend wühlendes Flirren.

Die Gestalt am Boden rührte sich.

Eine Lichtlanze spießte sich durch Zu'u hindurch, versengte alles in ihrem Weg.

KAPITEL 27

Asfarod erhob sich langsam gegen den Widerstand seiner schwer beschädigten Rüstung. Das Visier seines Helms war schwarz verrußt und bot ihm keinen Durchblick. Vor seinen Augen war nichts als ein schwarzverschmierter Film.

Zu seinem Glück war er nicht auf seine eigenen körperlichen Augen angewiesen. *Brudergeist, blick mit mir auf die Welt.* Das andere Bewusstsein, das sich unauffällig wie ein sanfter Mantel um das seine hüllte, reagierte augenblicklich, da er sich bereits zuvor mit ihm verbunden hatte.

Es zeigte ihm einen Mann in weißsilberner Rüstung, der ausgestreckt auf dem Rücken lag, wie ein gefällter Baum und ihm seinen Brustpanzer mit einem beinahe faustgroßen, schwelenden Loch darbot. Ein Wesen, in der Gestalt eine Mischung zwischen Hund und Affe, löste sich soeben nahe der Schulter in rauchig verwehende Schlieren auf. Der Blick seines Brudergeistes zeigte ihm aber auch mehr, als es der seiner physischen Augen gekonnt hätte. Er zeigte ihm die Macht, mit der die Reaktion seines Äthergespinstes durch den Leib des Neaphraniten gepflügt hatte und die sekundären Auswirkungen, die dies in die Sphärenräume schlug.

Endlich war er mit seinem Brudergeist verbunden, konnte die Kräfte nutzen, zu denen dieser ihm den Zugang ermöglichte. Jetzt konnte er endlich die Fähigkeiten einsetzen, derer er sich vorher versagen musste, weil er nahe genug an den Neaphraniten hatte herankommen wollen, ohne dass dieser einen Bannschirm errichtete. Hätte der Neaphranit gespürt, dass er ebenfalls über magische Kräfte verfügte, hätte er ihm dazu niemals eine Chance gegeben. Seine Rüstung war für diesen Sieg ein geringes Opfer.

Er rührte sich langsam, spürte, wie ihm die Rüstung mit jeder neuen Bewegung wieder ein wenig mehr gehorchte, ließ bewusst die Kräfte seines Brudergeistes sie durchdringen, damit er in dieser Ruine zumindest noch für eine kurze Zeit die notwendige Bewegungsfreiheit hatte.

Er wandte sich um, nahm den Verlauf der Schlacht in Augenschein. Sah sofort, dass ein Stocken in sie gekommen war.

Die Soldaten des Hauses Iscaron waren den Überlebenden der anderen Seite gegenüber in erdrückender Überzahl. Überall lagen Tote mit dem Wappen des Hauses Eskeregon umher, ebenso welche aus der Truppe von Skiar Schattenmond. Iscaron war dabei gewesen, die letzten Überlebenden ihrer Gegenseite niederzumetzeln.

Doch jetzt hielten sie inne. Rufe sprangen von Soldat zu Soldat.

Ciauras! Gefallen! Ciauras ist tot!

Also griff er in Vereinigung mit seinem Brudergeist erneut in die Sphärenräume, suchte nach Kräften, schmiedete sie zu Waffen und ließ sie los. Trieb sie in die Reihen der Hausgarde Iscarons.

Der Angriff der fünf übrig gebliebenen Weißgekleideten kam nicht.

Nuava sah verwundert, wie sie in der Bewegung inne-
hielten, sich umsahen, als seien sie aus einer Trance
erwacht.

*Was sie auch wahrscheinlich sind. Wenn Ciauras sie
wirklich auf irgendeine Weise kontrolliert hat.*

„Bei den Verheerern ..." Tatsächlich, einer von ihnen
sprach. Sie waren nicht wirklich stumm.

Der, der gesprochen hatte, blickte die Länge des
Schwerts in seiner Hand entlang, sah sie an, blickte
ringsum. Wie aus einem schlechten Traum erwacht.

Ähnlich verhielten sich auch die anderen vier.

Sie ließ die Leiche Ciauras' los. Während er schlaff zu
Boden sackte, brachte sie erst einmal einen Sicherheitsab-
stand zwischen sich und die Kerle in Weiß. Man wusste ja
nie, wie jemand drauf ist, wenn er aus einer Trance erwacht.
Sie erinnerte sich an ein paar Gelegenheiten, als sie aufge-
wacht war, bei denen sie sich lieber selber nicht über den
Weg gelaufen wäre. Die Kerle in Weiß machten allerdings
jetzt keinerlei Anstalten sie anzugreifen oder ihr auch nur
folgen zu wollen.

Sie nutzte die Gelegenheit, sich umzuschauen.

Der Kampf war dabei sich zu zerstreuen. Blitze, Feuer-
lanzen und Flammenschnüre zuckten durch die Szenerie.
Doch jetzt kamen sie nicht länger von Ciauras Verbündeten
und waren gegen sie gerichtet, sondern sie trieben die
letzten Leute Iscarons zurück. Denn ihre Feinde flüchteten.
Noch vor Sekunden hatte sie dies niemals zu hoffen gewagt,
aber der Kampf hatte sich gewendet.

Mit einem Mal brachen der Schmerz der Verletzung in
ihrer Seite, die erschöpfte Taubheit in ihren Gliedern über
sie herein. Nur mühsam schob sie die Empfindung beiseite,
drehte sich weiter um ihre Achse und erblickte die
zerstreute, dezimierte Schar der Schattenmonde. Durukum
überragte sie alle, machte gerade einen letzten Soldaten
Iscarons nieder, setzte dem fliehenden Rest noch mit ein

paar kurzen heftigen Sätzen nach und schickte ihnen schließlich einen wütenden Tritt in die leere Luft hinterher.

Sie sah Venark, Giarn, Weißdorn, ein paar andere, blutend und erschöpft. Dwalf stützte sich keuchend auf seine Streitaxt. Sie waren geblieben und hatten ausgehalten. Sie waren nicht geflohen, wie sie ihnen befohlen hatte. Sie hatten ihr den Rücken freigehalten.

Sie hörte ein Wiehern von den Pferden her. Einige der Fliehenden versuchten sie zu besteigen, andere flüchteten gleich zu Fuß in Richtung der Schlucht und des Landesinneren. Ein Blitz schoss ihnen hinterher, trieb sie auseinander, brachte einige dazu, von ihren Versuchen mit den Pferden abzulassen und ebenfalls panisch ihre Beine in die Hand zu nehmen.

Sie sah, wie plötzlich erneut ein Aufruhr in den erschöpften und verwundeten Haufen ihrer Leute fuhr, folgte der Richtung ihrer alarmierten Blicke.

Eine unheimliche Erscheinung kam da raschen Schrittes auf sie zu. Dünner Rauch stieg von ihr auf. Eine dunkle Rüstung, fast schwarz, ziemlich mitgenommen sah die aus. Als schritte die Rüstung eines Toten auf sie zu. Ein ninraidisches Breitschwert trug er in der Hand, das er jetzt, während er näherkam, mit einem Griff über die Schulter in das Rückenholster gleiten ließ. Zwischen schwarz verrußten Flächen schimmerte hier und da noch immer ein stumpfes rotes Glühen hervor. Wie von einer Nuerac-Legierung. Das war Asfarod. Was zur Hölle war mit ihm geschehen?

Ohne innezuhalten kam Asfarod näher. Nuava beschwichtigte die alarmierten Rufe der Schattenmonde mit erhobener Hand. Rasch, ohne jedes Zögern – sie wollte ihn schon begrüßen –, trat Asfarod zu ihrer Verwunderung an ihr vorbei auf einen der Weißgekleideten aus Ciauras Leibwache zu. Blitzschnell lag ein Messer in Asfarods Hand. Wie ein flirrender Schatten glitt es durch die Kehle des Mannes, und Flammen sprangen aus der Eintrittswunde, als hätte die Klinge dort die Brandsamen gesät. Während der Weißgekleidete noch zu Boden sank, schlüpfte Asfarod mit bemerkenswerter Wendigkeit zwischen den restlichen vier hindurch und verpasste allen, bevor sie überhaupt reagieren konnten, einen Flammenschnitt durch die Gurgel. Sie fielen um, wie Marionetten, deren Fäden man durchgeschnitten hatte.

Die unheimliche Erscheinung, die diese Tat begangen hatte – Asfarod –, wandte sich zu Nuava um. Sie sah, dass sein Visier ebenfalls eine verrußte, blinde Fläche war. Dennoch schien Asfarod sie wahrnehmen zu können, denn der Kopf wandte sich ihr geradewegs zu.

„Hilf mir", sagte er. „Wir müssen ihre Köpfe endgültig vom Rumpf trennen, um ihnen ihren Frieden zu geben."

Als die Arbeit dann getan war – die weniger blutig war, als man beim Köpfeabhacken eigentlich vermutet hätte – wandte sich Asfarod ihr erneut zu.

Dwalf machte sich gerade daran, den Schnitt an ihrer Hüfte notdürftig mit einem improvisierten Verband und einem der Mittelchen aus seiner Gürteltasche zu versorgen. Der Rest der Verletzungen war zum Glück nur oberflächlich; nichts, was nicht wieder heilen würde. Sie hatte schon Schlimmeres überstanden. Sie hielt ihr mitgenommenes wollenes Oberteil in die Höhe, damit Dwalf den notdürftigen Verband richtig befestigen konnte.

„Es gibt noch eine letzte Arbeit zu tun", sagte Asfarod zu ihr. „Begleitest du mich?"

Na klar. Dieser Kerl in seiner verbrannten Rüstung, der sie trotz blindem Visier sah, war zwar eine echt unheimliche Nummer, aber jetzt wollte sie auch wissen, wie das alles ausging. Was hier eigentlich geschehen war. Warum Skiar hatte sterben müssen.

Sie nickte.

Dwalf zog die Schlaufe fest und blickte zu ihr hoch. „Das taugt nur so für den Moment", meinte er mit gerunzelter Stirn. „Später sollte das noch einmal gewissenhaft versorgt werden."

„Klar. Wenn Zeit ist." Sie warf ihm ihren hartgesottenen Blick zu, fühlte aber, wie ihr die Beine weich wurden und ein flaues, taubes Empfinden durch ihren Körper flutete. Ein Teil davon war bestimmt auf Erschöpfung und Wunden zurückzuführen. Der Rest kam von dem Gefühl, das sie zu überschwemmen drohte, wenn sie zu den Schattenmonden hinüberschaute, die bei Skiars Leiche niederknieten.

Sie versuchte, das alles in den Hintergrund zu drängen. Das hier war noch nicht vorbei. Vor allem musste sie wissen, was es mit diesem Asfarod auf sich hatte und welche Rolle er bei alldem spielte. Entpuppt sich als Magier und schlägt ihre Feinde in die Flucht. Ein seltsames unsicheres Gefühl, dass sie nicht benennen konnte, überfiel sie in Bezug auf ihn. Und nicht nur, weil er eine wandelnde, verbrannte Rüstung war. Das hier hatte eine Bedeutung. Und sie musste, es war wichtig für sie, herausfinden, welcher Art die war.

„Okay", warf sie Asfarod zu, „was gibt es zu tun?"

„Wir müssen noch das Laboratorium des Neaphraniten zerstören. Damit niemand mehr so etwas wie das hier", Asfarod zeigte ringsum auf die von ihnen Enthaupteten, „wiederholen kann."

KAPITEL 28

Er erklärte es ihr auf ihrem Weg zur Festung Iscarons am Morn Bracair. Während sie ihr Bestes tat,
das zu ignorieren, was eben auf diesem Weg um
sie herum geschah.

Sie gingen nämlich zu Fuß. Aber nicht durch die
Sümpfe, die den Berg umgaben. Und auch nicht über den
Dammweg. Okay, zwischendurch schon. Doch dann drehte
sich die Landschaft und wendete sich, als wäre das vorher
nur eine Projektion gewesen. Und da waren andere Land-
schaften, die sie gar nicht so genau betrachten wollte. Alles
schien nur ein hauchfeiner Schleier zu sein und ständig
wegzurollen, wie eine sich vom Strand zurückziehende See.

Mittendrin schien dann auch wieder der Sumpf um den
Morn Bracair durchzuschimmern, aber er war eine Hand-
breit unter ihren Füßen, die stattdessen auf einen Nebel-
schleier Tritt zu fassen schienen.

Das Erlebnis des Übergangs zusammen mit Asfarod
blieb ihr seltsam verworren und verschwommen, so als hätte
eine Traumlogik mitsamt der damit einhergehenden Bilder-
welt ihre Sinne übernommen. Sie sah sich auf Pfaden gehen,
die nichts mit Straßen oder Wegen oder etwas anderem, auf

dem man normalerweise einen Fuß vor den anderen setzte, zu tun hatten. Sie folgten ihnen, so wie man einem Tau durch den Nebel folgt, tasteten sich entlang Gabelungen, wenn sich dieser Strick verzweigte. Alles war weniger handgreiflich, als sie es aus den beiden Welten, die sie kannte, gewohnt war. Beinahe, als bewegte sie sich mehr durch eine Welt von Abstraktionen als von sichtbaren Bildern. Wenn ihre Verletzungen schlimmer gewesen wären, dann hätte sie es wahrscheinlich auf ein aufkommendes Fieber geschoben, das ihr die Sinne vernebelte.

„Sie sind Tote", drang die Stimme des an ihrer Seite gehenden Asfarod an ihr Ohr, „die durch die Kunst des Neaphraniten über ihren Tod hinaus in ihrem Leib festgehalten wurden."

Dann hatte sie mit ihrer früheren Assoziation, was die Erinnerung an alte Horrorfilme aus ihrer Welt betraf, doch gar nicht so falsch gelegen. „Abgefahren. So was wie Ninraé-Zombies?"

Das verrußte Visier wandte sich kurz ihr zu. „Ich weiß nicht, wovon du sprichst."

„Ist egal. Was aus meiner Welt." Sie schwieg einen Moment. „Und woher weißt du das?", fragte sie rasch hinterher.

„Ich habe die Mechanik dahinter gesehen. Ich wusste es in dem Moment, als ich sie angeschaut habe."

Ja, gesehen hatte sie auch etwas. Aber das war gewesen, *nachdem* sie diese Wesen enthauptet hatten. „Deswegen diese Lichter, die aus ihrer Brust gestiegen sind? Waren das etwa Seelensteine?" Gerade als sie mit Asfarod hatte aufbrechen wollen, hatte sie gesehen, wie sich da ein Glimmen über der Brust der sechs Toten gebildet hatte. Und dann hatte sie beobachten können, wie sich sechs weißliche, durchscheinende Kugeln aus ihren Körpern gelöst hatten und sich allmählich auflösten.

Sie wies Asfarod auf das hin, was sie dort gesehen hatte.

„Aber warum?", fragte sie, „So etwas sieht man doch normalerweise nicht, wenn ein Ninraé stirbt?"

„Wahrscheinlich weil *diese* Seelensteine über ihre Zeit in den Körpern gehalten und dem Rad der Wandlung entzogen wurden. Dieses Phänomen muss damit zusammenhängen."

„Und du hast gesehen, was mit ihnen los ist, als du … sie zum ersten Mal *angeschaut* hast?", fragte sie verwundert.

„Ich bin in der Lage, auf andere Weise zu sehen. Ich konnte die Zusammenhänge erkennen, und damit, was mit ihnen auf anderen Ebenen als der dir sichtbaren geschehen ist. Was man ihnen angetan hat."

„Das war es also, was der Neaphranit dort in der Festung Iscarons ausgebrütet hat. Als du uns für den Auftrag anheuern wolltest, meintest du, du hättest keine Ahnung, was er in der Burg Iscarons vorhat, aber das genau war es."

Asfarod antwortete darauf nicht sondern schritt ungerührt weiter, als hinge er selber eigenen Gedanken nach.

Okay, dann war es klar. Wie eine Perlenkette ließ sie noch einmal durch ihren Geist gleiten, was sie wusste, und das, was vorher schon vage in ihr als Halberkenntnis gegärt hatte, trat scharf und klar hervor.

Ciauras war der Hintermann, der Drahtzieher hinter Urnam in der „Galgeneiche" gewesen. Deshalb hatte Ciauras auch gestutzt und sich so merkwürdig verhalten, als er sie beim Mahl mit Eskeregon und Disridaer Ravanaic vorgefunden hatte. Er hatte sie angeheuert, um Disridaer Ravanaic, den Propheten von Isfayr umzubringen. Nicht nur, weil er Eskeregon und seinen Schützling nicht ausstehen konnte. Das war ihr schon vorher, als der Verdacht bei ihr zum ersten Mal aufgekommen war, nicht als ausreichender Grund erschienen. Aber der Prophet hatte von Freveln gesprochen, deren Zeichen er in den Äthern gelesen hatte. Ihm war wohl irgendwie auf den Wegen, auf denen seine Prophezeiungen zustande kamen, eine Ahnung von dem entgegengeweht, dem sie selber gerade auf die Spur gekommen waren. Dieser Frevel, von dem er gesprochen hatte, das musste die Tatsache sein, dass jemand Ninraé, die eigentlich verstorben waren, künstlich am Leben erhielt und in … *Zombies* verwandelte. Sie erinnerte sich an ihre Gespräche mit Skiar über Seelensteine und seine Erinnerungen an vergangene Verkörperungen. Es schien etwas zu sein, das sein Innerstes berührte und das irgendwie in ihm gebohrt und gewühlt und ihm keine Ruhe gelassen hatte. Sie erinnerte sich an ihren gemeinsamen Weg von ihrem Quartier aus, als es zuerst geschienen hatte, als würde er einfach ziellos durch die Gassen irren. Sie stieß hart die Luft aus, als ihr klar wurde, dass dies das letzte Mal war, dass sie mit Skiar gesprochen hatte, das letzte Mal überhaupt, dass sie zusammen waren. Wie beunruhigt er gewesen war. Als wäre da ein Abgrund, in den er geblickt habe.

Sie dachte daran, und eine Ahnung stieg in ihr von dem Ausmaß dessen auf, was den toten Ninraé damit angetan worden war, das man an diesem Geheimnis ihres Daseins, ihrem Seelenstein und ihren Wiederverkörperungen herummanipuliert hatte. Wahrscheinlich war sie als Nicht-Ninraé niemals in der Lage, das wirkliche Ausmaß dessen zu begreifen.

Sie wandte sich von diesem Thema und den damit verknüpften Erinnerungen an Skiar ab. Zu roh und brennend wühlte die Wunde des Verlustes in ihrem Innern.

Ciauras hatte also gewollt, dass sie den Propheten töteten, damit niemand davon erfuhr, welche Dinge er zusammen mit dem Neaphraniten in seiner Festung am Morn Bracair auskochte. Ein Verdacht stieg in ihr auf.

„Hast du", sagte sie zu Asfarod, „uns benutzt, um den Neaphraniten aus der Festung herauszulocken? Bei unserem ersten Treffen hast du gesagt, du könntest dich ihr nicht nähern."

Asfarod blieb stehen, was ihr ziemlich unangenehm war. Denn so musste sie selber ebenfalls ihre Schritte auf diesem unheimlichen Weg zügeln. Solange sie in Bewegung blieb, ging es noch einigermaßen, und es wäre ihr lieber gewesen, wenn sie so schnell wie möglich an ihr Ziel kämen. Asfarod wandte sich ihr zu, und wieder hatte sie den Eindruck, er würde sie trotz seines rußblinden Visiers eindringlich mustern.

„Nein", sagte er dann nach einem kurzen Moment, „das war nicht geplant. Ich habe euch nicht benutzt. Es war tatsächlich ein Zufall, den ich rechtzeitig bemerkte und der mir in die Hände spielte. Dennoch war ich bei unserem ersten Treffen nicht ganz ehrlich mit euch. Ich habe gesagt, ich könne mich der Festung am Morn Bracair nicht unbemerkt nähern. Den Grund habe ich euch verschwiegen. Zum Schutz davor, dass seine Brüder ihm nachstellen, hat der Neaphranit einen Bannschirm um seinen Aufenthaltsort errichtet, der auf bestimmte Aspekte von Magie reagiert. Und ich bin, wie du gesehen hast, in der Kunst begabt, die man gemeinhin Magie nennt. Ich trage dieses Mal, und durch den Bannschirm wäre meine Annäherung entdeckt worden. Aber dort draußen am alten Hafen, außerhalb der Festung und fort vom Bereich seines Bannschirms konnte ich meine Fähigkeiten vor ihm verborgen halten. Ich habe das benutzt, und mich bewusst jeder Magie enthalten, habe es riskiert, dass er seine Attacken gegen mich schleudert. Das war meine Chance, um nahe genug an ihn heranzukommen, ohne dass er einen Schutzbann errichtet, der ihn selbst vor einer magischen Attacke schützt. Nun gut ..." Asfarod hob die in verkohlter Panzerung steckenden Arme, neigte den Kopf, als blicke er an ihnen entlang, musterte auch den Rest seiner schwer in Mitleidenschaft gezogenen Rüstung. „... ich habe dafür meine Rüstung geopfert, aber das ist ein geringer Preis, um einen solchen Gegner zu töten. Und um zu verhindern, dass eine derart gefährliche Waffe in die Hände der Gegner unseres Aufstands fällt."

Wie durch einen Schleier traten sie schließlich in das Laboratorium des Neaphraniten.

Es war ein weicherer Übergang, als durch ein Portal zu treten und plötzlich an einem anderen Ort zu sein. Es fühlte sich so an, als würde das Portal, das man benutzte, im Nebel liegen. Die Geister dieses Flirrens, das zuletzt erneut von der Umgebung, durch die sie sich bewegten, Besitz ergriffen hatte – einer von einem brodelnden Himmel überwölbten Schlackenlandschaft – verblassten um sie herum. Das seltsame Gefühl entließ allmählich ihre Magengrube aus seinem Griff, und sie standen in einer weiten, unbeleuchteten Halle. Asfarod ging umher, sah sich darin um, ging von einer der Gerätschaften zur anderen.

Nuava blieb zurück. „Was war das für ein Weg, auf dem wir hierhergekommen sind?"

Asfarod wandte sich kurz von der Inspektion einer Reihe von Nischen und der damit verbundenen Gerätschaften zu ihr um.

„Manche nennen es die seichten Orte. Wenn man weiß wie, kann man sich solcher Phänomene gezielt bedienen. Einigen war das schon immer bekannt. Und viele haben dies auch für ihre eigenen Zwecke benutzt."

„Kannst du uns auf solchen Wegen auch von Isfayr fortbringen?"

„Ja, das könnte ich."

„Kannst du damit überallhin gelangen?"

Asfarod zögerte einen Moment, bevor er ihr antwortete. „Es gibt viele Wege und manche auch von anderer Art. Aber sie führen nicht überall hin. Es gibt solche Schattenpfade nur an ganz bestimmten Stellen. So wie es auch bei den Portalen der Fall ist. Und manche Wege sind schwerer zu finden als andere. Und dann gibt es solche, die äußerst gefährlich sind, wegen dem, dem man dort begegnen kann. Auf anderen läuft man Gefahr, sich rettungslos zu verirren. Nein, ich kann auf solchen Wegen längst nicht überall hin. Nur von bestimmten bevorzugten Orten zu anderen."

Dann wandte er sich abrupt von ihr ab, um die seltsamen Gerätschaften weiter in Augenschein zu nehmen, die ihr wie eine Mischung aus dem irren Labor eines Alchemisten und dem Dampfmaschinenzeitalter einer anderen Welt erschienen.

„Das alles muss zerstört werden", sagte er schließlich und mit einer Heftigkeit, die Nuava verwunderte.

Ja, das war anscheinend ein Ninraé-Ding, das ihre Seelensteine und die damit verbundenen Empfindungen betraf und das sie selber niemals wirklich begreifen können würde. Doch das, was sie sich als Mensch ausmalen konnte, reichte ihr schon. In einem toten Körper gefangen zu sein und willenlos den Befehlen eines anderen gehorchen zu müssen, das war ein Horror, den sie lieber nicht erleben wollte.

Asfarod hatte seine Arme erhoben. Es knisterte in der Luft, so als würden sich verschiedene Stellen im Raum elektrisch aufladen, kleine Mikrogewitter, die ihre Fühler nacheinander ausstreckten. Sie spürte, wie sich ihr der Flaum an den Armen und im Nacken aufrichtete.

War das hier der Grund, warum Skiar ihren Auftrag hatte stoppen wollen? Warum er ihnen zugerufen hatte, der Job sei gestorben? War er, nachdem er sie am Abend zuvor mit der Bemerkung verlassen hatte, er müsste noch etwas in Erfahrung bringen, auf Spuren dessen gestoßen, was hier vorgegangen war? Hatte er auf irgendeine Art entdeckt, was der Neaphranit betrieb? Oder wer hinter ihrem Auftrag steckte?

Sie wurde dadurch aus ihren Überlegungen gerissen, dass Asfarod rasch auf sie zukam.

„Wir sollten rasch von hier verschwinden", sagte er, und

der rußgeschwärzte Nuerac-Handschuh berührte sie an der Schulter.

Dann öffneten sich erneut die Schleier und mit der Hitzewelle erblühenden Feuers in ihrem Rücken verließen sie auf Schattenpfaden die Festung Iscarons.

KAPITEL 29

Es glomm noch immer in der Ferne an der Flanke des Morn Bracair. Ihre Gefährten, die überlebenden Schattenmonde, hatten ihr von der Explosion erzählt, die sie gesehen hatten, kurz bevor sie mit Asfarod wieder zu ihnen zurückgekehrt war. Sie selbst hatte davon auf ihrem Weg mit Asfarod durch die seichten Orte nichts mitbekommen.

Jetzt starrte sie in die Flammen des Scheiterhaufens vor ihr, so nah, dass sie deren Hitze auf ihrer Haut spürte. Sie loderten hoch auf, tanzten vor ihrem Blick und verschlangen die sterblichen Überreste derer aus ihren Reihen, die den Kampf nicht überlebt hatten. Sie hatten sie direkt nach Nuavas Rückkehr zum Kampfort am alten Hafen geborgen.

Auch die Leiche des Mannes war darunter, der sie so lange angeführt und der ihre Truppe gegründet hatte. Das war lange vor ihrer Zeit. Nur Durukum und Dwalf waren seit diesen Anfangstagen an Skiar Schattenmonds Seite gewesen. Nuava hatte dort neben dem Leichnam Skiars gekniet, und sie war es schließlich auch, die ihn fortgetragen hatte. Scheiß auf Dwalfs Gezeter aus dem Hintergrund, dass ihre Wunde aufbrechen würde – das war etwas, was sie selber tun musste. Skiar war ein echter Hüne, aber er kam ihr in ihren Armen leichter vor, als sie aufgrund seiner Statur vermutet hätte. Er war seinen Weg in das Rad der Wandlung bereits gegangen, und kein Seelenstein hatte silbern und bleich über seinem Körper geschwebt. Skiar Schattenmonds Übergang war ihnen verborgen geblieben.

Es war nur sein Körper, der jetzt vom Feuer verzehrt wurde. Sieben der Schattenmonde waren gefallen. Auf vier davon wartete, weil sie weder Ninraé noch erwachte Halblinge gewesen waren, kein Rad der Wandlung, kein Versprechen einer Wiederkehr.

Skiar würde zurückkehren. Irgendwann. Doch selbst, wenn sie dann noch lebte, war es unwahrscheinlich, dass sie beide wieder zueinanderfinden würden. Selbst wenn. Wie viel würde er dann von dem verloren haben, was er für sie gewesen war? Wie viel davon würde ins Vergessen gesunken sein?

Es würde nicht mehr *ihr* Skiar sein. Es würde jemand mit dessen Erinnerungen und seinem Charakter im Körper eines jugendlichen Ninraé sein. So wie bei Disridaer. So wie bei dem Propheten, der ihr so unerwartet jung erschienen war. War das dann eigentlich noch wirklich Skiar? Jedenfalls würde es nicht mehr ihre Wahrheit über Skiar sein.

Sie ließ ihren Blick verstohlen zur Seite wandern, zu den anderen hin, die mit ihr beim Scheiterhaufen standen. Sie wollte ja niemanden dadurch in Verlegenheit bringen, dass sie ihn erwischte, wie er feuchte Augen bekam. Sie waren schließlich harte Söldner. *Ein Job sollte sauber und ohne emotionalen Ballast sein.* Das waren Skiars Worte. Alles eine ganz klare Sache. Von einem Auftrag zum anderen. Von einem Tag zum nächsten.

Diesen Job jedenfalls hatte er abgeblasen. In den letzten Momenten seines Lebens.

Sie wandte ihren Kopf weiter, bis der dunkle Umriss Asfarods am Rand ihres Blickfelds auftauchte. Sie zog ihre

Nase hoch, räusperte sich leise und trat rückwärts aus der Reihe der stummen Gestalten heraus.

Da stand sie, Asfarods geschwärzte Gestalt, hielt sich dezent im Hintergrund. Er stand vor einem aufgewühlten Himmel, ein Klippensturz und das Meer in seinem Rücken, ein paar dürre, ausgebleichte Büsche, die sich in den Ritzen zwischen den Felsen festklammerten. Es zog eine neue Sturmfront von Norden heran. Die Schulterstücke seiner Rüstung regten sich, leicht senkte sich der Helm als Zeichen eines vagen Grußes oder einer Respektsbezeigung.

Erst als sie direkt zu ihm trat, erhob er die Stimme. „Dein Verlust ..." Doch sie unterbrach ihn dadurch, dass sie stumm den Finger auf die Lippen legte. Sie hob ihm ihre Hand entgegen, hielt wenige Zentimeter, bevor sie seine Rüstung berührt hätte, inne, wartete ab. Fast schien es ihr, als wollte er vor der Berührung zurückweichen. Asfarod, die Stimme des Aufruhrs und ihr Gesicht.

Dann, ganz langsam, wie man es bei einem großen und gefährlichen Tier tun mochte, das einem unvermittelt aus der Wildnis entgegentritt, hob sie ihre Hand weiter zu seinem Visier, legte die Handfläche auf die blinde Oberfläche, spürte den trockenen, körnigen Ruß auf ihrer Haut, strich darüber, wischte einen Streifen fort.

Etwas davon löste sich, blieb an ihrer Handfläche haften. Der Rest war klebrig und schmierig und hartnäckig. Dennoch wurde ein verdreckter Streifen frei, der die darunter liegende rot verspiegelte Phanum-Oberfläche zeigte. Ein Spiegel mit blinden Flecken, der einen Ausschnitt ihres eigenen Gesichts zeigte. Ebenfalls verdreckt, voller Blut vom Kampf.

Sie trat einen Schritt zurück, dann zwei weitere und ließ sich auf einem der Felsen nieder. Möwen zogen über ihnen krächzend ihre Kreise. Sie klopfte mit der Hand auf einen zweiten Felsen von etwa gleicher Höhe neben sich.

„Erzähl mir", sagte sie, „was sich in dieser Welt deiner

Meinung nach verändern soll. Wie stellst du dir das vor, und was willst du erreichen?"

Einen Moment stand die Rüstung starr da, als sei niemand darin, als sei sie nur ein Schaustück, das einem Brand zum Opfer gefallen war. Dann rührte sich Asfarod, ließ sich mit dem Scharren von Metall auf Metall neben ihr nieder. Wandte ihr die Helmfläche zu, und seine Hand ging hoch zu seinem Kopf, löste dort eine unsichtbare Mechanik aus.

Asfarod klappte sein Visier auf.

Sie brauchte einen Moment, bis die Erkenntnis vollständig zu ihr durchdrang, dass sie dieses Gesicht kannte.

„Heilige Scheiße!"

Das hätte ihr wahrhaftig kein Prophet flüstern können.

„Das ist nicht gerade die korrekte Anrede", erwiderte der Mann in der Rüstung.

Sie zögerte – die Worte wollten ihr nicht über die Lippen kommen. „Mein … Prinz", sagte Nuavar schließlich.

Das war der Moment, in dem sie begriff, dass sie sich auf etwas Größeres eingelassen hatte, als sie je gewollt hatte.

Und dass es für sie kein Zurück gab. Ihre Welt hatte sich vollständig gewendet.

DER IDIRER

Und so erzählte es Avern Meander Jahre später, wenn er auf seiner Veranda saß, umringt von seinen Kindern und den beiden Enkeln:

„Wenn sie von ihm reden," – er begann die Geschichte jedes Mal auf die gleiche Weise, wie ein Ritual – „die Leute hier im Ort und anderswo in Freadorum, nennen sie ihn den Idirer. Aber ich weiß seinen wahren Namen, denn ich war damals dabei und habe ihn gekannt. Darum sage ich euch seinen wahren Namen, damit sich jemand daran erinnert, wie der Mann, mit dem hier im Westen unseres Landes alles angefangen hat, wirklich hieß."

Jetzt kam die dramatische Pause: Er rückte sein linkes Bein auf seinem gepolsterten Schemel zurecht, das schlimme Bein, das verwundete, das nie richtig verheilt war, nahm dabei umständlich seinen rechten Arm zu Hilfe, und spuckte dann einen Strahl Kaktussaft im hohen Bogen über die Verandabrüstung in den Staub jenseits davon.

„Sein Name war Karan Niomander Theakande", fuhr er dann bedächtig fort, die Kinder, im Schneidersitz um ihn herum zu ihm aufblickend, sprachen dabei die seltsame Abfolge von Silben leise mit – nur Orren wieder, der machte natürlich Faxen und konnte es nicht lassen, die anderen von hinten zu kneifen und zu piesacken, „und die Wahrheit ist, dass er tatsächlich aus der Alten Heimat stammte. Die Wahrheit ist, dass ich ihn nur kurz kennen-lernte, als seine Reise ihn ausgerechnet hier nach Podok brachte. Und dass er uns neuen Mut gab. Bevor er von uns ging."

Sein Blick glitt an diesem Punkt meist unwillkürlich hoch und verlor sich in der Weite der Steppe jenseits der Verandabrüstung, und fast glaubte er, im Flirren von Staub und Hitze über dürrem Kraut und Büschen wieder den Idirer zu sehen, so wie er ihn damals das erste Mal gesehen hatte: eine in der Ferne winzige Gestalt, fast nur ein Strich, fast nur wie die unscharfe Form einer senkrechten flachen Linse in den flimmernden Schleiern, die plötzlich in der Annäherung und im Wabern der Hitze zu den vagen Umrissen einer Gestalt vorsprang – Kopf, Rumpf, Beine, wie ein Weißbrotmann, der gerade aus dem großen Ofen seines Vaters kam, nur dass dieser hier kaum größer als zwei Fingerglieder war und aus dem Glutofen des Öden Landes im Westen her kam.

Etwas ragte über dessen Schulter auf, er konnte es nicht erkennen. Er strengte seine Augen an, wartete, aber die Annäherung ging qualvoll langsam vonstatten. Eine Waffe, es musste eine Waffe sein. Vielleicht ein sehr langes Schwert. Wow, dachte er, ein Fremder, der nach Podok kam, mit einer Waffe, die –

Etwas packte ihn am Ohr, riss seinen Kopf schief hoch, und Tränen schossen ihm in die Augen.

„Was stehst du da und starrst Dellen in den Horizont? Hast du nicht zu arbeiten? Die Backstube muss noch geputzt werden." Sein Vater war unbemerkt hinter ihn getreten, drehte ihn zunächst am Ohr zu sich her, um ihn dann mit sich abzuführen.

„Da kommt ein Mann."

„Was redest du?" Sein Vater hielt inne, das Ohr noch immer im schmerzhaften Griff.

„Da draußen. In der Wüste. Da kommt ein Mann auf unsere Stadt zu."

Sein Vater ließ ihn jetzt los, starrte jetzt selber in die Richtung, in die vorher er geblickt hatte. Er spähte eine ganze Weile, dann plötzlich drehte er sich um, seine Pranke umfasste seinen Hinterkopf, ohne ihn dabei wirklich anzusehen, schob ihn vor sich her.

„Weg von der Straße", sagte er, sein Blick streifte umher, ohne sich auf irgendetwas im Besonderen zu richten. „Du weißt ja, wer in der Stadt ist."

Am Tag, als der Idirer nach Podok kam, war die Siedlung für ihn aus der Entfernung zunächst nur ein Fleck gewesen, der sich zwischen die schwimmenden Schichten von Ocker, Braun und etwas stumpfem Grün schob. Dann zeichneten sich erste, vage Formen heraus und verwandelten seine scheu keimende Hoffnung in Erleichterung.

Es ist vorbei, dachte er. Ich habe es geschafft.

Er dachte zurück an seine lange Wanderung. An die weiten, flachen Steppen der Surkenyaren, die ihm die meiste Zeit eher wie ein Meer denn wie festes Land vorgekommen waren. Dann die schroffen unwegsamen Berge, die für die Steppenreiter den Rand der Welt begrenzten, und danach das monotone, gleichförmige Ödland dahinter, das zu dieser Jahreszeit von Sonne und Hitze überschwemmt wurde, sodass sich jeder feste Punkt in ihm auflöste.

Glut und Staub und endlose Weite hatten ihm nichts ausgemacht. Er hatte sich in die Kapsel seines Schädels zurückgezogen wie ein Schalentier zum Schutz vor der Glut in seinen Panzer, und er hatte Durst und Hunger ertragen, so wie man eben ein Staubkorn im Stiefel erträgt. Immerhin fand er gerade genug Wasser und Nahrung, um nicht zu sterben, und das war alles, was er verlangte. All das hatte ihm geholfen, seinen Körper auf das Nötige herunterzuschwitzen, dürr und hart und sehnig, und seine Gedanken klar und schlank zu zehren.

So sah sich der Idirer damals bei seiner langen Wanderung.

Er war einmal etwas anderes gewesen, aber das hatte er hinter sich zurückgelassen.

Er hatte einen neuen Anfang gewollt und war losgezogen, um ein Land zu suchen, von dem in den alten Geschichten und Aufzeichnungen des Idirischen Reiches berichtet wurde.

Die ehemalige Kolonie, das Land der Auswanderer. Freadorum.

Ein neues Land, das war es, was er gewollt hatte. Und eine Reise dorthin, so lang, dass sie ihn veränderte und transformierte, dass sie alle Schlacke, alles, was er hinter sich zurücklassen wollte, aus ihm austrieb und abspaltete.

Vielleicht hier wieder eine Fechtschule zu führen, das wäre gut. Wie sich hier wohl die Kampftechniken mit der traditionellen Waffe ihrer Väter verändert hatten? Wie im Reflex tastete er über die Schulter nach dem vertrauten Griff des idirischen Fechtspeeres.

Oder einfach nur ein Stück Land bestellen. Harte Arbeit, niemandes Knecht.

Die Armee hatte ihm gezeigt, wozu er nicht geschaffen war. Keine stumpfe Gewalt von oben, die sich Hierarchie nannte, kein Kadavergehorsam, keine Mühle, die nur zerbricht und den Geist nicht achtet. Es war ein Ausweg gewesen, damals, als er seine Fechtschule verloren hatte, aber es war auch eine Lehre gewesen. Über ihn selber. Was er war und was er nicht war. Was er aushalten konnte und was er im Innern seines Wesens einfach nicht zu ertragen in der Lage war.

Das war jetzt vorbei. Das neue Land lag vor ihm.

Als der Idirer sich der Siedlung näherte, mutete ihm, was er sah, wunderlich an.

Die Art der Häuser, so klein, so gedrängt, so kompakt – darin sollten Menschen wohnen? All das Menschenleben sollte in diese Hülle aus Stämmen, Brettern und Lehmziegelmauern hineinpassen? All das angeschwemmt an den Rand einer breiten Straße, viel Raum und Staub, an deren Ende ein großes Bauwerk kauerte, das sich von allen anderen deutlich unterschied.

Es war ein runder, gedrungener Turm, kaum höher als er an seiner Basis breit war. Ein paar schmale, enge Fenster hineingeschnitten, die in der Helligkeit des Tages aussahen, wie mit pechschwarzer Farbe aufgemalt.

Ein flauer Wind kam auf, genug, um den Staub quer

über die Straße und hoch in die Luft zu wehen, sodass er sich wie ein grauer Schleier vor den Ausblick auf den plumpen Turm legte.

Gestalten, noch klein auf die Entfernung, hasteten über die Straße. Was beeilten die sich so? Weg aus Raum und Weite, hin zum Rand, da, wo sich die Gebäude duckten.

Er selber strebte zielsicher ebenfalls weiter auf sein Ziel zu, weg aus Staub und offenem, endlosen Land, dorthin, wo es in Holz und Stein und Mauern mündete und von ihnen gebändigt wurde.

Sie hatten es darauf abgesehen, und alles war besser als drinnen in der kühlen Düsternis, die alle Zeit verschluckte, über Würfeln, der Mühle von bis zum Erbrechen durchgekauten alten Geschichten und Sprüchen, dem Stumpfsinn des sich selber Anödens irgendwann so durch und durch verrückt zu werden, dass man sich gegenseitig an die Gurgel ging.

Keine Ahnung, was ihr Anführer heute schon die ganze Zeit im Dunkel des Turmes trieb. Der Tag dauerte schon ewig und sein Ende war noch unendlich weit entfernt.

Schließlich war das hier ein Stopp auf ihrer jährlichen Steuer-und-Respekt-Tour, und es konnte immerhin nicht schaden, der Stadt eben ein bisschen Respekt einzuhämmern, richtig? Und dabei etwas Spaß zu haben.

Sie hatten es darauf abgesehen, das sah man ihren schon leicht stieren, glasigen Augen an, als sie aus dem dunklen Loch des Toreingangs herauskamen, der Hauptmann – das war der mit den Metallplatten auf der Lederrüstung – und die vier anderen.

Sie blinzelten geblendet in die flirrende, verschwimmende Hitze, und da lag sie vor ihnen, die ganze erbärmliche Arsch-der-Welt-Stadt, von der sie nicht verstehen konnten, warum man für sie ganze drei Tage angesetzt hatte, wo doch ein Blick von dem … dem Langen, Blassen, für den sie die Eskorte stellten, reichte, um die Kandare bei den Bewohnern dieses Fliegenschissfleckens so richtig anzuziehen. Dass sie sich in die Hosen pissten und sich so zusammenduckten, dass sie unter einer Fußmatte durchlaufen konnten.

Sie zogen also mit vor der grellen Sonne zusammengekniffenen Augen, finsteren Mienen und ganz allgemein brandgefährlich die Hauptstraße hinunter – nicht dass da viel mehr gewesen wäre als diese eine Straße –, und da lag sie, ziemlich genau in der Mitte ihrer Länge: die Schenke. Leider war die Schenke verrammelt.

Also fingen sie an, gegen Läden und Tür zu pochen, der eine mit dem beschlagenen Schaft seiner Axt, zwei andere mit dem Knauf ihrer Schwerter, das eine gerade, kurz und breit, das andere ein furchteinflößendes Ding aus schwarzem Eisen, mit einer gefährlich krummen Klinge, die auch ein paar Sägezähne aufwies. Sie krakeelten und brüllten die gesamte Straße zusammen und machten ziemlich klar, was sie wollten. Wie gesagt: Respekt vor den Herren und so.

Endlich zeigte der Besitzer der Schenke sein Gesicht durch den Spalt der Tür, und da war die Tür auch schon aufgestoßen und sie drinnen, und der Besitzer rappelte sich verdutzt und verängstigt vom Boden hoch. Zwei blieben draußen und hielten mit ihren Blicken die Leute in Schach, die inzwischen natürlich mitgekriegt hatten, dass da irgendwas vor sich ging und sich im sicheren weiten Umkreis und in den Schatten der anderen Gebäude herumdrückten, immer hart an der Wand, nie zu sehr raus ins Freie.

Drinnen gab es Geschrei. Die drei, der Hauptmann unter ihnen, kamen wieder heraus und zerrten die Frau des Schankwirts und seine halbwüchsige Tochter, Miran

genannt, mit sich. Der Schankwirt selber wurde ange-
schnauzt, endlich sein Lamentieren wegen der Weiber sein
zu lassen und schon mal die Läden aufzumachen, damit
Licht in den Schuppen hineinkäme, und allgemein die
Schenke herzurichten, und wenn er nicht sofort daranginge
oder er es wagte, mit seinen schmutzigen Hinterwäldlerfin-
gern noch einmal einen von ihnen zu berühren, kriegte er
direkt eine Klinge zwischen die Lichter, wie ein Schwein
die Schlächteraxt, was sei schließlich dabei, Bier und
Schnaps ausschenken könnte schließlich jeder, da könnten
sie einfach wahllos irgendeinen von der Straße als Ersatz
nehmen.

Bei näherer Schau stellten sie dann fest, dass zwei
Frauen, Mutter und ihr mageres Gör von einer Tochter, nicht
reichten, um eine richtige Tanzgruppe für sie voll zu
machen. Somit gab es ein kurzes suchendes Umherstarren,
einen plötzlichen Spurt und einen schrillen Schrei, und ein
weiteres weibliches Wesen, das das Pech hatte, sich zu weit
mit seinem Mann heranzuwagen, wurde am Handgelenk
Richtung Schenke gezerrt. Ihr Mann brüllte und stürzte vor,
aber nur so weit bis ihm die Spitze bereits erwähnter gefährlich krummer Klinge, die auch ein paar Sägezähne aufwies,
vor dem Brustbein stak, dann knirschte er nur noch mit den
Zähnen und grollte zwischen ihnen Unverständliches hervor. Die anderen neugierigen Gaffer hatten dabei ihren
schütteren Kreis zusammengezogen und waren näher gekommen und wurden mit gezogenen Waffen und Blicken in
Schach gehalten. Und so knirschten auch sie und grollten
vielleicht, aber das war auch schon das höchste der Gefühle.

Die Fünf aus dem Turm, die den Abgesandten der
Herren, den Irkinya, auf seiner Jahrestour begleiteten, waren
welche aus ihrem eigenen Volk, das war richtig. Aber sie
gehörten den Truppen der Irkinyak an, und sie waren breit
und kräftig und sahen vierschrötig aus, so, als würden sie
nicht zweimal darüber nachdenken, jemanden abzumurksen

und mit diesen gemeingefährlichen Waffen in Stücke zu hauen. Eben, die Waffen hatten sie nämlich auch noch. Und die sahen wahrhaftig aus, als wären sie verdammtes Handwerkszeug, das nur für eine einzige blutige Arbeit gemacht worden war. Blieb also Knirschen und Zischeln und Grollen.

Drei war eine gute Zahl, beschlossen die fünf aus dem Turm, um eine Tanztruppe vollzumachen, wie sehr die jetzt auch kreischen und lamentieren mochten und sich noch wehrten. Schließlich waren da die schon aufgeführten Argumente auf ihrer Seite: gemeingefährliche Brecher, keine Skrupel, blutunterlaufene Augen, kurze Zündschnur und genügend an scharfem, eisernem Werkszeug, um in der Zeit eines Wimperzuckens irgendwas Blutiges und Schreckliches damit anzustellen.

Der eine von ihnen guckte noch einmal herum, um, für den Fall, dass nicht auch der Allerletzte ausreichend Respekt und die Furcht vor den Göttern der Irkinyak in den Knochen sitzen hatte, einen wirklich üblen Blick hinterherzuwerfen – es war der mit der Axt, das schwarze, hartgekochte Leder der Rüstungsteile kontrastierte scharf mit der bleichen, schwitzigen Haut der mächtigen Oberarme, prall wie ein Schweinebauch. Da geht sein Blick etwas abwärts, und er sieht etwas Unterschulterhohes, das die Frechheit hat, ihm nicht seine vollkommen eingeschüchterte, verängstigte Aufmerksamkeit zu schenken.

Ungekämmte Rotzgöre. Blickt über die Schulter nach irgendwo. Als gäb's da was zu sehen.

„He du! Ja, du. Blickst über die Schulter, als gäb's da was zu sehen." Wenigstens reagierte er, war also nicht direkt blöde geboren, hätte es dem Blick nach, den er ihm daraufhin zuwarf, aber sein können. „Gibt's da was zu sehen? – Hä?"

Keine Antwort – da hat die Rotzgöre auch schon seine Hinterhand vor die Fresse gekriegt.

Liegt im Staub und reibt sich die Backe, da kann man direkt noch eins hinterher setzen. Er holte mit dem Fuß Schwung zum Tritt, gab ihm dabei schon mal das Grinsen. Da sprang doch tatsächlich der Kerl neben ihm vor, wahrscheinlich der Vater. War einfach da und ging dazwischen. Und hatte, wo man sie schon mal in der Hand hielt, direkt die Axt am Schädel. Nur das Blatt, nicht die Klinge.

So lag er am Boden, blutete zwar heftig über die eine Seite des Gesichts, lebte aber noch und konnte blinzelnd vor sich hinstarren. Nicht auf ihn seltsamerweise, den, der ihm schließlich den Schlag mit der Axt verpasst hatte, sondern in die Richtung, in die auch das Blag schon geglotzt hatte. Was gab's denn da Großartiges zu sehen?

Er folgte dem Blick der beiden, und da stand er.

Ein Stück entfernt, am Eingang der Siedlung. Still, schaute nur, hielt sich an all dem nicht auf. Er hatte etwas auf dem Rücken, etwas wie einen Stab, der über seine Schulter ragte. Sah aus wie ein Penner, ausgewachsener Bart und so, voller Staub und Dreck, mehr Lumpen als Kleider. Stand aber da, als wäre er schon immer da gewesen, wie ein Baum oder ein Kaktus, stumm, als hätte man ihn irgendwann dahingepflanzt und er gehörte jetzt hierher.

Der Idirer, er sah sich die Szenerie an, nahm in sich auf, was da geschah. Nun ja, es war nicht seine Sache. Dies war ein neues Land, er wollte hier ein neues Leben anfangen. Jetzt blickte nicht nur der Stämmige mit der Axt, jetzt blickten auch die übrigen vier zu ihm her.

Währenddessen waren die anderen Neugierigen aus dem Dorf unwillkürlich näher herangekommen. Als würden ihre Beine ohne ihr Zutun arbeiten, wenn sie nicht direkt von den Blicken der Fünf in Schach gehalten wurden.

Der Hauptmann sah zu dem Mann dort auf der Straße hinüber, wischte sich den Schweiß mit dem Handrücken von der Wange. Er fand bei ihm keinen Blick, der ängstlich wegglitt, er fand nur ein kurzes Glitzern, da wo die Augen waren, vom Licht der Sonne. Er fand auch keinen Blick, in dem Trotz und Widerstand lagen und in den er sich bohren konnte, um den Kerl niederzustarren. Stand einfach da. Nun ja.

Er wandte sich von dem Mann dort auf der Straße ab und bemerkte die Dorfbewohner, die näher gekommen waren.

„Was steht ihr herum und glotzt? Habt ihr nichts zu tun? Zum Beispiel arbeiten, damit ihr auch nächstes Jahr wieder eure Steuern zahlen könnt?"

Schnellen Schrittes ging er auf die Gaffenden zu, spürte, dass einer seiner eigenen Leute seinem Beispiel folgte, guckte sich einen der Bürger aus. Der konnte nicht schnell genug zurückweichen, stolperte dabei und hatte, zack, den Schwertknauf vor die Stirn. Stolperte rückwärts wie ein Blöder. Dann setzte es noch ein paar Maulschellen, und sein Kumpan war bei den anderen auch nicht faul. Ließ aber den Morgenstern, wo er war. Man wollte ja nicht gleich ein Massaker anrichten. Und ein Morgenstern taugt kaum zu was anderem. Schreckt zwar enorm ab und schafft Respekt, taugt aber nur zum Einsatz, wenn man wirklich auf Töten und Verstümmeln aus ist.

Ein paar Maulschellen, ein paar von den Hinterwäldlern im Dreck und ein paar blutige Köpfe später konnte man die Angelegenheit auch als erledigt betrachten und sich dann wieder auf das konzentrieren, was man ursprünglich vorhatte. Schenke, was für die Kehle, drei Weibsleute, die reichten, um eine Truppe herzumachen, die für sie Hüften und was sonst noch da war schwang. Ach ja, und Respekt und so. Der Irkinya würd's ihnen danken. Oder auch nicht.

Der Kerl, der aussah wie ein Penner, stand noch immer stocksteif auf der Straße, als die Tür der Schenke hinter ihnen zuging.

„Wo kann ich hier eine Unterkunft bekommen?"

Ihre Augen wichen ihm aus.

„Ich brauch' nicht mehr als einfach nur ein Dach über dem Kopf. Und wenn es ein Stall oder Schuppen ist."

Der Idirer schaute an sich herab.

„Ein Bad wäre auch nicht schlecht." Sah die fahrig weggleitenden Blicke. Er kramte in seiner Tasche, holte Münzen heraus. „Ich kann auch bezahlen. Ist es möglich, irgendwo eine Mahlzeit zu bekommen?"

Er sah die Blicke kurzfristig zu den Pragta und den kleineren Sautinen in seiner Handfläche wandern. Als ehemalige Idirer würden sie doch wahrscheinlich die Münzen erkennen, hatten wahrscheinlich immer noch welche, die sich am alten Vorbild orientierten und diesen ähnlich sahen. Immerhin hatten diese auch einen bloßen Materialwert.

Dann erscholl der erste Schrei und zog alle Aufmerksamkeit endgültig von ihm ab. Noch mehr Schreie. Er folgte den Blicken, suchte die Herkunft der Schreie. Mehr Stimmen, mehr Geschrei. Frauenstimmen. Sie gellten durch die halbgeöffneten Läden hinaus auf die Straße. Ein Aufruhr in einer Kiste aus Holz und Lehmziegelmauern.

Er stand im Staub dessen, was hier als eine Straße durchgehen musste, mehr ein staubiger, langgezogener Platz, der sich zu den Enden hin verengte und auslief, ließ mit seinen Blicken die Schenke los, ließ sie umherschweifen.

Erstarrte Gestalten, tote Gesichter. Keine Neigung, etwas zu unternehmen. Er drehte sich um seine Achse, sah zu dem plumpen Turm am anderen Ende der Straße hin.

Er blinzelte gegen das Licht und den Staub.

Dort hatte er vorher nur Lehmmauern und Fensterschlitze gesehen. Jetzt war da mehr. Ein vager Strich, eine Gestalt. Dort auf dem Dach sah er jemanden. Er stand steif da, wie erstarrt hinter der hüfthohen Brüstung des Daches, eben kaum mehr als ein Strich gegen das Licht.

Er blickte eine Weile, und so standen sie sich auf die Entfernung gegenüber, jeder für den anderen eine finger-große Gestalt über die Distanz des Raumes hinweg, dann wandte er sich an die versprengten, erstarrten Gaffer ringsumher.

„Wer sind diese Leute? Warum habt ihr Angst vor ihnen?"

Ein kurzer streifender Blick war alles, was er bekam, keine Antwort. Der Junge, den sie niedergeschlagen hatten, er und sein Vater, sie hatten sich inzwischen wieder aufgerappelt, und der Junge starrte ihn neugierig an.

Es war eine Weile still in der Schenke gewesen, nur gedämpftes, dumpfes, grollendes Gebrüll, kurze Ausbrüche von barschem Gepolter. Das flammte jetzt hoch, und dann wurde es richtig wild. Alles schrie und brüllte durcheinander, schrille Frauenstimmen, eine kreischte und hörte gar nicht mehr auf, schaukelte sich hysterisch hoch. Es hörte sich verzweifelt an, voller Panik und Entsetzen.

Aber das war Sache der Menschen in dieser Siedlung hier. Dies war für ihn ein neues Land, er wollte hier ein neues Leben anfangen.

Er blickte rechts, er blickte links. Die Gesichter wurden nur eine Spur bleicher und noch ein wenig toter. Die Frau schrie, kreischte weiter.

Er schnaubte durch die Nase, spuckte zur Seite in den Staub, zog den Gurt, der über die Schulter lief, straff und ging dann auf die Schenke zu.

Der Idirer blieb, nachdem er durch die Tür verschwunden war, eine Zeitlang in der Schenke. Drinnen gab es Rumoren und Stimmengewirr. Eine Zeitlang. Dann wurde es kurz still.

Die Tür schob sich auf, und der Idirer kam wieder aus der Schenke heraus. Rückwärts.

Er ging ein paar Meter, dann quollen die fünf aus der Begleittruppe des Irkinya aus der Tür hinter ihm her. Jetzt waren sie wirklich in Rage, fünf mordsmäßige Brecher in gehärtetem Leder und Metall, denen die Glut aus den Augen schlug. Wer nicht schon die Waffe gezogen hatte, hatte seine Hände an ihrem Griff. Der Kerl mit dem Morgenstern umklammerte den Schaft der Waffe, und die dornenbesetzte Eisenkugel pendelte schwer wie ein zuckender Katzenschwanz an der Kette herab.

Der Hauptmann voran, der spuckte aus, fletschte die Zähne, als würde er sich Fleischreste aus den Ritzen saugen und fauchte den Idirer an.

„Suchst du hier draußen vielleicht Hilfe bei den Schlappschwänzen aus dem Ort? Da wirst du wohl nicht viel Glück haben." Sie schwärmten jetzt in einem Halbkreis aus, um den Idirer herum. „Oder glaubst du, du kriegst noch eine Chance und willst direkt das Weite suchen?"

Der Idirer sagte etwas.

„Nein, ich suche Raum."

Der Hauptmann schnaubte. „Na, den hast du fast schon gefunden. Den einzigen Raum, den du bald brauchen wirst. Der in einem Grab. Was sollen wir denn draufschreiben?"

Der Idirer hob die Hand zu dem Ding, das über seiner Schulter aufragte.

„Mein Name ist Karan Niomander Theakande", sagte er mit einem seltsamen, irgendwie steif klingenden Akzent. Damit zog er die Waffe.

Sie schwang geschmeidig in seine Hand, kreiste leicht in ihrem Griff, fast wie von selbst, als wären der Mann und die Waffe ein altes Paar, bei dem der eine wusste, was der andere meinte, ohne dass auch nur etwas gesagt oder eine Augenbraue gehoben wurde. Und wo der Mann verdreckt und verstaubt und von der Wüste gezeichnet war, da fing die Klinge der Waffe das Licht der Sonne auf und ließ es in einem Funkeln seine Länge hinablaufen.

Avern wusste sofort, was das war, obwohl er so eine Waffe noch nie gesehen hatte. Er kannte sie aus den alten Erzählungen.

Der Mann, der aus der Wüste gekommen war, hielt einen idirischen Fechtspeer in seiner Hand, die Waffe ihrer Väter aus der Alten Heimat, die in den alten Geschichten vorkam.

Eine lange Klinge, Schaft, der Griff etwa ein Drittel seiner Länge von dem anderen Ende entfernt, dem mit dem Gegengewicht, der dornenbewehrten Keule.

Die Brecher lachten sich schlapp. „Wie heißt der?", „Sag das nochmal." und „So einen bekloppten Scheiß sollen wir auf 'nen Grabpfosten schreiben? Vergiss es!"

Avern hörte ein entferntes Rauschen von hinter seinem Rücken her, dann noch einmal, wie ein heftiges brausendes Beben, von fern nur. Er glaubte, er habe auch kurz ein schrilles Kreischen gehört, so wie von einem Vogel, der nicht singen kann. Er blickte sich um, zu dem Turm hin, wo er in dessen Sichtschatten den Verschlag wusste.

Die kleine Gestalt auf dem Dach des Turmes, mit der sich der Idirer angestarrt hatte, bevor er auf die Schenke zugegangen war, war verschwunden. Stattdessen hörte er noch einmal dieses Brausen, heftig und peitschengleich.

Geschrei ließ ihn wieder herumfahren. Die Fünf griffen mit wildem Gebrüll den Mann aus der Wüste an. Der stand da.

Sie gingen aus ihrem Halbkreisbogen auf ihn los, all ihre Klingen auf ihn einstürzend. Der Hauptmann führte einen wilden Hieb mit seinem Schwert, der den Mann aus der Wüste glatt in der Mitte durchhauen würde. Der stand aber auf einmal nicht mehr da, war irgendwie an die Seite des Hauptmanns der fünf geraten und zog mit einem blitz-schnellen, eleganten Schwung den Schaft mit der langen

Klinge zurück. Die jetzt nicht mehr silbern glitzerte, sondern blutig war. Mehr Blut sprudelte aus dem Hauptmann in die staubige Luft, als der im Raum erstarrte, als wäre ihm ein Knochen in der Gurgel steckengeblieben.

Der Fechtspeer kreiste und rotierte, fast zu schnell für das Auge, als der Mann der ihn führte in den Raum außerhalb des angepeilten Angriffspunktes der Brecher entwich, dem Ort, den er eben noch eingenommen hatte. Ein Schwert vollendete seine mörderische Bahn, von einer massigen Hand geführt, deren Arm unterhalb des Ellenbogens sauber vom Rest des Körpers abgetrennt worden war. Da gellte plötzlich anderes Gebrüll durch die Luft als das des Angriffs.

Das Keulenende des Fechtspeers krachte gegen einen Schädel, ein Knäuel aus Männern und tödlichen Waffen ballte sich und zerfaserte wieder, schwer gelichtet. Körper lagen am Boden und Blut floss in den Staub.

Einer der auf den Beinen Gebliebenen attackierte den Idirer wie ein Stier, der andere pirschte sich von hinten an.

Der Morgenstern sauste mit einem rauschenden Wummern durch die Luft. Der Mann, der ihn führte sauste hinterher, als das tödliche Kugelgewicht ins Leere fuhr und ihm stattdessen von der Seite das Keulenende des Fechtspeers gegen den Hinterkopf gedroschen wurde. Der, welcher von hinten kommen wollte, glotzte verdutzt, und sein Mund wurde dabei spitz und gleichzeitig seltsam rund. Er machte damit Bewegungen wie ein Stotterer, dem das Wort einfach nicht herauskommen wollte und der deswegen schnappend gluckst und gluckert. Heraus kam ein Schwall von Blut, der ihm schlapp das Kinn herablief. Der Blick der aufgequollenen Augen glitt dorthin hinab, als habe er sich selber bekotzt und er könnte gar nicht glauben, was ihm da Peinliches passiert war. Dann zog der Idirer die Klinge heraus, die er rückwärts unter der Achsel hindurch in seinen Angreifer getrieben hatte, und der Mann kippte um wie ein

Betrunkener, den vorher nur ein Besenstiel gestützt hatte. Noch währenddessen fuhr die Klinge des Fechtspeers durch die Luft und verpasste dem Kerl mit dem Morgenstern den Gnadenstoß.

Nur noch der Idirer stand jetzt aufrecht.

Der Kampf hatte gerade so lange gedauert, dass das wummernde Brausen Zeit hatte, wie ein sich nähernder Sturm anzuschwellen, von hinten her über sie zu kommen und mit ungeheurer Wucht den Staub um sie her aufzupeitschen. Ein Schatten fiel über sie, ein heftiger Luftstoß fuhr Avern und den anderen Zuschauern ins Genick. Ein schrilles Kreischen und die schwere Masse glitt über sie hinweg.

Mit dem Irkinya im Sattel auf seinem Rücken landete der weiße Streig, noch immer heftig seine bleichen Schwingen schlagend, im freien Raum vor dem Idirer und den Leichen der fünf Männer.

Er hatte den vagen, flatternden Umriss herankommen sehen, noch während er die letzten der Angreifer erledigte. Er hatte sich vor das Licht gelegt und war wie ein fahler, zappelnd ausschlagender Racheengel herangerast.

So stand er schon bereit, als das Vieh über die verstreuten Zuschauer hinwegrauschte und massig, bleich und zischelnd in den Staub vor ihm niederklatschte. Erst als die Schwingen sich herunterfalteten, sah er – wie bei einer Blume erst nach dem Öffnen der Blütenblätter der Stempel in ihrer Mitte sichtbar wird – dass auf der Kruppe der Monstrosität ein Reiter thronte.

Dass Vieh fauchte und zischte ihn an. Der Stummelschädel am Ende des aalgleichen, flachen Halses reckte sich in seine Richtung vor, und die weißen Hautlappen, die von der Seite des eigentümlich geraden mit dolchartigen, scharfen Zähnen bewehrten Maules herabhingen, flatterten und bebten. Der Idirer hatte so ein Tier noch nie gesehen. Für eine Kreatur, die fliegen konnte, wirkte es auf ihn unnatürlich nackt und glatt und, auch in seiner Pigmentlosigkeit, eher wie ein Geschöpf, das in den Tiefen des Meeres hauste.

Sein Reiter dagegen schien in seiner Erscheinung etwas ihm Vertrautes zu haben. Er war hochgewachsen, seine Züge wirkten fast fragil in ihrer Schlankheit und erinnerten ihn in ihrer blassen Farbe an die Bewohner der idirischen Provinz Kvay-Nan, die Kinphauren-Abkömmlinge. Nur nicht ganz so knochenbleich, dachte der Idirer, dafür fremdartiger in den Formen.

Im Blick, den der Reiter ihm zuwarf, lag das Interesse, das man für ein unbekanntes Insekt aufbringt, das an der Wand des eigenen Heims entlangkriecht.

Die Arme in den weiten Ärmeln der Robe hoben sich und etwas schien in der Luft zwischen den beiden Händen zu gären. Es war als ziehe er mit seinen Fingern eine durchsichtige Papiergirlande auseinander, deren Ränder in kleinen blauen Flämmchen Feuer fingen.

Der blasse Reiter war mit seinem Flugtier zu weit weg von ihm gelandet, als dass er ihn rechtzeitig durch eine blitzschnelle Attacke mit dem Fechtspeer hätte erreichen können, jedenfalls nicht rechtzeitig genug, um mit der Waffe das zu verhindern, was der nicht ganz menschliche Reiter dort tat und vorhatte.

Was immer das war. Der Idirer fühlte, wie sich ihm die Haare an seinen Armen und im Nacken aufrichteten. Es sah verflucht nach Hexerei aus. Obwohl ein gebildeter Mensch …

Mit einem Fauchen flammte ein greller Feuerball in die Luft, dort vor der Brust des Reiters in den glatten Roben. Er hob die Hände, wobei das lodernde Phänomen ihnen folgte, nahm Maß – Nicht nah genug für den Fechtspeer! – und schleuderte den Flammenfraß.

Der Irkinya im Sattel des Streigen tat das, was ihren Fhiornai-Priestern nachgesagt wurde und was ihnen letzte Gewalt über die Angehörigen seines Volkes gab, was aber noch nie einer der Einwohner von Podok oder irgendjemand, den Avern kannte, je gesehen hatte.

Er rief seine Macht herbei.

Er griff sich Feuer aus der Luft, formte es zu einem Geschoss und schleuderte es auf den Idirer.

Flammen fachten hoch, als es in den Boden einschlug. Trockener, rußiger Gestank brach frei. Ein Splitter aus Licht schoss zwischen den hochpeitschenden Flügeln des Streigen hindurch auf den Irkinya zu.

Um sich herum hörte Avern die anderen versammelten Bürger aufschreien; er selber war zu geschockt und zu verzehrt von dem Geschehen, um zu schreien.

Rauch stieg von dem Einschlagspunkt hoch, und er sah den Idirer hinter den Schwaden hervortreten. Wieder war der Mann schneller gewesen und hatte nicht mehr dort gestanden, wohin man nach ihm gezielt hatte.

Er sah verwundert, dass der Idirer ruhig blieb und keineswegs wirkte, als würde er jede Sekunde mit einer weiteren Attacke rechnen. Averns Blick glitt zu dessen Angreifer hinüber, gerade rechtzeitig, um die Gestalt über die Flügel des Streigen hinweg in den Staub der Straße klatschen zu sehen. Der Splitter aus Licht ragte aus seiner Stirn.

Der Griff eines Messers. Eines Wurfmessers.

Ein Moment der Stille.

Dann kreischte der Streig plötzlich auf wie von Dämonen besessen. Seine nackten Flügel schlugen wild aus, trieben Staubschleier unter ihrer Wucht hoch. Avern wurde zurückgedrängt und bekam stechenden Ruß in die Augen. Er versuchte ihn mit den Händen fortzureiben und hörte dabei nur das hysterisch hochschnappende Kreischen wie mit tausend kalten Klingen die Luft durchsieben.

Als seine Hände herabkamen und er aus tränenden, brennenden Augen und durch einen Schleier von Schleim wieder halbwegs sehen konnte, war da die Gestalt des Idirers und ihr gegenüber der Streig, der langsam, geifernd und kreischend auf ihn zukam. Die schwere, bleiche Gestalt des Streigen ließ den Menschen davor winzig und wehrlos erscheinen und seine bleichen Schwingen peitschten durch die Luft, als könne allein ihre Wucht dieses Menschlein, das seinen Herrn getötet hatte, wegfegen oder zermalmen.

Karan Niomander Theakande sah das geifernde Maul des Viehs, blickte in die kleinen stechenden Augen darüber und fasste seinen Fechtspeer nach. Der Atem des Biests stank, und er fegte ihm ins Gesicht wie ein stotternd heißer Sturm.

„Ja", sagte er. „Ja, du bist ein verdammt großes, gefährliches Vieh." Er schwang seinen Fechtspeer spielerisch um seinen Schwerpunkt, ließ die lange Speerklinge wie eine Sense kreisen. „Aber ich, ich bin ein Mensch. Ich bin ein Idirer." Er spuckte seitlich durch die Zähne in den Staub. „Also komm schon und zeig mir, was du als Vieh so alles drauf hast."

Er stieß die Spitze des Speers vor, in Richtung des fauchenden Mauls mit den dolchscharfen Zähnen.

„Na los", fauchte er heftig, wie ein zuschnappender Wolf, „komm her! Zeig's mir!"

Und als hätte es ihn verstanden und ließe sich dies nicht zweimal sagen, griff das Biest an.

„Und genauso", schloss Avern Meander dann Jahre später immer wieder aufs Neue seine Erzählung, „war das damals." Ein weiterer Strahl Kaktussaft flog in weitem Bogen über die Verandabrüstung in den Staub. „Ich kann für die Wahrheit der Geschichte bürgen, denn ich war schließlich dabei."

Er blieb einige Zeit stumm sitzen und starrte in die Weite, während um ihn herum die Fragen der Kinder hervorzusprudeln begannen. Mit weiten, aufgeregten Augen, roten Wangen bestürmten sie ihn: Und dann, was denn dann gewesen sei, was wäre danach passiert?

Er ließ das Plappern der Kinderstimmen um sich herum in der Abendluft verhallen. Man hörte wieder von Unruhen da draußen. Dass sich Bruder und Bruder, Leute des gleichen Volkes, Menschen des gleichen Ursprungs wieder gegenseitig an die Kehle gingen. Jetzt, wo die langen Kämpfe endlich vorbei waren und alles gut sein konnte. Was war nur los mit der Welt?

Die Kleinen zerrten an seinen Kleidern, riefen ihn zurück ins Hier und Jetzt.

„Ja, was soll dann gewesen sein?", sagte er. „Als ihre Leute sich nicht zurückmeldeten, als sie nichts mehr von ihnen hörten, schickten die Irkinyak noch mehr ihrer Schergen aus, diesmal in größerer Zahl. Na, und dann passierte das, was eben passierte. Alles nahm seinen Lauf. Der Sturm brach los."

„Und als sie dann hierher kamen, hast du auch deine Verwundung am Bein erhalten. In der Schlacht", meinte Orren wichtig und starrte ehrfurchtsvoll auf Averns linkes Bein, das auf dem Hocker lag.

„Nein, das war später", erwiderte er. „Und das war auch nicht in Podok sondern weit weg von hier."

Er raufte Orren durch seine struppigen Haare. „Aber das hab ich euch doch schon so oft erzählt. Für heute ist es jetzt genug. Es ist schon spät geworden, und ihr müsstet alle längst in euren Betten sein."

Das letzte Licht war ein langsam verglühender purpursner Streif am Horizont. Die Weite der Landschaft war nur noch dunkler Raum und Schweigen. Aus den Häusern fluteten Tümpel orangenen Lichts hinaus in die Dunkelheit.

Er sah seine Kinder und seine beiden Enkel an, und etwas wie ein zehrender Schmerz öffnete ihm das Herz. Ein leichtes, bebendes Seufzen schüttelte ihn, und er hoffte aus tiefster Seele, dass das, was immer in der weiten Welt dort draußen vor sich ging, sie hier, am Rande des Nichts, niemals erreichen würde. Dass nichts davon jemals den Weg nach Podok finden würde.

Er sah vor sich den Idirer, verdreckt, heruntergekommen, von der Wüste gezeichnet, vielleicht ein bisschen Wahnsinn in seinem Blick, wie er durch all die Weite und Glut geradewegs auf ihren Ort zukam.

TWILIGHT ROAD

Am Ende des Bandes findet sich eine Karte von New Zion, dem Schauplatz von „Twilight Road" und „Twilight Road Revisited".

Ein heißer Abend und die Twilight Road.

Zehn Meilen Straße oder mehr und daran entlang Hunderte von Kneipen, Bars, Honkytonks, Stripclubs, endlosen Parkplätzen. Es folgten schließlich immer mehr Lagerhallen, Maschendrahtzäune, Strommasten mit surrenden Drähten, bis sich die Straße irgendwann in der Wüste verlor und der Radioempfänger statt des bisherigen Senders die ewig mahlenden rätselhaften Psalmen und Beschwörungen von Sand und Staub einfing.

Cat schlang ihre Arme fester um Jem, als er die Bandit beschleunigte und an einer Reihe von Autos vorbeizog. Sie genoss das Gefühl der Geschwindigkeit, spürte, wie das Brummen und die Vibration des Motors sich auf sie übertrug. Sie liebte es Motorrad zu fahren, und sie liebte es heute, an diesem heißen Abend als Jems Beifahrerin unterwegs zu sein, sich von hinten an ihn zu schmiegen, und die Sicherheit zu spüren, mit der er die Bandit führte.

An seiner Schulter vorbei sah sie Jungs, die auf der Ladefläche eines geparkten Pick-Ups saßen und ihnen johlend mit ihren Bierflaschen zuprosteten. Eine Neonreklame hinter ihnen versprach „Live Nude Girls" und die entsprechende in Leuchtröhren gerahmte Silhouette schwenkte ein Lasso, das von Sekunde zu blinkender Sekunde die Bewegungsphase wechselte. Bikes standen aufgereiht am Straßenrand vor einem langgestreckten Gebäude mit Terrasse und Longhornschädeln entlang der Front des Holzvorbaus. Der Strom herausdröhnender lauter Rockmusik erwischte sie, wurde rasch wieder von der Fahrtgeschwindigkeit weggerissen und verhallte hinter ihnen. Der Tag neigte sich erst der Dämmerung zu, trotzdem brannten hier schon alle Lampen und Neonleuchten im flacher und milder werdenden Licht.

Cat Bertini kannte die Twilight Road. Jeder in dieser Stadt kannte sie, die besonders Tugendhaften und Aufrechten zumindest vom Namen her. Doch Cat war auch schon selber hier gewesen, und sie kannte sie aus den Erzählungen ihrer beiden Brüder. Einerseits durch Geschichten aus dem Dienst, von irgendwelchen Einsätzen, wenn sie oder ihre Kollegen mit heulenden Sirenen hier vorfahren mussten, weil mal wieder jemand durchgedreht war, weil es in einer heißen Nacht mit strömendem Alkohol und hochgeputschten Temperamenten zu Streitereien mit schnell hochflammender Gewalt gekommen war. Andererseits unternahmen ihre Brüder Frank und Anthony aber auch in ihrer Freizeit hin und wieder Ausflüge hierher, wenn sie sich selber hier auf der Meile amüsieren wollten und einen feuchten Kehricht auf das Gerede ihres Vaters gaben, der ihnen in den Ohren lag, dass ein Gesetzeshüter sich nicht zum privaten Vergnügen auf Territorium begeben sollte, das von einem Kriminellen beherrscht wurde. Obwohl man Chicopa, dessen Gebiet die Twilight Road war, niemals etwas nachweisen konnte. Aber Chicopa ließ sich auch nie persönlich in der Stadt sehen. Er hatte seine Leute, die dafür sorgten, dass alles in seinem Interesse zuging.

Die Twilight Road, das war das Geräusch klirrender Bierflaschen, lauter, verschwitzter Musik und des Knirschens von Kies und Glasscherben unter Westernstiefeln.

Das alles wollte sie an diesem Abend hören und in sich aufsaugen. Sie würde sich hier mit Jem amüsieren und eine gute Zeit haben. Die Zeichen dafür standen gut. Die Straße hieß zwar Twilight Road, doch was seine zwielichtigen Freunde betraf, so war sie weit genug von deren Territorium entfernt.

Die Dämmerung färbte den Himmel allmählich in Orange-Tönen, als Jem nach vorne deutete. In der Ferne sah sie das Schild des *Jackrabbit Bar & Grill*. Sie klopfte ihm auf die Schulter, und Jem ließ ein lautes „Yee-Haw" erklingen, riss das Gas hoch, so dass das Vorderrad hochkam und die Bandit kurzzeitig nur auf dem Hinterrad weiterfuhr, dann wieder auf das Vorderrad zurückplumpste. Cat lachte über Jems übermütigen Wheelie. Er beherrschte das Bike, da musste sie als Beifahrerin keine Sorge haben.

Er fädelte geschickt durch den Verkehr, lenkte das Bike ohne abzustoppen zwischen entgegenkommenden Autos auf die Gegenseite der Straße und auf den Parkplatz des Jackrabbit. Vielleicht etwas gewagt, dachte Cat, aber Jem wusste, was er tat. Er ließ das Motorrad zunächst langsam an der Front des Gebäudes vorbeipuckern, an einer ganzen Reihe bereits geparkter Bikes entlang, alle sauber nebeneinander, alle irgendwie ähnlich von der Aufmachung. Dann steuerte er auf das Ende des bereits besetzten Teils der Fläche zu, gab zu Cats Überraschung noch einmal kurz Gas und bremste das Bike so ab, dass das Hinterrad einen Halbkreis über den Asphalt zog. Das Motorrad kam sauber vor dem angepeilten Parkplatz zu stehen.

Cat schwang sich von der Sitzbank runter.

„War das nötig?", fragte sie ihn. „Alter Angeber."

Jem grinste sie an. „Nötig nicht. Aber es hat Spaß gemacht. Und zum Spaß haben sind wir doch heute hier."

Cat sah ihm ebenfalls grinsend zu, wie er sich seine Motorradbrille auf die Stirn schob, seine gute, alte klassische Redbike.

Ja, Spaß wollten sie heute Abend haben.

So einen Abend hatten sie aber auch nötig. Besonders nach den Schwierigkeiten, die sie in letzter Zeit miteinander gehabt hatten. Sie waren schon lange zusammen, zumindest für Jems Verhältnisse, und sie hoffte, dass das zwischen ihnen etwas Festes wäre. Jem hatte sie an sich herangelassen, wahrscheinlich näher als sonst jemanden. Und da war es, wo die Probleme begannen. Da war etwas an Jem, über das sein äußeres Wesen, die Art wie er sich gab, beim oberflächlichen Kennen hinwegtäuschen mochte. Als sie sich näher kennenlernten, stieß sie sich immer wieder an etwas, das sie zunächst nicht so genau benennen konnte. Es war etwas an ihm, das in ihr den Eindruck hervorrief, als ginge er wie ein Geist durch die Welt. Er tat sich schwer, sich zu binden. Wollte sich nicht festlegen. Verdammt, ein Kerl muss eine Meinung haben. Was soll dieses ganze Rumge-eiere? Komm mir nicht mit Zen oder irgendwas. Das ist nur vorgeschoben. Irgendetwas war da, was sich durch sein ganzes Wesen zog. Sie spürte es. Vielleicht lag es auch nur daran, wie sie selber gestrickt war, und sie rieb sich deshalb daran.

Alles war bei ihm irgendwie verwaschen. Wie zum Beispiel diese Sache mit seinen sogenannten Kumpels, die ihn alle nur Jay nannten.

„Ich will doch hoffen, dass sich heute Abend keine von den Crimsons zeigen", warf sie zu ihm rüber. Sie konnte es nicht lassen, wollte noch einmal sehen, wie er es aufnahm.

Er drehte sich zu ihr, die Augenbraue hochgezogen, schon wieder das Grinsen im Mundwinkel.

„Ist ein freies Land", meinte er, fügte dann aber schnell hinzu. „Nein, heute ist nichts mit den Crimsons geplant." Dann nach einer Weile sprach er weiter. „Warum sollten sie auch hier aufkreuzen? Das ist Chicopas Boden."

„Eben. Und der steht für was anderes als für Recht und Ordnung. Genau wie deine Jungs."

„Ach, weißt du", meinte er, noch immer auf der Bandit sitzend über die Schulter hinweg, „Chicopa zieht sein Ding durch. Die Crimsons ziehen ihr Ding durch. Und die Leute die für Gesetz und Ordnung stehen, ziehen genauso ihr Ding durch." Sein Blick ging geradeaus, direkt auf die Straße und ihrem Verlauf nach in die Ferne.

„Das sagst du der Bullentochter?"

„Na, die Bullen kommen doch weder Chicopa noch Bovelet wirklich in die Quere. Jeder von ihnen hat sein

Territorium, Bovelet in der Innenstadt, Chicopa hier draußen, und beide sorgen sie dafür, dass der Rubel rollt. Beides
sind Vergnügungsmeilen, beides bringt Geld in die Stadt.
Bei beidem halten die richtigen Leute die Hand auf. Siehst
du, jeder macht sein Ding."

Ihr lag etwas auf der Zunge, doch er kam ihr zuvor.

„Wobei ich deinen Vater echt für einen dieser ehrlichen
Bullen halte. Old School und so."

Da hatte aber jemand noch rechtzeitig den Abgrund
bemerkt, an dem er balancierte. Das eine Mal, wo ihr Vater
und er sich gesehen hatten, hatten nicht gerade die Funken
der Sympathie gesprüht. Aber das war ihr egal; ihr Vater
musste nicht mit Jem klarkommen. Und sie liebte diesen
durchgeknallten, manchmal etwas schusseligen Typen. Er
war klug und witzig. Er hatte diesen gewissen Funken. Und
bei allem, was ihr Vater vielleicht angeführt hätte, er war ein
guter Kerl.

Aber da war es wieder gewesen, dieses Vage, Geisterhafte. Sich nicht festlegen können oder wollen, was falsch
und was richtig ist. Von wegen jeder zieht sein Ding durch!
Es gab eine klare Grenze. Und die wollte oder konnte Jem
vanRey nicht sehen.

Auch während er noch mit Cat sprach, war Jems Blick
immer wieder von der sich in der Ferne verlierenden Straße
angezogen worden.

Jetzt schwang er sich ebenfalls von der Bandit herunter,
schob sie noch ein wenig vor, packte sie dann beim Lenker
und bockte sie auf.

Dieses wunderbare Licht des frühen Abends hatte sich
über die Szenerie gelegt, und er fühlte sich wie durchflutet
davon, ein wenig wie betrunken. Jetzt während er das Bike
aufbockte, schon während der Fahrt, als er es lenkte, hatte

ihn dieses schwerelose Gefühl ergriffen. Mit jeder Bewegung staunte er, wie leicht es doch war, all diese Dinge zu tun. Er zog die Motorradbrille vom Kopf, fuhr sich durch die struppigen Haare und liebte es jung zu sein. Und er verehrte dieses Licht zwischen dem nüchtern orangenen Hauch und den verblauenden, rauchigen Schatten, als sähe er es zum ersten und zum letzten Mal. Er war staunend und betrunken vom Hier und Jetzt.

Und dann war da noch diese wunderbare Frau. Cat Bertini, seine Cat. Er liebte sie, er liebte sie wirklich. Und dieser Gedanke war für ihn etwas Großes. Und sie war auch etwas ganz Großes, sie war etwas Besonderes. Sie hielt ihn sogar davon ab, etwas mit anderen Frauen anzufangen.

Er trat zurück und sah ihr dabei zu, wie sie mit einem Schwung ihrer Hand die Haare richtete, und dann zum Bike trat, die Abdeckung der Sitzbank hochklappte und ihre Handtasche herausholte. Sie fing seinen Blick auf.

„Ist was, Jem vanRey?"

Er legte den Kopf schräg, lächelte ihr gedankenverloren zu.

„Nichts, außer dass du eine wunderschöne Frau bist." *Dass du meine wunderschöne Frau bist und etwas hast, einen Funken, den ich noch nie erlebt habe, und der mich alle anderen vergessen lässt. Du hast Biss, du hast Temperament. Aber das ist es nicht allein. Es ist etwas, das ich nicht fassen kann, für das mir einfach das Wort fehlt.*

Sie sah ihn an mit diesem Blick *War noch was?*, der so typisch für das war, was er meinte. Aber wenn er dafür kein Wort hatte, konnte er es auch nicht sagen, und so beugte er sich über sie und gab ihr stattdessen einen Kuss auf den Mund, sacht zuerst, dann mit Nachdruck.

„Und du bist mein hoffnungsloser Fall", sagte sie, als sich ihre Lippen trennten und sie einen Schritt zurücktrat. Sie grinsten einander an und er machte sich daran, das Bike zu sichern.

Als er sich wieder aufrichtete und sein Blick erneut vom Anblick der Straße im Licht der hereinbrechenden Dämmerung eingefangen wurde, spürte er, wie ein sachter Hauch ihm durch die Haare fuhr. Er rührte ihn merkwürdig mit einer Erwartung an, die einen Moment später ihre Erfüllung fand. Wie eine warme Welle, die sich an einer Küste aufbaut, kam ihm ein Wind aus der Wüste entgegen, eine einzige kräftige Bö. Er atmete tief ein, als sie ihn traf, spürte eine Vielzahl von Düften, die ihn in dieser einen Sekunde umflutete. Es war, als hätte dieser warme Windstoß – genauso wie ein Feuer allen Sauerstoff der Umgebung zu sich zieht und verzehrt – all die Düfte seiner alten Umgebung in sich aufgesogen. Da war die würzige Basis des Kreosot, wilde Rosen, Spanischer Flieder, die beizige Note des Stechapfels, weißer Salbei, Nachtkerzen und Sonnenwende, alles in einem einzigen Aushauchen der Wüste verdichtet.

Manche Exemplare dieser Pflanzen traf man hier an, was eigentlich ungewöhnlich für ein Gebiet so nahe bei der Stadt war. Der Wind wehte von dort draußen ihre Samen in die Twilight Road. Hier trieben sich auch zuweilen Kojoten und Präriehasen herum.

Die Düfte hatten sich mit dem Kommen und Gehen der Bö zerstreut, doch in ihrem Gefolge glaubte Jem jetzt zu spüren, wie etwas Flirrendes sich in der Luft ausbreitete. Schwer zu greifen, schwer zu benennen. So als käme etwas über die Meilen von Stromleitungen, von Mast zu Mast zu Mast aus der Wüste gekrochen. Er fühlte, wie sich feine Härchen in seinem Nacken aufrichteten. Ihm war, als hebe sich der Staub, wie zu einem Mantel, in den sich das Phänomen dieses merkwürdigen Moments wie eine Erscheinung kleiden wollte.

Vielleicht war es so etwas wie der Geist dieses Ortes, der in solchen einzigartigen Momenten hervortrat, der Geist der Twilight Road, der jetzt zu ihm sprach – ja, fast glaubte er es, wie ein Wispern zu hören –, der sich in raren Atemzüge der Zeit im über den Asphalt wirbelnden Sand, im Wind und im Surren der Neonschilder offenbarte.

Er musste daran denken, dass die Bezeichnung für die Straße von einem alten Indianernamen für diesen Ort übernommen worden war, der Zwielichtpfad bedeutete. Passend zur Stadt des Zwielichts, wie New Zion manchmal von den Einheimischen genannt wurde.

Sein Blick wurde zur Ecke eines Gebäudes hingelenkt, einem Anbau des Jackrabbits. Dort stand eine Gestalt, und indem er zu ihr hinsah, wurde ihm klar, was ihn unbewusst auf sie hatte aufmerksam werden lassen. Sie blickte in die gleiche Richtung wie er eben. So, als wäre dort wirklich etwas Greifbares, Sichtbares, auf das man seinen Blick heften konnte. Von der Erscheinung her sah der Mann aus, wie irgendein Heimatloser, wie man sie oft in der Stadt sah. Sein Hoodie hatte jede Erinnerung an eine Farbe und die meisten an eine Form verloren. Die Kapuze hatte er über den Kopf gezogen. Er drehte sich in diesem Moment um, und Jem hatte den Eindruck, dass ihre Blicke sich trafen, obwohl der obere Teil seines Gesichtes im Schatten der Kapuze nicht zu sehen war.

„Was ist los, Jem?", hörte er Cats Stimme. „Alles klar."

„Ja." Er wandte sich zu ihr hin. „Alles in Ordnung. War nur gerade einer dieser Momente, das Licht und so …"

„Das Licht und so." Es lag bei diesen Worten dieses warme, humorvolle Funkeln in ihren grünen Augen, für das er sie gleich wieder hätte küssen können. „Sah mir fast so aus, als hättest du einen Geist gesehen."

Er legte den Arm um ihre Hüfte, und gemeinsam gingen sie auf das Gebäude zu.

„Okay, wie war also das Programm? Laute Musik, trinken, tanzen, hemmungslose Liebe machen."

„Denk beim Trinken dran, dass zwischen zweien dieser Punkte die Heimfahrt auf dem Bike liegt."

„Wieso, hast du Angst, ein Kumpel deiner Brüder macht heute Verkehrskontrolle?"

„Wäre möglich."

„Doch nicht in der Twilight Road."

„Vielleicht hängen sie am Ende und kontrollieren jeden der raus will."

„Das wäre doch schlecht für's Geschäft. Wenn sich so was rumspricht. Aber von der Twilight Road runter kenne ich ein paar Schleichwege über Parkplätze und Hinterhöfe. Mach dir mal nicht ins Hemd."

Er bumperte mit der Hüfte gegen ihre.

„Und tanzen? Wie sieht's damit aus? Irgendwas dagegen einzuwenden?"

„Wolltest du mich zu einem Country-Dance ausführen?"

„Nicht unbedingt, ich mag's nicht wenn die Typen wegen dir in einer Reihe stehen. Sonst muss ich heute Abend zu viele Kerls auf die Bretter schicken, und das kann ganz schön lästig werden."

„Ich kann sie mir schon selber vom Leib halten." Dass sie dazu in der Lage war, daran hatte er allerdings keinen Zweifel.

Sie kamen an der Reihe der Bikes entlang, die vor der Eingangsfront des Jackrabbit abgestellt waren.

Es waren größtenteils Harleys, nackte Motorräder ohne Verkleidung. Er erkannte die Farben und die Zeichen. So, wie sie da standen, fehlte nur noch die Leine, mit der sie der Reihe nach an einem Gatter angebunden waren.

Natürlich hatte er Cat gegenüber die Wahrheit gesagt. Von den Crimsons war an diesem Abend nichts geplant. Und er war hier, an diesem Ort, auf Chicopas Territorium, um sich mit Cat zu amüsieren. Aber trotzdem, man kann sich's ja mal anschauen. Mal ganz unauffällig sehen, wie's bei denen so aussieht. Bei den Rivalen. Bei der gegnerischen Seite. Im Feindesland.

Sie erreichten den Eingang, wo einige Besucher der Bar rauchend herumlungerten.

Ein Pfiff ertönte hinter Cat her, als sie die überdachte Veranda betraten.

„Ho, Brauner", murmelte Jem Cat zu, die schon den Kopf in die entsprechende Richtung drehen wollte.

Guter Junge, mit dem Vorsatz sich zu amüsieren und nichts als zu amüsieren, dachte Cat und trat gemeinsam mit ihm aus dem milden Abendlicht in das Dunkel der Bar.

Chicopas Territorium. Das hielt rivalisierende Banden fern. Sie war geneigt, Chicopa dafür zum Schutzheiligen des Abends zu erklären.

Sie kam aus der Wüste und wusste nichts von den Grenzen oder Hoheitsgebieten der Menschen. Sie waren ihr fremd, wie ihre Gebäude und Städte, wie die Seelen dieser Menschenwesen, die sie bewohnten. Sie kannte fließende Weiten und Einströmen anderer Reiche. Sie kannte die dürstenden Ebenen und den Geist, der dort den Boden über Jahrhunderte satt und dunkel getränkt hatte. Sie kannte in den Weiten des Landes bleiches Fluten, und sie kannte helle Lichter, Kerzenflammen darin, lodernde Feuer, wandernde Brände.

Und hier ganz unvermutet hinter den Schleiern der Menschen fand sie ein solches Licht. Hell und karg zugleich – gesammelt. Aus einer Menschenhülle heraus schien es.

Es reizte ihre Neugier. Es zog sie an.

Durch die Wälle kindisch ungezielter Krakeleien, die die Menschen hier mit den von ihnen errichteten Werken in die Magie der Welt geschrieben hatten, ging es in Wellen hindurch, die zum Strand ihres Ursprungs hinspülen wollten.

Es zog sie auf eine unerklärliche Art und Weise an. Wie

ein Magnet, wie etwas Festes, während für sie doch alle anderen Menschen nur fliehende Schatten waren.

Sie kannte Menschen, doch das hier war außergewöhnlich.

Sie war eine Verschlingerin. Sie hatte das Fleisch der Adamssöhne gekostet, während es sich langsam zersetzte, bis nur noch die Knochen, nur noch das Harte übrigblieb, das sich eignete sinnvollere Zeichen in den Stoff der Welt zu schreiben als das sinnlose Gebrabbel der Menschen.

Sie fühlte bei diesem Menschen etwas Schlafendes. Sie fühlte etwas in der Tiefe sich Regendes.

Sie zog ihren Mantel aus dem Stoff der Weite enger um sich, um seiner Flamme zu folgen, um zu sehen, was es war, das sie hatte aufmerken lassen. Sie wusste um ihre Brüder und Schwestern, um ihr Kreisen hinter ihr, und näherte sich dem Unsinnszeichen, das das Gebäude der Menschen in die Welt schrieb.

Das Innere des Jackrabbits war im Grunde genommen ein weiter, tiefer Saal, gefüllt mit verstreuten Gruppen von Menschen, teils stehend, teils sitzend, einer langen, geschwungenen Bar, die den Raum wie ein Schnörkel durchteilte. Dazwischen tanzte Staub im gedämpften Licht, hatten sich blaue Schatten in den Ecken und Nischen zusammengerollt und schnurrten vor sich dahin, unbeeindruckt vom Plärren der Musik.

Doch der Innenraum war durch Menschen und eingezogene Wände und Pfeiler recht unübersichtlich. Es war erkennbar, dass er sich im Hintergrund zu weiteren Räumen verzweigte, und dass es dort auch noch kleinere Theken gab.

Der Raum war groß, doch Jem versuchte ihn bei ihrem Eintreten mit seinen ersten Blicken sondierend zu erfassen.

Dort waren nur Gäste, in den Nischen, dort an der Theke, an den Tischen, offensichtlich, die blendete er aus. Er suchte nach den Farben der Brujos.

Er blickte zu Cat. „Zuerst an die Bar auf einen Drink?"

„Okay."

Zwischen den Gruppen Herumstehender hindurch suchten sie sich einen Weg zur Theke, die den vorderen Teil des Raums beherrschte. Für die Zeit war schon viel los. Später würde es hier gepackt voll sein, und der Laden würde kochen. Kurz vor der Bar erspähten seine zwischen den Gästen herumschweifenden Blicke auch das, was er gesucht hatte.

Schwarzes Leder, blaurote Patches. Wenn der sich rumfand nicht nur das sondern auch ein Augenpaar, das seinen Blick erwiderte. Der Mann in Leder, Denim und Kutte sah ihn durch die Menge hindurch direkt an. Für einen Moment nur, dann schweifte der Blick wieder fort.

Jem schaute sich kurz prüfend zu Cat hin um, und als er sich dann sofort wieder der Stelle zuwandte, wo er den Brujo gesehen hatte, konnte er ihn nirgends mehr entdecken.

Na, das war ja ein Treffer. Andererseits trug er an diesem Abend weder Farben noch Abzeichen der Crimsons. Er hatte den Mann in dem kurzen Moment und auf die Entfernung nicht erkennen können. Vielleicht war es einfach nur einer der Brujos, der einen Neuankömmling abcheckte, und das war's auch schon.

Sie fanden zwei freie Barhocker, Cat setzte sich, Jem suchte den Blick des Barkeepers und winkte ihm zu.

„Was nimmst du?", fragte er Cat.

„Ich trink ein Severin."

„Okay, zwei Sev dann", bestellte er, und kurze Zeit später kamen beide Biere in eisgekühlten, beschlagenen Krügen.

Er und Cat stießen an, und sie tranken nach dem

warmen Tag und der Fahrt hierher, genießerisch ihr erstes Bier der stadtansässigen Brauerei. In einem großen ersten Schluck, der herrlich kühl die Kehle herabrann, dann in kleineren, während sie sich über die Musik und dies und das unterhielten und sich den Laden ansahen.

Sie waren beide bester Stimmung, es versprach ein guter Abend zu werden. Jem war zufrieden. Nach der Spannung, die in letzter Zeit zwischen ihnen in der Luft gelegen hatte, war das eine gute Sache. Zum Teil konnte er Cat ja mit ihrer Irritation verstehen. Ihr verlangte es nach etwas Klarem. Der alte Bertini wusste bestimmt auf alle Fragen eine Antwort, hah. Wusste immer, was gut und was falsch war. Aber so war er nicht gestrickt; so sah er die Welt nicht. Die Welt war nicht zu harten Fakten gemeißelt, die Welt war flüchtig. Er hatte Mühe, sich selber zu verstehen, zu sagen, wer er selber war. Wenn er etwas tat, dann wusste er, was er tat, und das war schon etwas. Das war etwas, das er fühlte. Etwas, woran er sich festhalten konnte. Es gab Momente, die waren wie Ankerpunkte im treibenden Nebel. Beim Sex, wenn er mit einer Frau zusammen war. Und jetzt, wo er *sie* kannte, nicht mit irgendeiner. Mit Cat. Wenn er und Cat sich liebten.

Oder das andere.

Bei dem Gedanken ballte sich eine bittere Dunkelheit hinter seiner Stirn. Das andere, das Dunklere. Das da unten brodelte und zuweilen hervor wollte und Erleichterung versprach.

Sie lehnten sich rücklings gegen die Theke, den einen Fuß auf dem Rundlauf und lauschten dem harten Beat der Musik, ein Stück von Gaslight Anthem. Für einen Laden, in dem am Samstagabend das Volk einfiel, herrschte hier ein guter Musikgeschmack. Für einen Laden, den die Brujos als Chicopas ausführendes Organ unter ihrer Kontrolle hatten. Das war vielversprechend, was das Tanzen betraf.

Zwischendurch hatte er auch wieder deren Farben

entdeckt. Es sah so aus, als hingen ein paar von ihnen dort hinten um einen Tisch ab. Und einer machte hin und wieder die Runde.

Also alles cool. Alles unter Kontrolle.

Heißer Abend, er und Cat, das war das Programm. Und die Augen aufhalten.

„Was hältst du davon, wenn wir uns gleich einen anderen Platz suchen?", schlug er vor. „'Ne nette Nische oder so was und dann was vom Grill kommen lassen. Ich hab' gehört die Chili Cheese Fries sollen hier der Hammer sein."

„Hört sich gut an."

„Okay, ich mach mal einen Ölwechsel und dann suchen wir uns was."

Er verließ die Theke in Richtung des Hinterraums, dorthin, wo er die Toiletten vermutete. Im Gehen warf er noch einen letzten Blick zurück.

Da stand sie, seine Cat, Rücken zur Bar, Ellbogen auf dem Tresen, ein Bein angewinkelt, den Stiefelabsatz gegen das Holz der Thekenfront. Knappe Jeansjacke, ausgebleichtes T-Shirt. Ihr wilder Schopf funkelte im Licht der Bar in einem rötlichen Kastanienton. Nicht erdbeerblond, dunkler und satter.

Seine Cat. Was für ein Glück er doch hatte. Was für ein Abend.

Er schaffte es gerade aus dem Hauptraum heraus und um eine Trennwand herum, da baute sich eine Kante von einem Typen in Leder und Denim vor ihm auf. Die Patches der Brujos an seiner Kutte. Beinahe wäre er in ihn hineingelaufen.

Jem fuhr einen Schritt zurück, besah sich den Kerl.

Das Auffälligste an seinem Gesicht war eine große Brandnarbe, wildes rosa Fleisch, das sich quer über eine Wange zog und den wuchernden staubbraunen Bart spaltete, der nach unten hin in vier Zöpfen geflochten war. Das

Haupthaar fiel frei in langen Strähnen, um ein Gesicht, dessen Züge breit waren, passend zur Statur, mit kräftiger Nase, kräftigen Brauen, die düster zusammengezogen fast eine einzige dunkle Linie bildeten.

Das war der Kerl, den er vorhin als erstes in der Menge ausgemacht hatte, derjenige, der für eine Sekunde seinen Blick erwidert hatte. Jetzt, wo er direkt vor ihm stand, brauchte er nicht einmal die Patches auf der Kutte, um zu erkennen, dass er sich direkt den Präsidenten der Brujos ausgesucht hatte. Er kannte ihn, er hatte Cuzo schon vorher gesehen.

Vier seiner Leute nahmen unauffällig im Hintergrund Aufstellung, halb von einer Gruppe Umherstehender abgeschirmt.

Jem trug keine Abzeichen, nur eine schlichte Jeansjacke, aber Cuzo wollte eindeutig etwas von ihm.

„Hi", grüßte er trocken, „was steht an?"

Cuzo verzog keine Miene. „Was machst du hier?"

„He, draußen steht ‚Jackrabbit Bar & Grill'. Ich will ein paar Bier trinken, ich will was essen. Vielleicht später noch tanzen. Das hier ist ein Schuppen zum Amüsieren und genau das will ich, mich amüsieren."

„Ich kenne dich", sagte ihm Cuzo ins Gesicht. „Du gehörst zu den Crimsons."

Der Fall war also klar. „Ja", erwiderte Jem, „aber nicht heute Abend. Heute Abend gehöre ich meiner Kleinen, und die will einen schönen Abend haben, und das will ich auch. Ich habe gehört, das Jackrabbit hat die besten Chili Cheese Fries der Gegend. Das wollte ich mal ausprobieren. Die Musik ist bisher auch nicht schlecht. Vielleicht werden wir tanzen."

Cuzo verzog noch immer keine Miene, stand da, starr und unverrückbar wie ein Banksafe vor ihm aufgebaut.

„Ist ein freies Land", sagte er schließlich. „Frei zum Leben, frei zum Sterben."

Zu einer anderen Zeit hätte ihm dazu etwas anderes auf der Zunge gelegen. Und zu einer anderen Zeit hätte er gewiss auch dem Beachtung geschenkt, was sich da unten leise rumorend in ihm regte. Aber heute war er mit Cat hier. Sie saß da hinten an der Bar. Er war ihr etwas schuldig und er wollte sie nicht irgendetwas aussetzen.

„Ich will keinen Ärger", sagte er also. „Ich bin hier, um einen guten Abend zu haben. Was die Crimsons sonst so machen, bleibt draußen."

Wieder nahm sich Cuzo Zeit, keine Miene zu verziehen.

„Du bist privat hier?" Cuzos Blick blieb stumpf und gelassen, nur mit einem schwachen Funkeln darin, wie eine schwarze Perle. „Du gibst mir dein Wort darauf?"

„He, Cuzo", sagte Jem leichthin, „mach kein großes Ding draus. Ich sag dir, wie's ist. Es ist Samstag. Ich will trinken und Chili Cheese Fries essen. Das ist das Jackrabbit, und das ist ein guter Ort dafür."

Erneut ein einleitendes Schweigen, nach dem Cuzo schließlich wieder den Mund öffnete. „Du hast eine hübsche Freundin."

Jem schoss bei diesen Worten das Blut in den Kopf; sie hatten Cat also schon in Augenschein genommen.

„Ich hoffe, es ist so, wie du sagst", fuhr Cuzo fort.

In diesem Moment, rührte sich einer der Brujos im Hintergrund, blickte finster und reckte den Hals, als hätte er etwas entdeckt. Jem bemerkte es ebenfalls im Muster der Stimmen und Geräusche, im Groove, der sich durch Menschen und ihre Stimmungen innerhalb der Bar übertrug. Etwas war geschehen, etwas brach in die bestehende Schwingung dieses Ortes ein.

Er drehte sich um. Da passierte etwas am Eingang.

Ja, eindeutig passierte da etwas.

Die Crimsons hatten das Jackrabbit betreten.

Sie waren in einer Gruppe durch die breite, zweiflüge-lige Eingangstür gekommen und bauten sich jetzt im

Bereich davor auf, checkten das Territorium ab, signalisierten demonstrativ ihre Ankunft. Schwarzes Leder, dunkles Denim oder Cargos, bei jedem eine rote Schärpe um den Arm.

Doug Shane stand an ihrer Spitze, das rote Bandana um seine Dreads gebunden. Nicht Santiago selber. Also war es nicht als Generalaktion geplant. Sonst hätte ihr Chef Santiago sie angeführt. Keine große Konfrontation ohne ihn. Ein Hauch der Erleichterung machte sich in Jem breit.

Gleich darauf gefolgt von Zorn und Verärgerung.

Verdammt, sie hatten ihm nichts gesagt. Niemand hatte ihn davon in Kenntnis gesetzt, dass die Crimsons heute Abend hier aufschlagen würden. Aber er hatte sie auch schon ein paar Tage nicht mehr gesehen, und so hatte auch keiner von ihnen erfahren können, dass er ausgerechnet an diesem Abend mit Cat ins Jackrabbit wollte. Verflucht, ausgerechnet.

Er nahm die schwere Gestalt wahr, die neben ihn trat.

„Willst du immer noch behaupten, du bist privat hier?", fragte ihn Cuzo.

Jem sah ihm ins versteinerte Gesicht. Die Brandnarbe funkelte rot und glatt darin. „Das hat nichts mit mir zu tun", sagte er.

„Du hast mir dein Wort gegeben", sagte Cuzo, dass es fast ein wenig träge klang. „Ich mache dich verantwortlich. Denk an deine Freundin. Wäre schade, wenn sie am Ende des Abends nicht mehr so toll aussieht."

Cuzo nickte über die Schulter zu seinen vier Leuten hin, und sie gingen an Jem vorbei auf den Eingangsbereich und auf die Crimsons zu.

Die Brujos bauten sich vor ihnen auf.

Ein schräges Grinsen stand in Doug Shanes dunkelhäutigen Zügen, während er Cuzos Blick erwiderte.

Jem, der ebenfalls in den Hauptraum hineintrat, sah, wie aus dem Hintergrund heraus weitere Brujos sich langsam näherten. Die Mehrzahl der umherstehenden Leute hatte sich umgewandt und beobachtete das Spektakel.

„Okay", hörte Jem Cuzo sagen. „Was soll das hier werden?"

Jems Blick fand Cat, die ebenfalls die Vorstellung verfolgte und sich gerade von der Theke abstieß und lauernd ein paar Schritte auf ihn zukam.

„Was das werden soll?", fragte Doug Shane zurück. „Wonach sieht's denn aus? Ein Samstagabend mit den Jungs. Das Jackrabbit hat doch samstags auf, oder?"

„So was habe ich heute Abend schon mal gehört", meinte Cuzo, und sein Blick ging über die Schulter in Jems Richtung. Doug Shane und einige der Crimsons folgten ihm und fanden Jem.

„Ach, der Kleine ist auch da", meinte Luiz, der an Doug Shanes Seite stand.

Beethoven, dieser massive Klotz in zweiter Reihe, grinste ihm mit so gutmütiger Miene zu wie ein mit dem Schwanz wackelndes Lämmchen. Lopez neben ihm sah es, und sie stieß ihn in die Seite.

Cat hatte ihre Schritte beschleunigt, trat jetzt neben ihn. „Was soll das?" Eine steile Falte stieg zwischen ihren Brauen hoch.

„Ich hatte keine Ahnung."

Ihre Augen blitzten, er beließ es dabei.

„Habt ihr hier was vor, dann tragen wir das anderswo aus. Jederzeit", erklärte Cuzo.

Doug zuckte die Schultern. „Ich denke nicht. Für das, was wir vorhaben ist der Schuppen hier genau das Richtige, ein paar …"

„Ja, ich weiß", unterbrachen Cuzos Worte ihn. „Ein paar Bier trinken, Chili Cheese Fries essen, vielleicht später tanzen. Hab ich heute schon mal gehört."

„An tanzen hatte ich noch gar nicht gedacht", meinte

Doug. „He, Lopez, wie sieht's aus? Wollen wir später noch eine Runde headbangen?"

Lopez Reaktion war mehr ein Zähnefletschen als ein Grinsen.

Jem beobachtete, wie sie sich stumm gegenüberstanden, Cuzo mit seinem versteinerten Gesicht, Doug Shane mit einem Grinsen in einem Mundwinkel.

„Wenn ihr was anderes wollt", meinte Cuzo nach einer Weile, „draußen. Jederzeit."

Doug Shane warf Cuzo ein knappes, hartes Zwinkern hinüber, dann nickte er seinen Leuten hinter sich zu, und sie schoben sich an den fünf Brujos vorbei, die stehenblieben, wie die Bäume eines Waldes, streiften sie zum Teil mit ihren Schultern.

Jem sah, dass sich der zweite Schwung der ledergekleideten Platzhirsche in der Zwischenzeit im Hintergrund zu einem lockeren Halbkreis aufgestellt hatte.

Ihm lagen Cuzos Worte von vorhin im Ohr. „Ich mache dich verantwortlich."

„Okay, Cat", sagte er sich zu ihr wendend, „lass uns gehen. Es gibt auch noch andere Läden, wo wir den Abend verbringen können." Er fand in ihrem Gesicht einen harten Blick, der ihn eigensinnig festnagelte.

„*Du* hast das Jackrabbit ausgesucht", sagte sie lakonisch. „Du hast gesagt, wir wollen hier Spaß haben. So, dann zeig mir mal, wie wir hier Spaß haben. Denn für was anderes sind wir ja schließlich nicht hier. Stimmt's, Jem?"

Bevor er darauf etwas erwidern konnte, war Doug mit den anderen Crimsons zu ihnen herangetreten.

„He, Bruder", meinte Doug, „wusste gar nicht, dass du heute Abend auch hier bist", und gab ihm den Handcheck.

Er wollte auf Cat deuten. „Ihr kennt …"

Doch sie unterbrach ihn. „Wir kennen uns. Hi, Jungs." Sie tippte grüßend mit dem Finger an die Schläfe. „War noch was?" Blick ringsum. „Okay, mein Bier wird warm."

Doug blickte ihr hinterher, wie sie mit straff wiegenden Hüften ihren Abgang hinlegte, schürzte dann zu Jem gewandt mit gekrauster Stirn die Lippen und entließ ein stimmloses Pfeifen.

„Könnt ihr eigentlich vorher was sagen?", sprach ihn Jem an. „Hätte ich eine Ahnung gehabt, dass ihr hier aufkreuzt. Ich wollte ebenfalls diesen Laden und die Brujos auschecken. Nur vielleicht etwas unauffälliger." Er hielt kurz inne, blickte ihre Reihen entlang. „Oder habt ihr mehr vor?"

„Auschecken, Spaß haben, sehen, was der Abend bringt. Dem Geist der Samstagnacht folgen", erwiderte Doug ganz ohne Grinsen. Jems Blick fuhr die Reihen ab, versuchte, die Gesichter zu lesen. Zumindest Beethoven war ganz Unschuld. Aber Beethoven war immer ganz Unschuld.

„Geht das von Bovelet aus?"

„Was geht in New Zion nicht von Bovelet aus, Jay?" Das war nicht die Antwort, die er gewollt hatte.

„Sollt ihr heute Abend hier den Laden aufmischen?", fragte er dringlicher nach.

„Auschecken, Spaß haben, sehen, was der Abend bringt", wiederholte Doug. „Mehr nicht. Und jetzt, Junge, stell keine dummen Fragen, und kümmere dich um dein Mädchen."

Jem warf allen noch einmal einen langen Blick zu, der schließlich zu Doug zurückkehrte.

„Tut mir den Gefallen", sprach er Doug an, „und macht hier heute Abend keinen Boogie. Eben weil ich mich um mein Mädchen kümmern muss."

„An uns soll's nicht liegen."

Damit musste er sich zufrieden geben. Er sollte sich tatsächlich jetzt um Cat kümmern, bevor der Funke sich bei ihr endgültig zu einem veritablen Brand auswuchs.

★★★

Cat war ein harter Brocken, das wusste er, sonst wäre sie ja auch nicht so etwas Besonderes gewesen, aber nach zwei Drinks und ein paar wirklich witzigen Geschichten hatte er sie so weit, dass sie wieder dieses Lachen voll von ehrlichem Humor zeigte, dass er so an ihr liebte. Dann krauste sich ihre Nase und ihre Augen wurden zu einem von den zwei engen Strichen der Brauen fest umrahmten grünen Blitzen.

„Wie sieht's aus? Das mit dem Tanzen, wollen wir das mal versuchen?"

Sie grinste und nickte, und dann zogen sie los und suchten sich einen der Nebenräume, wo es eine Tanzfläche gab. Die Crimsons sah er aus den Augenwinkeln. Sah aus, als mischten sie sich unter die Gäste und blieben unauffällig.

Sie suchten sich einen Bereich, ein wenig abgetrennt, wo harte, treibende Rockmusik schon einige auf die Tanzfläche gelockt hatte.

Er erinnerte sich an ihr Gespräch, bevor sie das Jackrabbit betreten hatten und zog sie mit ein paar Schritten in einen Country-Style-Modus. Sie grinste ihn von unten an, als er sie bei Hand und Hüfte nahm und sie erkannte, was er da vorhatte.

„Yee-haw, vanRey. Und wenn wir uns nicht mit in eine Reihe stellen, muss auch keiner heute Abend irgendwen auf die Bretter schicken."

Sie drehten sich umeinander, kamen tanzend wieder zueinander, sahen sich in die Augen. Sie war gut, und er stümperte. Woher sollte er's auch können? Aber jetzt, wo er es angefangen hatte, musste er das Versprechen auch einhalten. Er hatte nur manchmal dabei zugesehen, wie die mittelalten Kavaliere in Boots diese lockere, flirtende Art des Paartanzes beherrschten. Es sah wie Spaß aus, und er dachte sich, so schwer könnte es dann wohl nicht sein. War es dann wohl auch nicht; er fühlte sich nach und nach rein, und Cat war eine große Hilfe.

„Woher kannst du das?", fragte er sie.

„Durch meine Brüder. Ich bin manchmal mit ihnen in die Wüstenkäffer rausgefahren, wo sie ihre Polizeikumpels haben. Da gehört das in jeder Kneipe zur Grundausstattung. Man bringt's dir auch schnell und gerne bei, wenn du ein junges Mädchen und hübsch bist."

„Dann müssen die Lehrer bei dir ja Schlange gestanden haben."

„Jem vanRey, du bist ein Quatschk–"

Ihr Satz wurde unterbrochen von lautem Geschrei und einer jähen Bewegung am Rande der Tanzfläche.

Ein paar Leute wurden zur Seite gestoßen, zwei Körper stürzten hindurch. Fast wären beide zu Fall gekommen, aber einer riss sich los, und sie kamen einander gegenüber breitbeinig und mit abgerissenem Atem zum Stehen. Einer war Luiz, der andere ein Brujo, ein Typ mit hagerem Gesicht, mexikanisch schmalem Schnurrbart und einem Goatee, der direkt in der Kerbe unter der Unterlippe klebte. Zwei Männer mit Hispano-Teint, die sich wie Kampfhähne gegenüberstanden.

Jem ließ Cat los, beide drehten sie sich herum in Richtung des Geschehens. Ihr Blick streifte ihn und ihre Augen blitzten ihn dabei zornig an.

Oh Mann, Crimsons und Brujos in einem Gebäude, und ab geht der Boogie.

Es gab einen Wirbel und plötzlich flüchteten die Tänzer ängstlich zu den Seiten hin, und stattdessen hatten sich zwei Gruppen auf der Tanzfläche gesammelt, beide in Aufstellung, beide in bedrohlichen Haltungen.

Luiz und der Brujo tänzelten ein wenig umeinander herum. Doug Shane an der Spitze der Crimsons zog vernehmlich die Nase hoch und zuckte mit dem Kinn herausfordernd in Richtung der Brujos, die mit den Füßen scharrten.

Die Situation stand kurz vor der Explosion. Luiz und der

Brujo mit dem Stilett-Schnurrbart waren kurz davor aufeinander loszugehen, der Rest der Crimsons und Brujos auch. Bovelets Leute gegen Chicopas Leute. Kein Wort fiel zwischen beiden Gruppen, ZZ Tops „Sharp Dressed Man" hallte noch immer mit stampfendem Beat durch den Raum.

Umso mehr fiel die Stimme auf, die plötzlich über die Musik hinweg donnerte.

„Was geht hier ab?" Jem wandte sich in Richtung der Stimme um und sah Cuzo sich wie ein Rammbock den Weg durch die umgebende Menge bahnen. So gemessen, so ruhig wie er vorhin mit ihm gesprochen hatte, da erstaunte jetzt die Lautstärke und die Vehemenz seines Organs.

Cuzo trat auf der Seite der Brujos zwischen die Parteien der Streithähne.

„Ihr wollt Ärger. Ihr seid auf Ärger aus. Deshalb seid ihr hier. Von wegen Bier, Fries, Tanzen. War klar."

„Dein Mann ist durchgedreht", grollte Doug hinter zusammengebissenen Zähnen. „Wegen einer Frau."

„Er hat angefangen. Miese Ratte!", spie der Brujo Luiz entgegen. Der ging wie ein zuschnappender Skorpion auf ihn los. Fäuste flogen und es entstand Tumult um sie herum. Ein weiterer Brujo und ein Crimson hingen sich an der Kehle. Cuzo stürzte sich wie eine Abrissbirne dazwischen. „Schluss!", brüllte er. „Schluss!" Er traf seinen Mann von den beiden letzten Streithähnen mit der Hand vor die Brust, so dass er zurückstürzte und die beiden auseinanderkamen, griff bei Luiz und dem Brujo ein, packte sie sich. Jem sah, wie Doug die Hand hob und der Rest der Crimsons sich daraufhin zurückhielt. Ein kurzes Gerangel und Cuzo hatte auch Luiz und seinen eigenen Mann getrennt.

„Nicht hier drinnen!" Cuzo starrte finster in die Runde, auf seiner Wange war ein kleiner blutender Riss. Sah aus, als hätte ihn dort ein Ring erwischt. „Nicht hier drinnen!" Seine Stimme war hart und durchdringend. Die Musik hatte ausgesetzt.

„Hier drin sind Gäste. Die haben nichts mit unserem Fight zu tun."

Einen Moment herrschte eine unentschiedene Stille. Keiner rührte sich, sie starrten sich nur mit harten Blicken an. Es hing auf der Kante, kurz vor dem Kippen.

„Okay, gut", erklang schließlich Doug Shanes Stimme. Er hob beide Hände und sah sich nach seinen Leuten um. „Die Gäste hier wollen sich nur amüsieren. Genau wie wir es wollten, bis dieser Streitstiefel mit dem Rattenschnäuzer nicht an sich halten konnte."

Noch immer mit erhobenen Armen drehte er sich im Kreis, hob die Stimme, wandte sich an die umherstehenden Kneipengäste.

„Ist nicht unsere Art Laden. In St. Savvy wäre so etwas nicht passiert. Da steht ihr unter dem Schutz Bovelets."

Cuzo starrte ihn weiterhin ungerührt an, sagte nur: „Ihr bezahlt dafür."

„Kommt, Jungs!" Doug Shane sammelte seinen Haufen um sich, und sie zogen ab, breiten, gespreizten Schritts ihrer schweren Stiefel, ohne zurückzublicken, die eine oder andere geballte Faust über die Schulter zum Abschiedsgruß gehoben.

Zurück blieb die Menge, deren Schweigen sich brach, aus der inzwischen wieder vereinzeltes Murmeln aufstieg, und die Brujos mit ihrem Anführer Cuzo. Der blickte den abziehenden Crimsons einen Moment hinterher. Dann wandte er den Kopf, bis er Jem fand. Sein Blick bohrte sich in ihn.

Stumm deutete Cuzo mit dem Finger auf ihn, kurz, knapp, seine Augen zuckten zu Schlitzen. Dann wandte er sich ab.

„Okay, das war's! Mir reicht's"

Cats Worte riefen ihm wieder ihre Anwesenheit ins Gedächtnis. Sie blitzte ihn wütend an, nicht einmal direkt; ihr Blick streifte ihn wie eine Säbelspitze.

„Ich wusste nichts davon."

„Ist mir egal, ob du davon wusstest", fuhr sie ihn an. „Wir haben ein Date, es soll angeblich ganz unser Abend sein. Dann tauchen deine Freunde auf, und bevor ich bis zehn zählen kann, ist der Laden hier eine tickende Zeitbombe. Ich weiß nicht, wie du das nennst, aber das ist nicht die Art von Abend, die ich mir vorgestellt habe."

Sie drehte sich auf der Stelle um, wollte davonstürzen.

„Cat."

„Lass mich!"

Und schon zog sie durch die Menge ab.

Jem sah vor seinem geistigen Auge Cuzos Finger, der sich auf ihn gerichtet hatte. *Denk an deine Freundin. Wäre schade, wenn sie am Ende des Abends nicht mehr so toll aussieht.*

Bevor er sie im bräunlichen Zwielicht des Kneipenraums aus den Augen verlor, stürmte er hinter ihr her.

Er hatte sie tatsächlich im Gedränge für einen kurzen Moment verloren. Sie war wie unter Volldampf abgerauscht, hatte sich wie ein Eisbrecher durch die Menge geschoben und war in ihr verschwunden. Er drängte sich ebenfalls hindurch, ihr nach, schob Gäste zur Seite, erntete dafür unfreundliche Blicke, doch das Menschengewimmel war hier ziemlich dicht. Dann, direkt an einem Nebenausgang, entdeckte er sie wieder. Mit über der Schulter geschwungener Handtasche zog sie durch die weit geöffnete Doppeltür ab.

Er eilte hinterher.

Beinahe wäre er in einen Haufen von Leuten hineingerannt, die hier draußen vor der Tür standen und rauchten, Bierflaschen in den Händen. Sie waren ziemlich angeschickert und pöbelten gutmütig herum.

Er schob sie zur Seite, ignorierte ihr „He, was soll denn das?", hetzte vorbei.

Da war Cat. Er sah sie wieder, ihr Schritt hatte sich jetzt verlangsamt. Sie wandte ihm den Rücken zu und bemerkte ihn nicht.

Er schaute sich um. Außer den Leuten an der Tür, die er hinter sich gelassen hatte, war niemand zu entdecken. Keiner von den Brujos. Gott sei Dank. Sein Herzschlag wurde wieder eine Spur langsamer. Mit dem Nachhall von Cuzos Worten in seinem Geist, hatte er sich schon ausgemalt, wie sie ihr hier draußen auflauern würden.

Beruhigt verlangsamte auch er seine Schritte. Es war ziemlich unübersichtlich hier draußen. Es gab zahlreiche Anbauten, und die Flügel der Nebensäle ragten aus dem Hauptgebäude hervor. Eine Menge Winkel und Gassen, um sich darin zu verstecken. Cat müsste ganz um das Gebäude herum, um zu den Parkplätzen an der Frontseite zu gelangen. Er würde ihr langsam folgen, würde sichergehen, dass ihr nichts passierte, aus der Entfernung zuschauen. Wahrscheinlich würde sie sich ein Taxi nehmen. Er würde warten, bis sie sicher eingestiegen war.

Es hatte gar keinen Zweck, sie jetzt einholen und noch einmal mit ihr reden zu wollen. Der Zug war abgefahren. Das würde alles nur schlimmer machen. Wenn ihre Wut einmal entflammt war, dann musste die auch hochlodern und von selbst wieder herunterbrennen. So war Cat nun einmal. Das war das italienische Temperament, das sie von ihren Vorfahren geerbt hatte. Wahrscheinlich hatte sie sich schon morgen wieder so weit beruhigt, dass er mit ihr reden konnte. War schließlich nur ein dummer Zufall. So etwas konnte doch nicht zwischen ihnen stehen. So was durfte …

Er stoppte.

Etwas hatte ihn berührt. Eine Anmutung. Etwas wie vorhin dieser Windstoß aus der Wüste mit all seinen Düften.

Er wandte den Kopf. Da war etwas.

Ja, ganz klar, er spürte etwas. Er spürte jemanden. Erneut dachte er an die Drohung des Anführers der Brujos.

Er drehte sich um, langsam um seine eigene Achse, und da kam etwas in sein Blickfeld.

Eine regungslose, schweigende Gestalt.

Wie eine Erscheinung stand sie vor einem von Gebäuden begrenzten Durchblick. Wie in einem Rahmen sah man darin ein Stück freies Land, ganz ohne Straße, ganz ohne Gebäude, nur der Blick auf Wüste. Verdunkelter Horizont mit Sträuchern, ein letztes rotes Glühen daran entlang, davor die Gestalt.

Zunächst durchfuhr ihn der Gedanke, da habe jemand eine ungewöhnliche Vogelscheuche aufgestellt, besonders hoch und schlank – doch tief in seinem Innern wusste er natürlich, dass diese Erscheinung etwas Lebendiges war –, und auf die hatte jemand einen Schädel gesetzt oder einen Schädel darauf gemalt. Auf den zweiten Blick erkannte er, dass es sich lediglich um eine Gesichtsbemalung handelte, und dass dies eine Frau war.

Das Licht von den Gebäuden her, das die Gestalt traf, hatte die weiße Farbe auf den Wangen grell hervorgehoben. Die Bemalung wurde bestimmt von im rechten Winkel verlaufende Streifen, quer über die Wangenknochen zur Nase hin, dann abwärts die Mundwinkel rahmend. Dies hatte den schädelartigen Effekt hervorgerufen. Jetzt wo er sie genau betrachtete, sah er auch, dass ihre Haut kupferfarben war. Seltsam, das konnte er genau sehen, jetzt mit einem Mal. War sie etwa weiter ins Licht vorgetreten, und er hatte ihren Schritt vorwärts nicht bemerkt? Die Farben an ihr waren jetzt mit einem Mal deutlich und kräftig, anders als die Düsternis des Hintergrundes, die ihm eben noch aufgefallen war. Als wäre sie, und er mit ihr, in eine Aura getreten, die nicht zu dieser Nacht gehörte, die kräftige erdbraune und rötliche Töne und den Geruch von Nachtkerzen und Spanischem Flieder mit sich führte.

Sie trug etwas, wie einen Mantel ... ein Gewand – er bekam den Blick nicht klar. Und was war das, womit sie geschmückt war? Es hing an ihr herab, wie aufgereiht, wie etwas Geschnitztes. Es war bleich und es klapperte in der leichten Brise an ihr herab. Waren das Knochen?

Er fühlte sich seltsam angerührt, wie herausgehoben aus der Realität. Sonst hätte er sie auch nicht so angesprochen. „Wer bist du?"

„Mein Name ist Chiapa-no-Tapeah." Kam die Antwort, sanft wie ein Hauch aber auch tief vibrierend bis in die Knochen hinein.

Ein merkwürdiger Name, doch er kam ihm an ihr nicht seltsam vor.

„Bist du allein hier?"

„Nein, ich bin meinen Brüder und Schwestern voraus-gegangen."

Ihre Stimme schwang in ihm; es war, als schlüge sie mit jeder Silbe eine Trommel in seinem Inneren an.

„Wo sind deine Brüder und Schwestern?"

„Oh, nicht fern. Niemals fern. Obwohl die Adamssöhne das gerne glauben möchten."

Ihre Stimme, so musste er zugeben, war regelrecht ver-führerisch. Sie zog an ihm, als spule sie die Fäden und Gewebe seiner Seele wie eine Schnur auf eine Spindel auf. Es machte ihn schwindelig. Ihre Ausstrahlung hatte dabei etwas sehr Weibliches. Sie roch nach den Blüten der Wüste, genau wie dieser warme Windhauch, der ihn früher am Abend gestreift hatte. Und dann wiederum, trotz kupferfar-bener Haut, trotz der Aura kräftiger Farben, die sie umgab, war etwas merkwürdig Ausgebleichtes an ihr. Etwas, das fein war, wie eine Messerklinge, die unendlich sorgfältig und hauchfein aus Knochen geschnitzt war, die dich durch-bohren konnte, ohne dass du den Schmerz bemerkst. Es war etwas Unheimliches aber auch sehr Anziehendes an ihr.

Sie sprach wieder zu ihm. Ihr Mund bewegte sich, doch

die Töne dazu kamen einen Moment später bei ihm an, wie ein Echo. „Viele meiner Schwestern würden dich lieben", sagte sie. Die Verzögerung, mit der er die Worte hörte, hatte etwas sehr Verstörendes. „Sie würden die Witterung in deinem Blut spüren, und sie würden dir auf der Stelle verfallen und alles Eisen der Welt für immer von dir fernhalten wollen."

Es war ihre Erwähnung von Eisen, die in ihm das Bild von Messern, von Bedrohung aufblitzen ließ und mit einem Schlag seine Gedanken von dieser Frau abzog und auf die Dringlichkeit dessen lenkte, wozu er hier draußen war. Cat! Er war ihr gefolgt. Sie schwebte möglicherweise in Gefahr.

Die Zeit setzte wieder ein. Herzschlag folgte wieder auf Herzschlag. Sekunde auf unerbittliche Sekunde. Ein Auto hupte jenseits des Gebäudes, der Laut durchschnitt schrill die Nacht. Die Intensität der Farben trotz umgebender Dunkelheit, dieser merkwürdige Zustand, in dem er gefangen war, er brach zusammen.

Er sah sich um. Da war Cat. Kaum ein paar Schritte weiter weg von der Stelle, wo er sie zuletzt gesehen hatte. Im Schatten eines Anbaus, kurz davor, die Ecke des Gebäudes zu umrunden. Und da war noch jemand anderes, jemand, der schnellen Schrittes auf Cat zukam, jetzt im Schatten, trat er in einen Streifen von Licht hinein, und Jem erkannte ihn: Es war Cuzo. Gleich darauf trat er wieder in einen Bereich von Schatten ein. Hinter ihm folgte eine Reihe weiterer Gestalten.

Etwas grollte tief unten in Jem. Die altbekannte Stimme, die altbekannte Macht. Die Verheißung von Erleichterung und etwas Greifbarem.

„He, Mädchen!" Cuzos Stimme drang zu ihm her, während der Chef der Brujos schnellen Schrittes den Schatten durchquerte, auf Cat zu. *Wäre schade, wenn sie am Ende des Abends nicht mehr so toll aussieht.*

„He, Mädchen, warst du nicht …"

Jem stürzte auf ihn zu, aus dem Dunkel, in dem er gestanden hatte. Cuzo sah ihn, stieß einen gedämpften Laut der Überraschung aus. Da hatte ihn auch schon Jems Faust erwischt. Cuzo grunzte, sein Kopf flog mit dem Hieb zur Seite. Er wankte zurück, aus Jems Reichweite. Als sein Gesicht wieder hochkam, lief ihm Blut die Wange herab, der Riss von vorhin war wieder aufgesprungen. Rufe kamen aus dem Hintergrund. Durch die Zotteln seines Haares hindurch funkelte Cuzo Jem wütend an, seine Zähne waren gebleckt. Er bewegte langsam den Unterkiefer hin und her, als wolle er ihn einrenken; die Zöpfe, zu denen sein Bart geflochten war, schwankten dabei mit.

„So also", sagte er. „Du also."

Das Tier in Jem bleckte ebenfalls die Zähne. Er sah es vor sich, das Blut, er sah die Raserei, die durch alle Fasern seines Körpers peitschte, und das Blut kam ihm wie eine Lösung vor. Am Rande nur nahm er die Gruppe der anderen Gestalten wahr, die in einer geschlossenen Reihe näherrückten.

Er und Cuzo gingen aufeinander los.

Der schwerere Mann holte zu einem mächtigen Fausthieb aus, doch er zog unter ihm hinweg, verpasste ihm einen Treffer am Leib. Holte sich dafür den nächsten Hieb von Cuzo ab, der ihn seitlich am Kopf erwischte. Und, als sein Gegner schnell herumwirbelte, noch einen, der ihm die Lippe aufriss. Dieser Schrank von einem Mann, dieses Koloss bewegte sich schnell, schneller als man ihm zutraute.

Jem wich rasch aus Cuzos Gefechtskreis zurück, sog an seiner Lippe, spuckte Blut. Ja, komm doch, du Kampfkeiler, zeig mir, was du draufhast. *Wäre schade, wenn sie am Ende des Abends nicht mehr so toll aussieht.* Blut, ist gut. Blut will ich sehen.

Und es brandete tief aus ihm hoch und erfüllte ihn ganz, wie eine Sturmflut. Und es fühlte sich wie heißes Feuer an, es fühlte sich wie Erlösung an. Etwas kochte und explodierte hinter seinen Augen.

Er stürzte sich auf Cuzo, spürte wie er Schläge einsteckte und sich ein irres Grinsen in sein Gesicht brannte. Gut, gut so. Dann traf seine Hand auf harten Widerstand, als er schließlich auch Cuzo erwischte, ihm die Faust ins Gesicht drosch. Das Keuchen noch im Ohr, war er blitzschnell weg, hinter Cuzo, packte ihn an Kutte und Jacke und rammte ihn mit Kraft in eine Wand. Cuzo keuchte noch mehr. Er setzte hinterher. Und dann war da nur noch ein einziger rot verwischter Wirbel, fliegende Arme und Fäuste, ein Umhertaumeln von Körpern. Blut. Gewalt. Das glühende Feuermal. Er steckte nochmals ein, jetzt nur noch ziemlich matt. Cuzo klatschte zu Boden, er schlug weiter zu.

„Jem, Jem! Vorsicht! Pass auf!"

Da war eine Stimme.

Cat sah, wie Jem den wesentlich größeren und kräftigeren Mann fertig machte.

So hatte sie ihn schon einmal gesehen. In irgendeinem Straßenfight. Wie einen üblen Straßenkämpfer, der so was schon immer gemacht hat.

Genauso jetzt. Rastete vollkommen aus! Jem schlug diesen Bullen krankenhausreif.

Die Leute aus dessen Gang mimten nicht länger die stoischen Zuschauer. Nachdem sie zunächst Verblüffung erfasst hatte, als Jem die Oberhand gewann, stürmten sie jetzt vor, um einzugreifen. Doch Jem schien von all dem nichts zu bemerken. Er war wie weggetreten in seinem Rausch der Gewalt.

„Jem", schrie sie, „Jem! Vorsicht! Pass auf!"

Sie stürzte auf ihn zu, wollte ihn an der Jacke greifen und ihn von dem Mann zurückreißen, ihn warnen.

„Jem!" Ihre Stimme hallte durch die Gasse, über dem Gebrüll der herannahenden Bandenmitglieder. Wie viele waren das? Einer von ihnen hatte sich etwas vom Boden gegriffen, eine Stange, ein Brett oder etwas in der Art.

Der erste holte sie ein, sie wurde einfach zur Seite gestoßen und stürzte. Sie wollte wieder hoch, sah, wie der erste, der mit der Stange, schon bei Jem war, mit der Stange ausholte, sah den Schlag kommen, glaubte schon das Blut spritzen zu sehen, wenn Jem die Stange über den Schädel bekam.

Und dann passierte etwas, das sie nicht vorhergesehen hatte.

Eine neue Bewegung drängte sich ins Muster tanzender Schatten. Anders als der übrige Tumult. Klarer und zielgerichteter. Unvermittelt drängte sich eine hochgewachsene Gestalt heran, von der Seite her, als gleite sie aus den Schatten heraus.

Sie packte den Mann mit der Stange, und was dann passierte, geschah blitzschnell und sah dabei sehr elegant und fließend aus.

Dass es Cat war, die schrie, war zu ihm durchgedrungen. Mit ihrem letzten Schrei, war es zu ihm durchgedrungen. Es durchbrach die Schleier seines blutroten Taumels. Er fuhr herum, und da stand vor ihm ein Mann, ein Brujo mit einer erhobenen Eisenstange, die er ihm über den Schädel ziehen wollte. Ein Lichtsplitter tanzte grell über das Metall.

Der Schlag kam schon, zu spät zur Abwehr. Aus.

Der Arm des Brujo wurde im Schlag gepackt. Jemand hatte ihn gefasst. Jemand, der geschmeidig wie ein Schatten hinzugetreten war.

Jem sah kurz einen langen Mantel und zu einem Zopf gebundenes Haar.

Dann liefen die Bewegungen des Mannes sehr schnell und gezielt ab. Ein kurzer Schwung, das Aufklirren der Eisenstange auf dem Boden, und der Brujo flog durch die Luft. Ein nächster war heran und wurde ebenfalls herumgewirbelt. Der Mann im Mantel endete in einer präzisen Kampfhaltung. Überraschte Rufe und ersticktes Knurren verhallten dumpf in den Schatten der Nacht.

Und weitere Rufe erschollen aus dem Hintergrund.

„He, was is'n das da? Was geht da ab?"

„Sind das die Brujos? Gibt's da 'nen Fight?"

„Hey, das ist Jay!"

Lopez, Luiz. Die Crimsons.

Die Brujos stürzten durcheinander. Es gab einen hektischen Tumult von Schatten, auseinandersprengenden Gestalten, den Aufruhr eines gehetzten Umgruppierens in dem von verschiedenen Gebäudeteilen eingefassten Raum.

Jem blickte in das Gesicht seines Retters, das von einem Lichtstrahl erfasst wurde. Ein klares, herbes Gesicht, die langen Haare glatt zurückgekämmt und straff gefasst.

„Das ist jetzt deine Sache, Junge", sagte der Mann im langen Mantel zu Jem, wandte sich ab und ging dann gemessenen Schritts fort, verschwand in den Schatten.

Jem hörte Cuzo am Boden vor ihm stöhnen.

Jem richtete sich auf, um zu sehen, was geschah.

Geschlossen rückten die Crimsons durch das Halbdunkel des Hinterhofs an, schnellen Schritts. Die Schritte ihrer Stiefel hallten auf dem Asphalt. Die Brujos formierten sich ebenfalls. Dort war Cat, drüben an der Mauer. Zu ihr eilte er hin.

„Verschwinde hier. Das kann gefährlich werden."

Sie warf ihm einen undeutbaren Blick zu.

„Ach, ehrlich?"

„Ich mein's ernst. Schau, dass du hier wegkommst."

Er schob sich vor sie, sagte, „Los!", und trat dann zu den anrückenden Crimsons rüber.

„Was machst denn du für Alleingänge?" Doug Shane grinste ihm trocken zu. „Du wolltest dich doch mit deiner Freundin amüsieren?"

Lopez nahm gerade ihre orange verspiegelte Sonnenbrille ab, klappte sie gewissenhaft zusammen und steckte sie weg.

Jem sah, dass zwei der Brujos ihrem Präsidenten aufhalfen. Er war bei Bewusstsein und kam tatsächlich auf die Beine. Das war ein harter Brocken, bei dem was er abgekriegt hatte, überhaupt noch stehen zu können, auch wenn die anderen ihn kräftig stützen mussten.

„Okay", rief Doug Shane zu den Brujos herüber. „Hier sind wir. Wir sind draußen. Tragen wir's jetzt aus?" Seine Stimme klang rau, hart und herausfordernd als schleuderte er die Worte eines Rap-Songs heraus.

Jem hörte es und konnte kaum glauben, dass dies alles jetzt tatsächlich geschah. Dass es ausgerechnet jetzt zum Unvermeidlichen kam, dem Kampf zwischen Crimsons und Brujos. Ausgerechnet heute Abend. An dem Abend, an dem er sich mit Cat hatte amüsieren wollen. Es würde Blut fließen. Es würde Verluste geben. Verflucht, warum musste das passieren? Gerade heute. Warum musste das alles so enden? Verdammt, Cat … Er versuchte, den Gedanken an sie und das Bild ihres Gesichts aus seinen Gedanken zu verdrängen. Es gelang ihm nur schlecht. Scharfes Klicken durchschnitt die Luft, als ein paar der Brujos ihre Klappmesser aufschnappen ließen.

Ein Fetzen Papier wurde über den Boden zu ihm herübergeweht und blieb an Dougs Stiefel hängen.

Jem hörte ein feines Rascheln und sah, wie eine Wehe von Sand, einem Halbmond gleich, über den gesprungenen Asphalt getrieben wurde.

Er spürte, wie eine Brise seinen Rücken traf. Sie streifte seinen Nacken, zerzauste sanft seine Haare. Die feinen Härchen dort richteten sich auf, als wären sie elektrisch aufgeladen. War das die Erregung, die Erwartung des Kampfes? Nein, es geschah etwas anderes. Da war ein weiterer Durchgang in seinem Rücken, wenn er sich richtig erinnert, eine Lücke zwischen den Gebäuden . Durch die hindurch musste ein Luftzug kommen, von dort draußen her, vom Ursprung der Twilight Road. Ein kurzer Gedanke schoss in ihm hoch, an den Geruch von den Blüten der Wüste und kupferfarbener Haut. Ja, ein Wind kam auf, aus der Wüste, in ihrem Rücken. Er hatte den Eindruck, als tanzten Schatten vor ihren Füßen, als flatterte etwas im Wind, eine Fahne vielleicht, etwas Zerfetztes, Zerrissenes.

Und dann ging eine Welle durch ihn hindurch, fein und unterschwellig, doch er nahm sie wahr. Wie eine Vibration. Es war als würde der Moment sich endlos dehnen, und in dessen plötzlich weitem Raum hatte er genug Zeit, all das wahrzunehmen, was mit ihm geschah. Er spürte es tief in jeder Faser seines Wesens. Als würde jedes Teilchen seiner selbst davon erfasst. Er sah, wie es dunkler wurde, als hätte sich der Himmel verfinstert, als zögen sich dort oben Wolken zusammen und verhüllten den Glanz der Sterne. Und er hatte in diesem Moment die Anmutung, als schwämme jedes Partikel seines Seins auf Licht wie Plankton auf den Gezeiten eines Meeres, und als werde jedes Partikel, sowie sich das Licht wandelte und durch ihn hindurchflutete, in dieser Veränderung umgewendet. Etwas zog über ihn hinweg, wie eine Wolke, und aus dem was gewesen war, wurde etwas anderes.

Etwas legte sich über ihn wie eine kalte, klamme Decke. Es sank in seine Knochen. Es zehrte an ihnen. Es war, als wäre mit einem Mal jede Wärme aus der Welt gewichen und er fühlte nur noch eine furchtbare Kraft- und Mutlosigkeit.

Und er spürte dabei, dass ihn diese Welle nur gestreift hatte. Er fühlte den Nachhall von etwas viel Mächtigerem, von dem ihn nur der Saum, nur der kleinste Teil berührt hatte.

Doch gleichzeitig, indem er all das wahrnahm, staunte er über die Tatsache, dass ihm dies möglich war, dass es ihm plötzlich vorkam, als seien ihm neue Sinne gewachsen, welche die Welt anders, intensiver, tiefer, jenseits ihrer Oberfläche wahrnahmen. Der Moment dehnte sich, als sei er aus dem normalen Zeitablauf herausgetreten. Es war wie vorhin, als er ... Als er was? Er erinnerte sich an eine Begegnung mit ... einer Frau?

Es endete wie mit einem Schlag. Stummer Donner. Als schlage das Herz des Ortes, der Zeit, wie eine gewaltige Trommel. Der seltsame Zustand, der Jem erfasst hatte, brach in sich zusammen. Die Kälte, dieses furchtbare Gefühl der Hoffnungslosigkeit verflog.

Er nahm seine Umgebung wieder mit normalen Sinnen wahr. Anders als vorher, vor diesem seltsamen Moment des Heraustretens aus der normalen Wahrnehmung, dieses sich Dehnens der Zeit, lag ein leichtes grünes Glühen, wie der Widerschein eines sich nahenden Unwetters über dem Hinterhof.

Und noch etwas hatte sich verändert.

Er blickte in die Gesichter der Brujos, die ihnen gegen-überstanden. Und er erkannte in ihnen ein Echo der Kälte, der Welle des Gefühls von Machtlosigkeit, die ihn gestreift hatte. Harte, brutale Entschlossenheit hatte Risse bekom-men. Die Blicke hatten jetzt etwas Unstetes. Hatten auch sie es bemerkt, diesen Moment, oder nur er? Er spürte, sie suchten es zu verstecken, suchten ihren Blicken den normalen Ausdruck von Kälte und Abgebrühtheit zu geben, doch es flackerte etwas darin. Als hätten sie dabei zugese-hen, wie sich langsam ein Kadaver von innen nach außen wendet.

„Was geht?" Der Ruf brach aus Doug heraus, wie ein Echo, der Herausforderung, die er eben ausgestoßen hatte, als knüpfte er genau in diesem Moment daran an, als sei für ihn seitdem kaum eine Sekunde vergangen. Er spuckte seinen Schrei den Brujos entgegen.

Die Antwort kam zwei, drei Sekunden später. „Ihr bezahlt." Eine Stimme die hart und fest klingen wollte, hatte einen brüchigen Unterton. Cuzo wurde von zweien seiner Leute gestützt und sein Gesicht war eine blutige Maske. Doch etwas hatte sich verändert, etwas hatte sich gewendet. In diesem einen sich seltsam dehnenden Moment. Den anscheinend niemand außer ihm bemerkt hatte.

„Ihr bezahlt dafür", sprach Cuzo weiter. „Ihr alle." Es lag eine Kälte in diesen Worten, die nichts mit Gnadenlosigkeit oder Härte zu tun hatte, die Jem aber erkannte, als Echo von etwas, das auch ihn gestreift hatte.

„Aufbruch", bellte Cuzo heiser. Für einen kurzen Moment hielt sich die Front der Brujos noch, dann brach sie auseinander. Sie wandten sich um, zogen ab. Allen war der gemessene Schritt gemeinsam, trotzdem gingen die Geschwindigkeiten ihres Tritts auseinander. Der Gleichschritt war ihnen abhanden gekommen.

Was war hier geschehen?

Es war von hinten gekommen, hatte seinen Nacken gestreift. Dann diese Welle des Verzehrens aller Hoffnung.

Er drehte sich um.

Und er sah etwas, was zu begreifen, er nicht gänzlich in der Lage war. Er sah etwas, das schon in Auflösung begriffen war, das schon zerfaserte.

Eines glaubte er dabei jedoch deutlich zu erkennen. Eine weibliche Gestalt. Der Geruch von den Blüten der Wüste und kupferfarbene Haut. Die Frau, die vorhin vor ihm erschienen war und ihn angesprochen hatte. Ja, sie war vor ihm erschienen und hatte ihn angesprochen. Weiße Gesichtsbemalung auf kupferfarbener Haut. Ein Mantel, an dem es bleich und klappernd herabhing. Weiblich und unheimlich. Chiapano-Tapeah – er hörte die Silben in seinem Kopf. Berührten ihre Füße den Boden? War sie mit einem Mal so viel größer als er? Und da war noch mehr um sie herum, mehr Gestalten. Schon keine Gestalten mehr, nur noch unscharfe, verwehende Schatten. Eine fliehende Versammlung. Wie verrottete, im Sturm zerflatternde Tücher. Wie orkanzerrissene Wolkenfetzen. Schatten wehten um ihn herum fort.

Ein scharfes Geräusch ließ ihn herumfahren.

Eine Lampe an einem Mast war geplatzt. Wie ein Sternschnuppenschwarm stürzten die Splitter und trafen klirrend auf das Pflaster.

Zeitgleich mit dem Geräusch der berstenden Lampe zuckten Bilder durch seinen Kopf, grell und zerrissen. Ein zerplatzender Krug. Irdene Scherben, mit umbra-farbenen Zickzacklinien darauf, brachen zu den Seiten weg. Die Schatten wendeten sich, und eine Echse kroch daraus hervor. Umrisses von Kakteen mit zappelnd gereckten Armen in jäh aufblitzendem Licht. Bilder, die einander durch seinen Geist hetzten und verschwanden.

Er wandte sich wieder um, wieder zu der unheimlichen Erscheinung hin. Doch da war nichts mehr. Nur noch der Durchblick zwischen den Gebäuden, der ein Stück Wüste, vollkommen frei von der Bebauung der Twilight Road, rahmte. Den Horizont kroch der vage Schein der Nacht entlang.

„Wir verschwinden." Das war Doug Shanes Stimme. „Sie haben den Schwanz eingezogen. Wenn jetzt noch etwas von ihnen kommt, dann nur ein linkes Stück."

Doug kam zu ihm herüber. „Kommst du mit uns? Ist noch was mit deiner Freundin zu retten?"

„Weiß nicht. Werd' ich mal sehen. Zumindest, dass sie heil nach Hause kommt."

„Tut mir leid für dich, dass es so gekommen ist. Du hast Cuzo ganz schön fertig gemacht."

„Hat sich's gefragt."

„Einer musste es irgendwann machen. Hätte nicht gedacht, dass du es bist. Und dass es heut Abend passiert."

„Hätte ich auch nicht."

Doug sah ihm einen Moment schweigend in die Augen, dann sagte er: „Los, geh zu deinem Mädchen."

Da kam er. Lief hinter ihr her. Als könnte sie nicht selbst auf sich aufpassen. Konnte sie aber, wenn er nicht gerade mit seinen kriminellen Freunden Kriege anzettelte.

Die Haare zerzaust, dieser Blick. Es drehte ihr das Herz um, ihn so zu sehen.

Sie liebte ihn. Doch da gab es einiges, über das sie schon zu lange hatte hinwegsehen müssen. Sie hatte es getan, weil sie fest daran geglaubt hatte, dass Menschen sich ändern können. Sie hatte gehofft, dass Jem sich ändern könnte. Sie hatte immer nach Hinweisen dafür gesucht und sie auch gefunden. Und sich dann daran festgehalten. Jetzt fragte sie sich, ob sie die nur gesehen hatte, weil sie sie hatte sehen wollen. Und sie sich gründlich etwas vorgemacht hatte.

Konnten Menschen sich ändern? Bei dem, was sie heute Nacht erlebt hatte, sah es nicht so aus.

„He, Cat, warte."

Sie spürte, wie er ihren Arm fasste.

„Was ist denn noch? Was willst du von mir?" Sie riss sich los. „Fass mich nicht mit diesen Händen an, mit denen du eben noch jemanden fast krankenhausreif geprügelt hast."

Die Bilder des blutüberströmten Gesichts seines Opfers, dieses Schranks von einem Mann, der kaum noch zur Abwehr die Arme hatte heben können, blitzten, wie plötzlich von einem Autoscheinwerfer erfasst, in ihr auf. Das

Bild von Jem, der mit gebleckten Zähnen dennoch weiter auf den Mann einschlug.

„Aber Cat, ich wollte dich …"

„Was? Mich beschützen?" Sie sah ihm fassungslos ins Gesicht. Komm mir jetzt nicht mit diesem unschuldigen Blick. „Erzähl mir nichts! Dir ging's doch nur drum, diesen Typen zusammenzuprügeln. Die Gang, die bei ihm war, vor der du mich dann genauso hättest beschützen sollen, die hat dich doch einen Scheißdreck interessiert. Die hast du nicht mal richtig mitbekommen! So wichtig war es dir, mich zu beschützen!"

Sie stand einen Moment bebend da, während Jem schwer atmend den Kopf zur Seite weg drehte. Dann sah er sie erneut an. „Cat, komm jetzt erst mal hier weg. Ich bring dich nach Hause. Damit du in Sicherheit bist."

„In Sicherheit?" Sie stemmte die Hände in die Hüfte. So eine Dreistigkeit. „In Sicherheit willst du mich haben? Aber zuerst bringst du mich hierher? Du hast doch gewusst, dass das Jackrabbit das Territorium dieser Gang ist. Du hast doch gewusst, was hier abgeht! Jem, du hast mich schon die ganze Zeit belogen. Jetzt lüg nicht noch weiter! Lass uns beiden wenigstens das bisschen Würde!"

Sie sah, wie sein Gesicht sich verkrampfte, wie er mit sich rang, ruhig zu bleiben. Sein Atem kam stoßhaft zwischen seinen zusammengebissenen Zähnen hervor. Seine Fäuste ballten sich, öffneten sich wieder.

„Was? Willst du mir jetzt auch eine scheuern?", brach es aus ihr hervor. „Na, komm her, versuch es!" Das vorhin war ein wildes Tier gewesen, das nur noch Blut sehen wollte, das selbst noch auf einen hilflosen Gegner einschlug. Wohin war der intelligente, humorvolle Jem vanRey, mit dem sie zusammen war, verschwunden?

Sein Blick traf wieder den ihren, seine Augen weiteten sich entsetzt.

„Cat …" Mehr konnte er nicht sagen.

Aber es reichte aus, der Blick, der Ausdruck in seinem Gesicht.

In diesem Augenblick änderte sich etwas, wendete sich etwas in ihr.

Das hatte alles keinen Zweck.

Es wäre so leicht gewesen, aber er hatte alles kaputt gemacht. Merkwürdigerweise fühlte sie sich jetzt von einem Atemzug zum anderen jenseits des Zorns, der sie noch vor Momenten erfasst hatte. Aber vielleicht war es ja gar nicht leicht, vielleicht war es für ihn ja unendlich schwer, vielleicht sogar unmöglich gewesen. Sie spürte, dass sie mit ihrer Wut, etwas hinter sich gelassen hatte, und es machte sie kalt und traurig. Die Wut war besser gewesen, tröstlicher.

Sie schloss die Augen, atmete tief durch, sah ihn wieder an.

„Jem", sagte sie jetzt, und die Ruhe mit der ihre Worte herauskamen, erstaunte sie selber, „du bist belesen, gebildet, du weißt eine ganze Menge. Und trotzdem gibst du dich mit solchen Leuten ab. Ich komme aus einer Polizistenfamilie. Ich will später einmal selber Cop werden. Da kann ich nicht ignorieren, mit was für Leuten du dich herumtreibst. Kriminelle Szene, Leute, die offensichtlich Kontakt zu Crimelord Bovelet haben. Bisher habe ich immer darüber hinweggesehen. Weil ich dachte, dass du das irgendwann mal hinter dir lässt. Dass du zu dir kommst. Aber ich muss zugeben, da ist was in dir, das ich nicht verstehe. Das ich anscheinend die ganze Zeit nicht verstanden habe. Ich habe gedacht, dass du dich änderst. Dass du irgendwann endlich du selber wirst." Wegen mir, dachte sie und der Gedanke wurde ihr bitter, so dass sie rasch den Blick abwenden musste. „Aber ich habe vielleicht nur ein falsches Bild von dir gehabt", kam es ihr über die Lippen. „Und jetzt lass mich in Ruhe", sagte sie und wandte sich um, bevor es ihr das Herz restlos in der Brust herumdrehte, ging schnellen

Schrittes los, Richtung Straße. Sie hörte an seinen Schritten, dass er ihr folgte.

„Und ein Taxi habe ich längst übers Handy gerufen. Es wartet bestimmt schon an der Straße", sagte sie, ohne sich im Gehen umzudrehen.

Es dauerte einen Moment, aber dann folgte das Geräusch seiner Schritte ihr wieder.

Sie kam um die Gebäudeecke herum, und da lag der Parkplatz vor ihr. Zwischen den geparkten Autos standen allerlei Menschen herum. Die Nachtluft war erfüllt von den Fetzen ihrer Gespräche und dem Aufbrummen der Motoren der Autos, welche die Twilight Road herunterfuhren.

Sie überquerte den Parkplatz, schlängelte sich zwischen den Wagen durch, bis sie zur Straße kam. Da stand nicht nur ein Taxi, da standen gleich mehrere. Sie winkte, eines fuhr heran, und sie stieg ein.

„Na, zufrieden? Ich bin im Taxi." Sie beugte noch einmal den Kopf in der schon halb geschlossenen Tür, um ihm ins Gesicht zu sehen. „So", sagte sie, „um meine Sicherheit brauchst du dir jetzt keine Sorgen mehr zu machen. Mach dir lieber mal ein paar Gedanken um deine eigene." Er sah sie wortlos an. Stand da am Straßenrand wie ein Geist.

Verdammt, Jem. Sie wollte ihm ja glauben. Sie wollte sich selber glauben, dass er sich ändern könnte. Sie wollte zornig auf ihn sein. So wie sonst. Sie wollte ihn anschreien, ihn beschimpfen und dabei mit ihrem Zorn auch einen Funken Hoffnung fühlen.

Cat schlug die Wagentür zu.

Wie lange wollte sie warten? War es wahrscheinlich, dass Jem jemals die Kurve kriegen würde? War ihm das überhaupt möglich?

„Richtung East St. Severin", sagte sie zum Fahrer, und der fuhr an. Sie blickte nicht mehr zurück, wollte nicht sehen, wie er ihr womöglich hinterher winkte.

Wollte sie sich noch mehr von diesem Krampf antun, der alles noch schlimmer machte? Noch mehr von diesem verdammten Wechselbad der Gefühle? Wollte sie den Gefühlen für ihn damit noch mehr Feuer geben? Um danach doch wieder nur mit dieser Kälte zurückzubleiben?

Konnten sich Menschen ändern?

Morgen. Vielleicht brachte der Morgen eine Antwort darauf.

Am Morgen würde sie erwachen mit Zorn oder mit Kälte in ihrem Herzen.

Jem sah dem Taxi hinterher und war erstaunt und erschüttert über die Ruhe, die mit einem Mal über Cat gekommen war. Eine Veränderung wie bei den Brujos, als sie kurz davor gestanden hatten, auf sie loszugehen. Er hätte sich wohler gefühlt, wenn Cat getobt hätte wie eine Furie. Aber dieser Abgang im Taxi …

Er spürte auf einmal, wie jemand hinter ihn trat.

Er wollte schon herumfahren, aber ein knapper Seitenblick vermittelte ihm den Eindruck von jemandem in einem langen Mantel. Keiner von den Brujos, keine Gefahr.

Die Rücklichter des Taxis verschwanden in der Ferne.

„Und, kannst du's?"

Die Stimme hinter ihm ließ ihn erneut herumfahren, diesmal vollständig.

Er erkannte den Mann, der vorhin in den Kampf eingegriffen hatte. Der mit den perfekten, eingeübten Bewegungen, die von einer meisterhaften Kampftechnik zeugten. Er stand vor ihm in diesem langen Mantel, dem zu einem Zopf zusammengebundenen Haar, ein wenig wie ein Relikt aus einer anderen Zeit.

Der Mann betrachtete ihn mit einem seltsamen prüfenden Blick.

„Was?", fragte Jem. „Was soll ich können?"

„Na, was deine Freundin gesagt hat" kam die Antwort. „Für deine Sicherheit sorgen. Kannst du's?"

Deine Freundin …? Cat … Scheiße. Was quatschte der Typ ihn an?

„Das lassen Sie gefälligst mal mein Problem sein", gab er schroff zurück.

„Wenn ich das eben hinter dem Jackrabbit getan hätte, dann hättest du jetzt einen eingeschlagenen Schädel und wärst wahrscheinlich tot."

Richtig! Da hatte er Recht, aber diese simple Wahrheit fühlte sich für ihn in diesem Moment unwirklich, substanzlos an. Jem atmete tief durch.

„Hören Sie, vielen Dank für die Rettung", die Worte kamen ihm schwer über die Lippen, er musste sie regelrecht holpernd herausdrängen, „aber ich habe gerade andere Probleme."

„Eines deiner Probleme ist deine miserable Beinarbeit. An deiner gesamten Koordination müsste man hart arbeiten."

Jem stutzte. Er musste schwer an sich halten und sich daran erinnern, dass dieser Mann ihm das Leben gerettet hatte. „Sorry, das Letzte was ich jetzt brauche ist eine Manöverkritik von …"

„Junge", unterbrach ihn der Mann, „fühlst du dich gut dabei, was du da machst?"

Jem starrte ihn fassungslos an. Aber bevor er etwas sagen oder etwas Dummes tun konnte, ließ ihn Motorengedröhn, das sich rasch die Straße herab näherte, herumfahren.

Durch das heruntergelassene Fenster eines Camaro, mit gebeugten Kopf am Beifahrer vorbeischielend, sah ihn Doug Shane an.

„Okay, Jay", meinte Doug. „Schnapp dir deine Karre, wir geben dir den Geleitschutz. Bevor die Brujos noch auf dumme Gedanken kommen."

Neben Shanes Camaro zog Lopez ihr Bike vor. Auf der anderen Seite sah er über das Autodach hinweg, wie ihren Schatten, Beethoven auf seiner schweren Harley. Weitere Wagen mit Crimsons darin, schlossen hinter dem Camaro auf.

„Okay", sprach ihn noch einmal der Kerl im Mantel an. „Das ist wahrscheinlich nicht der richtige Augenblick." Er griff in seinen Mantel, zog eine Karte heraus und hielt sie ihm hin. „Aber wenn der kommt …"

Jem überflog den Text darauf. Richard Powys. Der Mann war Ausbilder für Kampfkunst. Und in spirituellen Techniken. Was immer das heißen mochte. Der Mann hatte ein Dojo.

„Dann weißt du jetzt, wo du mich finden kannst", sagte Powys. „Ich würde mich freuen, dir helfen zu können."

Das sagte er, drehte sich um und ging davon, zwischen den Autos hindurch. Der Schein einer Laterne fing ihn ein und ließ einen Moment lang den Umriss seines langen Mantels hell hervortreten, eine bleiche Flamme in der Wüstennacht.

Jem sah ihm nach.

„Was ist, kommst du jetzt?", meinte Lopez von der Seite über den Motorenlärm hinweg. „Wo ist dein Bike? Geh voran. Ich und Beethoven kommen hinter dir her, für alle Fälle."

Jem sah ein letztes Mal die Straße entlang, in die Richtung, in der Cats Taxi verschwunden war.

Fühlte er sich gut dabei, was er machte?

„Okay", meinte er zu Lopez rüber, „dann lasst uns sehen, dass wir hier verschwinden." Er ging am Straßenrand entlang zu einer Stelle, wo die beiden mit ihren Bikes ihm durch eine Lücke zwischen den parkenden Autos hindurch auf den Parkplatz folgen konnten.

Hinter sich hörte er, wie Doug Shane dreimal kurz den Motor seines Camaro aufheulen ließ.

Er würde kommen. Er wusste es. Der Junge würde zu ihm kommen.

Richard Powys ging um das Gebäude herum, zu dem Ort, an dem die Konfrontation der beiden Banden stattgefunden hatte. Er betrachtete die Örtlichkeit, den Durchlass zwischen den Gebäuden, wo sich die Manifestation gezeigt hatte, die Stelle, wo der Junge und der Bandenchef miteinander gekämpft hatten.

Da war noch Blut auf dem Boden.

Der Junge wusste so vieles nicht. Er konnte ihm dabei helfen, seine Dämonen zu meistern.

Und er war sich sicher, der Junge fühlte das auch, tief in seinem Inneren. Er würde zu ihm kommen. Zum für ihn richtigen Zeitpunkt. Bald.

Er warf noch einen letzten Blick ringsum, dann wandte er sich ab und ging in Richtung des Parkplatzes, dorthin, wo er seinen 67er Firebird 400 abgestellt hatte.

So sah Richard Powys nicht die Gestalt, die sich kurz darauf aus dem Schatten des Durchgangs löste. Niemand sah ihn, jetzt nicht, auch sonst kaum. Und meistens, wenn jemand einen seiner Art sah, dann beachtete er ihn nicht.

Der Mann trug ein Kapuzen-Sweatshirt, das mit der Zeit farb- und formlos geworden war. Die Kapuze hatte er über den Kopf gezogen.

Er sah sich kurz in dem Durchgang um, untersuchte den Boden, ging in Kreisen und Bögen, immer mit aufmerksam abwärts gesenktem Blick.

Dann bückte er sich plötzlich nieder. Er hatte gefunden, was er suchte. An der Stelle, an der die Frau aus der Domäne des Feuers und der Mysterien erschienen war.

Er nahm es in die Hand und hob es hoch, untersuchte es kurz. Es war etwas Beinernes, etwas von der Form und der Länge eines Fingers, und es war mit subtilem Schnitzwerk versehen. Er steckte es in die Tasche seines formlosen Kapuzen-Sweatshirts.

Dann stand er auf, sah sich kurz um und schlurfte davon. Er verließ den Ort genauso unbemerkt, wie er gekommen war.

TWILIGHT ROAD
REVISITED

Lopez kam mit dem 17-Uhr-Flug in New Zion an.

Sie hatte Glück. Eigentlich herrschte um diese Zeit auf dem Hammerstein International Airport Hochbetrieb, aber ein paar Flüge hatten Verspätung, und so kam sie zügig durch Einreisekontrollen und Zoll. Lopez fragte sich, ob die Verspätungen vielleicht mit dem merkwürdigen Wetter zu tun hatten, das sich über der Stadt zusammenbraute.

Während des Fluges hatte sie von ihrem Fensterplatz aus auf ein dunkles Gewühl von Wolken herabgeblickt, auseinandergezogen und verwirbelt. Dunkel glühende Wolkentürme gruben sich aus den Massen hervor. Sie sah entferntes Blitzzucken, irgendwo am Rand ihres Blickfeldes. Sie wusste nicht viel von meteorologischen Phänomenen, aber das da unten kam ihr merkwürdig vor.

Da braute sich etwas Seltsames und Gewaltiges zusammen.

Dann ging das Flugzeug in den Anflug und sie sausten durch blau-graues Geflacker, eine wabernde Düsternis hinter der Plexiglasscheibe des Fensters. Der Wind zerrte an den Nähten, Wassertropfen zogen sich waagerecht über das Glas, und sie war froh, als sie die Wolkendecke durchbrachen und die Stadt und wenig später die Küstenlinie vor ihnen sichtbar wurden. Vor keinem menschlichen Gegner hatte sie Angst, aber so was …

Das Flugzeug vollendete in seinem Anflug den weiten Bogen über dem Meer. Hier über dem Wasser war es friedlich, aber sie konnte von hier aus das am Himmel hinter der Stadt sich bildende Ungeheuer betrachten.

Sah aus, als würde das bald gehörig abgehen.

Jedenfalls hatte dieses merkwürdige Unwetter und die damit zusammenhängenden Verspätungen anderer Flugzeuge wahrscheinlich dafür gesorgt, dass sie noch vor Einbruch der Dämmerung hier rauskam, überlegte sie, als sie aus dem Flughafengebäude heraustrat und die überdachte Fahrbahn zur Mittelinsel hin überquerte, um dort auf das Shuttle zum Mietwagen-Center zu warten.

Trotz der Wolken war es angenehm warm. Sie genoss die Temperatur, den lauen Wind, der ein wenig vom Atem der Wüste mit sich trug und das milde, leicht orangefarben getönte Licht. Endlich einmal etwas anderes als diese feuchte Hitze, die einem die klebrige Brühe den ganzen Körper herunterlaufen ließ. Sie nahm einen Kaugummi aus der Packung und schob ihn sich in den Mund.

Eine halbe Stunde später fuhr sie ihren unauffälligen Mittelklassewagen vom Gelände der Mietwagenfirma runter und schwenkte auf den Harbour Freeway.

Zu ihrer Linken, hinter den Straßen- und Häuserflächen, erhob sich im feinen Dunst der vertraute Umriss der Griffenbacks, an dem sie im Norden sogar die scharfen Kanten der Bastion ausmachen konnte.

Sie war zurück in New Zion. Sie war lange fortgewesen, aber jetzt war sie wieder einmal heimgekehrt.

Es tat gut, die alte Stadt wiederzusehen.

Sie überquerte auf der langen Brücke die Rightflood und bog dann auf den Inner Loop ab, umrundete auf ihm East St. Severin und Downtown. Über ihr kreisten die Wolken, und die gelegentlichen Lücken darin ließen das Abendlicht wie in den Wellen einer Dünung über die ockerfarbenen Hügel zu ihrer Rechten wandern.

Als sie das Kreuz des Loop und der Interstate erreichte, nahm sie die Zwei-Null-Acht bis zur nächsten Ausfahrt zur Bear Cave Bend. Sie hätte auch später rausfahren können, aber sie hatte Lust die Twilight Road ganz von ihren zementgrauen Anfängen an entlangzufahren, zu sehen, wie sich langsam die ersten Kneipen zur Meile reihten.

Statt sich als allererstes eine Unterkunft zu suchen, wollte sie zunächst einmal ihre eingelagerten Sachen checken, damit alles klar war, wenn Brick, Beethoven und die anderen nachkamen. Dort draußen konnte sie sich immer noch ein Zimmer für die Nacht nehmen. Motels gab es da genug, und weiter zur Interstate hin auch solche, die nicht im Stundentakt vermietet wurden und wo es nachts auch ruhig genug war, dass man schlafen konnte. Ach, was soll's, Gründe hin, Gründe her: Vielleicht zog sie auch einfach die gute, alte Twilight Road an.

Seit Bovelet und Chicopa Burgfrieden geschlossen hatten, brauchte hier keiner was zu fürchten, und alles war Freude und eitel Sonnenschein. Sie dachte an die Jungs von den Brujos und musste grinsen. Denen hätte sie heute einiges beizubringen.

Die ersten Neonschilder knisterten in der hereinbrechenden Dämmerung, grelles Licht vor ausbleichenden Tagesfarben. Eins reihte sich hinter das andere, so wie die Bars, Kneipen, Strip-Clubs, Honkytonks, Dance-Halls, für die sie warben.

Sie würde das längste Stück ihres Spaliers abfahren, fast die ganze Länge der Straße durch. Na, nicht die ganze Länge; sie kannte niemanden, der jemals die ganze Länge der Straße abgefahren hätte – irgendwann musste da nur noch Wüste sein. Hatte die Twilight Road überhaupt ein Ende? Jedenfalls würde sie bis dorthin fahren, wo die Amüsierbetriebe sich ausdünnten, wo die weiten Lagerflächen begannen, die Megalithen-Äcker der Container-Parks, die Lagerhallen und Lagerräume.

Sie fuhr die Fenster herunter, blies eine Kaugummiblase auf und ließ sie platzen, und Wellen von Musik, entspannter Country-Rock, trieben von draußen ins Wageninnere herein. Die Betriebszeiten der Twilight Road hatten zwar schon lange begonnen, die meisten Läden schlossen nie, aber es war noch ein gemäßigtes, stilleres Treiben, bevor später am

Abend die Bierflaschen klirren und die Musikboxen beben würden.

Sie fuhr an einem Weirdo vorbei, der entlang der Staubkruste zwischen Fahrbahn und den Parkplätzen mit schlurfendem Gang dahintrottete. Weirdos, so nannte sie sie, vielleicht hatte sie das Wort auch irgendwo aufgeschnappt. Es gab viele Sorten Heimat- und Obdachloser, viele, die echt die Arschkarte im Leben gezogen hatten, aber *die* sahen irgendwie auf typische Art und Weise gleich aus, als würden sie alle zum selben Verein gehören.

Da, da war noch einer. Er trug den gleichen unförmigen, ausgelatschten Hoodie wie der erste. Kapuze überm Kopf, wie bei vielen von denen, selbst wenn es heiß wie Hölle war.

Die pilgerten bestimmt zu diesem merkwürdigen Schrein, den irgendjemand damals, vor Jahren gebaut hatte. Keiner wusste wer. Vermutlich die Weirdos selber. Auch wenn viele andere dort anzutreffen waren. Aber den Weirdos hätte sie's zugetraut. Ein Schrein aus Wellblech, Knochen und anderem Zeug. Viel merkwürdiges Volk kam zum Schrein von „Unserer Lieben Frau von Sand und Knochen". Das war direkt beim „Jackrabbit", das musste jetzt auch bald kommen. Ehrwürdiges Territorium. Sie erinnerte sich noch gut daran.

Ja, da kam das Schild des „Jackrabbit" in Sicht.

Sie bremste den Wagen auf eine langsamere Geschwindigkeit herab, fuhr bedächtig daran vorbei und blickte hinüber zum Parkplatz und dem langgezogenen Bau aus Haupt- und Nebengebäuden.

Da wäre es damals beinahe ziemlich heiß abgegangen in jener Nacht.

„Unsere Liebe Frau von Sand und Knochen". Meine Fresse! Manche gaben ihr auch so einen indianisch klingenden Namen, den sich keiner merken konnte. Es gab welche, die behaupteten, sie gesehen zu haben. Man redete davon, sie sei der Geist der Twilight Road, das personifizierte Wesen dieser Straße. Jem, ihr alter Kumpel aus diesen Tagen, hatte ihr gegenüber mal was angedeutet, hatte seltsame Fragen gestellt, als habe er da auch mal was gesehen. Vielleicht sogar in jener bewussten Nacht.

Wo mochte Jem jetzt sein? Sie hatte lange nichts mehr von ihm gehört.

Sie fuhr das schnurgerade Band der Twilight Road hinab, und der Charakter der Gegend veränderte sich. Die Amüsiermeile durchsetzte sich allmählich mit Nutzbauten; es wurde öder. Weniger große Kneipen, mehr an Maschendrahtzäunen und asphaltierten Flächen. Bald war sie da. Sand und staubige Büsche fassten zwischen der Bebauung Fuß.

Da war schon das Schild der Lagerraumvermietung. Fast hätte sie es in der hereinbrechenden Dunkelheit verpasst. Hinter den Parkplätzen lag die kleine Baracke der Verwaltung, dahinter die langgestreckten Quader der einzelnen Lagerparzellen, vom Gitter der Zugangsgassen durchschnitten. Sie zog ihren Wagen in einem Bogen von der Straße runter und parkte irgendwo wahllos, stieg aus und streckte erst einmal ihre Glieder, gähnte. Niemand außer ihr schien sonst bei der Lagerraumvermietung zu schaffen zu haben. Nur drüben auf dem Parkplatz vor der Kneipe standen einige Wagen herum. Gedämpft klang Rockmusik von dort herüber.

Die Müdigkeit des Fluges schien sich auf sie zu legen. Es war ein langer Tag gewesen, der in stickiger tropischer Hitze begonnen hatte, danach das lange weiße Summen des Flugs. Ihre Blicke blieben an dem Neon der Bierreklame in den Fenstern hängen, und beim Gedanken an ein kühles Helles musste sie schlucken.

Ja, die Rückkehr in heimatliches Territorium mit einem gut gezapften, kühlen Bier zu begießen, vielleicht mit einem Severin-Bräu, den Geschmack der Heimat kosten, ein bisschen gute, alte Musik hören, die nicht auf Spanisch war, neben Jim und Jo am Tresen stehen. Vielleicht einem heißen, langhaarigen Gerät am Flipper oder am Billardtisch zuschauen, bevor sie sich zum Lagerraum aufmachte, um das Inventar zu checken.

Sie schob sich die orange getönte Sonnenbrille in ihre blonden, nach hinten gekämmten Haare, spuckte ihren Kaugummi aus und schritt dann zielstrebig über den öden Parkplatz auf die Bar zu.

Das Innere der Kneipe erfüllte präzise ihre Erwartungen. Roher Holzdielenboden, dunkle Theke, von der sich ihr Blicke zuwandten, irgendwas von Bob Seeger hallte durch den Raum und in der Ecke hinten hing man mit Queues um den Pool-Tisch rum. Prima, dass es noch immer diese verlässlichen Konstanten gab. Die gute alte USA hatte sie wieder.

Sie bestellte beim schnauzbärtigen Barkeeper ihr Severin-Bräu. Der Krug mit dem Bier kam zusammen mit einer Schale Nüsse und einem abschätzenden Blick. Ist okay, Junge, ich bin ein Mädel von hier; das ist mein Boden.

Mit dem ersten langen, kühlen Schluck segnete sie innerlich das Star Spangled Banner, alle Westküstenrock-Radiostationen und die schlanken, wunderbaren California Girls. Mit befriedigtem Seufzen setzte sie den Krug ab, ließ die Musik und das gedämpfte Kneipenlicht auf sich einströmen und fühlte, wie die innere Taubheit des Fluges von ihr abfiel.

Leider dauerte es keine zehn Minuten, und sie hatte es mit einer weiteren verlässlichen Konstante zu tun.

„Nichts für ungut, aber ich will hier nur in Ruhe mein Bier trinken. Alleine", sagte sie zu dem Jock, der sie von der Seite her ansprach. Blondes mittellanges Haar, schon ein bisschen über die erste Jugend hinaus, der übliche Verdächtige. Eine Neue, eine junge, attraktive Frau kam in die Bar, und er dachte, er könnte sich was angeln. Wahrscheinlich nachdem er mit seinen Kumpels die Vorzüge und Wertungen durchgehechelt hatte.

„So eine gutaussehende Frau ganz alleine. Das wäre aber eine Schande."

O Mann. So schnell konnten verlässliche Konstanten abkippen.

„Schenk dir den Rest. Ist besser." Sie nippte an ihrem Bier, ohne ihn anzusehen.

„Habe ich sofort bemerkt, dass du eine außergewöhnliche Frau bist, auf den ersten Blick."

Ignorieren. Einfach ignorieren.

„Jemanden wie dich sieht man nicht alle Tage. Lass mich raten, was du so machst."

Das brachte sie jetzt doch noch zum Grinsen. „Gib's auf."

„Du machst irgendwas mit Sport, richtig. Aber keine normale Fitness-Trainerin. Moment, lass mich nachdenken. Die Schultern, das sieht nach Schwimmen …"

Der Kerl war hartnäckig. Sie musste dem ein Ende machen oder er würde es nicht kapieren.

Sie nahm einen weiteren Schluck, setzte dann den Glaskrug mit hartem Klacken auf dem Tresen ab, wandte sich jetzt erst zu ihm hin, starrte ihm mit hartem Blick in die Augen.

Der Typ zuckte zurück. Als stanzte sich gerade die Erkenntnis in sein Bewusstsein, dass er sich vielleicht grundlegend geirrt haben könnte.

Hinter ihm bemerkte sie jetzt auch die Jungs, mit denen er zusammen gewesen war. Sie sahen mit erwartungsvollen und amüsierten Blicken zu ihnen herüber.

„Was. Willst. Du?" Jedes Wort ein wohlgezielter Hieb. Seine Miene zeigte ihr, dass jeder saß.

Sie las in seinem Gesicht ab, dass sich irgendetwas in ihm drehte. Dass er seine ursprüngliche Absicht fallenließ, und dabei kurz etwas Grausames hochzuckte. Ihm ging's jetzt nicht mehr ums Vergnügen. Er war kräftig, durchtrainiert und selbstbewusst, und im Hintergrund sahen die Jungs ihm zu. Er schob seinen Stuhl zurück.

„Was ich will? Ich will, dass du dich auf mich setzt und hart arbeitest. Ich will dass du meinen –„

Der Barhocker kippte weg. Es flatterte etwas in seinem Blick hoch. Sie packte ihn, und er flog durch die Luft, knallte hart auf die Dielen, dass Staub wie Talkumpulver hochstob. Sie kam auf seinem Brustkorb zu sitzen und presste seinen Kopf mit einem Griff um die Kehle hart gegen den Holzboden. Er japste leer gegen die Klammer ihrer Finger an.

Ringsum gab es Gescharre von Füßen und Stühlen.

„War nicht wirklich harte Arbeit", sagte sie ihm in die Augen, „aber hier sitze ich auf dir. Jetzt zufrieden?"

Er keuchte noch einmal, und seine Augen wurden weit.

„Und was die Frage betrifft, was ich mache", schob sie hinterher. „Ich werde dafür bezahlt, dass Typen, die nerven, dazu nie mehr die Gelegenheit kriegen."

Damit stand sie breitbeinig auf, knickte den Kopf mit einem Ruck zur Seite weg, hörte zwei, drei Wirbel knacken. Dieses ewige Sitzen im Flugzeug konnte einem ganz schön das Kreuz verkorksen. Ein Bier zum lockern und ein paar gezielte Griffe halfen da schon. Und eine Nacht Schlaf.

Sie kramte in ihrer Tasche, warf ein paar Dollar auf die Theke.

Dann trat sie durch die Tür hinaus in den warmen Schwall trockener Hitze, schob die orange getönte Brille hinunter auf die Nase, und die Restfarben der Nacht mit der Lagerhallentristesse bekamen einen goldenen Schimmer. Alles ist besser mit orangenen Gläsern, sogar die Nacht. Sie nahm einen neuen Kaugummi aus der Tasche, schob ihn sich in den Mund.

Also gut, Inventar checken, Motel suchen. Zwei Bier mit aufs Zimmer. Von kalifornischen Schnecken träumen.

Die Nacht atmete Telefondrahtsummen und die müßigen Gerüchte von Wüstengeistern.

Den Schlüssel um den Finger baumelnd ging sie durch die Gasse zwischen den Quadern der Lagerraumkomplexe. Alle drei Segmente brannte eine nackte Lampe hinter einem Drahtgitter. Außer sie war zerbrochen, wie die, deren Scherben jetzt unter ihren Boots knirschten.

Das da vorn war die Parzelle ihres Raums.

Und nicht nur des ihren. Sie grinste. Der Mann, der ihr geholfen hatte, ihre Moves weiter zu verfeinern und effektiver zu machen, den hatte sie hier auch einmal gesehen. Richard Powys, der hatte hier im gleichen Bereich wie sie seinen Lagerraum. Sie hatte ihn einmal getroffen, als er gerade dabei war, seinen eigenen Raum abzuschließen. Der Jock, den sie drüben in der Kneipe auf die Bretter geschickt hatte, konnte sich zum Teil bei ihm bedanken.

Einige der besten Leute in New Zion waren in irgendeiner Form bei Richard Powys durch die Schule gegangen. Und wenn es nur ein kurzer, intensiver Privatkurs gewesen war, um sich noch ein paar Tricks draufzuziehen, die man bisher nicht kannte, um sich ein bisschen Schliff draufzuholen. Powys Kampfkunstzentrum war schließlich stadtbekannt.

Lopez stand im Kubus ihres Lagerraums und war zufrieden.

Alles da, alles, was sie für den Job brauchten. Die anderen konnten kommen. Die Arbeit konnte beginnen.

Sie schloss nacheinander die Kisten wieder, zog die Öltücher darüber wieder straff, stockte. Sie hatte das Gefühl als hätten sich die Schatten in dem Raum zusammengezogen. Als wäre es dunkler geworden. Ihr Blick ging zur Decke; die Neonröhren strahlten konstant ihr Licht in den Raum. Der Kubus hatte keine Fenster, eigentlich unmöglich, dass sich das Licht veränderte.

Trotzdem war da was.

In all den Jahren hatte sie gelernt, ihren Instinkten zu vertrauen. Darum war sie heute noch am Leben.

Sie lauschte. Da draußen war etwas. Sie hörte etwas Undefinierbares, etwas leise Scharrendes.

Schnell öffnete sie wieder eine der Kisten, nahm eine Automatikwaffe, eine Glock 17 heraus, dann eine andere Kiste, entnahm ihr den Munitionsclip und ließ ihn in den Griff der Waffe einrasten, steckte sie sich hinten in den Bund ihrer Cargo.

Sie hörte auf, ihren Kaugummi zu kauen und trat aus dem Kubus, schloss die Tür hinter sich. Im Flur war nichts. Sie durchquerte ihn rasch, öffnete die Außentür und spähte nach beiden Seiten. Da war zunächst ebenfalls nichts, nur die kahle enge Gasse, deren Kanten einen Ausschnitt der Nacht rahmten.

Sie atmete tief durch, spähte dann noch einmal, diesmal aufmerksamer, zu beiden Seiten hin. Der Ausblick rechter Hand brachte sie vage zum Stocken. Da war etwas, nichts Greifbares, nicht direkt. Ein kaum wahrnehmbares Wandern von Schatten. Dort, wo die Gänge sich kreuzten, an der Ecke des Gebäudes. Dort war es, wo auch Richard Powys seinen Lagerraum gehabt hatte. Ob der noch immer ihm gehörte?

Jetzt sah sie es wieder. Ein Hauch von Dunkelheit kroch die spärlich beleuchteten Wände entlang. Als würfe etwas aus der Gasse heraus einen Schatten. Als striche dort etwas um die Lagerräume.

Die Hand an der Seite, bereit nach dem kühlen Teil in ihrem Hosenbund zu greifen, trat sie ein paar Schritte näher.

Und plötzlich wie ein herabstürzender Fels stand es vor ihr, keine zwanzig Meter entfernt. Wie ein Form gewordener Schatten, ein Brocken verdichteter Dunkelheit.

Zunächst wusste sie nicht, was es war, konnte es nicht benennen. Dann bleckte es die Lefzen und knurrte.

Ein Hund?

Von der Größe? Eher ein Puma. Eher noch größer.

Es war massig wie eine Bulldogge, es verfinsterte das Licht wie die Faust des Mondes bei einer Sonnenfinsternis. Es floss ganz langsam und allmählich auf sie zu, mit geschlitzten Augen und gebleckten Fängen. Als hätte die Nacht muskelbepackte Gestalt angenommen.

Die Überraschung, das Unerwartete und Unwirkliche des Anblicks lähmten sie. Doch nur für einen Moment. Der Schattenhund kam näher. Knurrte, fauchte.

Ihre Hand glitt hinter ihren Rücken, umfasste den Griff der Glock, zog sie heraus. Zog den Abzug durch.

Der kompakte Schlag der Detonation hallte zwischen den Wänden.

Es war fort, der Hund war fort. Wie eine ausgeblasene Kerzenflamme.

Entgeistert starrte sie in die leere Gasse.

Das Herz eines dunklen Himmelskörpers schlug, und Dunkelheit atmete Donner aus.

Und da war es wieder, wie aus dem Nichts erneut aufgetaucht, vor ihr, die dunkle Masse, näher jetzt, noch näher. Ihr Atem dampfte, das tiefe Knurren ließ den Stoff der Nacht ringsumher beben. Lopez fühlte sich wie von einer kalten Hand gepackt. Hinter dem Schattenvieh stieg grauer Brodem auf, als wäre die Tür eines Kühlhauses mit einem Schlag aufgerissen worden. Reifhauch füllte die Gasse, wo sonst nur warme Wüstennacht sein sollte. Daraus schälten sich hinter dem ersten Biest zwei weitere Umrisse, tief kauernd und knurrend. Unheildrohend. Mit einem marktiefen Knurren, dass es dumpf in Lopez Körper dröhnte.

Ungeheuer wie das Brüten hinter Wolkenschwaden.

Lopez hatte vielen Gefahren ins Auge gesehen. Lopez hatte kaltblütig mit dem Tod gewürfelt. Lopez stockte das Herz.

Die zwei Schattenhunde schlossen sich dem ersten an, kamen Schritt für Schritt, Schulter an Schulter näher, wie etwas Fließendes, wie ein Strömen, trotzdem von geballter pirschender Präsenz.

Lopez hielt die Waffe noch immer mit verkrampfter Hand. Sie hatte gefeuert, sie hatte geschossen, es hatte nichts ausgerichtet. Aber den Rest des Magazins würde sie dennoch bis zum letzten Atemzug in diese knurrende, schleichende Bedrohung pumpen.

Sie sah in den reifgrauen Dunst wie in einen Schlund, der von der Masse der Schattenhunde verfinstert wurde, sah es um sie wogen. Als sie die Waffe hob, sie auf das erste der Ungetüme ausrichtete, ging das Aufblühen eines Schwindels durch sie hindurch, und sie glaubte, der Abgrund des Nebels würde sich wie mit einem Herzschlag weiten. Sie glaubte etwas wabern und flackern zu sehen. Da war etwas hinter den Biestern, die sie belauerten. Etwas Wuchtiges, Schweres, wie Gepanzertes. Ragten da Stacheln und Hörner daraus hervor? Der Anblick lähmte sie, obwohl die Schattenhunde beinah über ihr waren.

Dann etwas wie das Heben eines Schädels. Ein Geräusch ertönte, wie das Fauchen einer Esse, wie das Dröhnen eines Feuerstoßes.

Die Viecher hielten inne, hoben die Schädel, stoppten ihre Annäherung.

Dann, ganz langsam, ganz langsam, gingen sie zurück, Schritt für Schritt.

Lopez Herz hämmerte in ihrer Brust.

Nebel wogte, Licht flutete, Schatten wendeten sich.

Ein Schwindel durchfuhr Lopez, sie griff sich an die Stirn. Ein Kribbeln hinter ihren Augen. Ein bleicher, tauber Moment.

Der sich ohne Gefühl für Dauer dehnte.

Das nächste, was sie wusste, war, dass sie unter ihrer Handfläche harten, rauen Beton fühlte. Sie blickte dorthin, sah, dass sie sich an der Wand der Gasse abgestützt hielt. In der anderen Hand spürte sie eine Waffe. Noch immer empfand sie eine Welle des Schwindels.

Was war los?

Sie hatte das Gefühl, als ob ihr ein paar Sekunden fehlten. Der Kaugummi klebte noch immer zwischen ihren Zähnen.

Etwas hallte noch durch die Gasse. War das das Echo ihres Schusses?

Hatte sie tatsächlich geschossen? Hatte sie das wirklich gesehen, tatsächlich erlebt?

Vor ihr in der Gasse war nichts.

Da war nur das spärliche Glimmen der Lampen in ihren Drahtkäfigen, da waren nur die kahlen Wände der quaderförmigen Einzelgebäude mit den Lagerräumen. Dort an der Ecke war der Eingang zum Lagerraum von Richard Powys.

Sie ging zu der Kreuzung, sah nach allen Ecken hin, dort war gar nichts.

Lopez zweifelte an ihren Sinnen und ihrem Verstand.

Sie war froh, als sie wieder bei ihrem Mietwagen war.

Sie war froh, als sie den engen Gassen der Lagerraumvermietung entkommen war.

Sie hörte irgendwo den Lärm aufheulender Motoren. Dort fuhr jemand ein Rennen.

Am Himmel waren keine Sterne zu sehen. Sie wurden von Wolkenmassen verschlungen. Sie glaubte den Staub auf der Straße knistern und knacken zu hören, als lade er sich elektrisch auf.

Was war sie froh endlich nach diesem langen Tag mit seinem seltsamen Ende in das Bett eines Motels zu fallen.

Was war nur geschehen? Was davon war Realität, was nur einem Wahn entsprungen?

Drüben an der Ecke sah sie eine Gestalt entlangstreichen, in formlosem Kapuzen-Sweatshirt. Ein Weirdo.

Was war dies nur für eine unvergleichliche Straße, die alle Arten von Merkwürdigkeiten anzog. Vielleicht war es auch dem Einfluss dieses Ortes, dieser Straße zuzuschreiben, dass sie Dinge gesehen hatte, Dinge gespürt hatte.

New Zion war ihre Heimat, aber manchmal, so wie jetzt gerade, wenn sie von draußen kam, dachte sie, es ist schon eine seltsame Stadt. Nicht umsonst nannten ihre Einwohner sie manchmal die Stadt des Zwielichts.

Eine seltsame Stadt mit seltsamen Orten. Die Twilight Road war einer davon. Hier geschahen manchmal seltsame Dinge. Hier baute man Schreine aus Wellblech und Müll für „Unsere gute Frau von Sand und Knochen".

Vielleicht war sie gerade vom Geist dieser Straße berührt worden.

Sie stieg in den Wagen, ließ den Motor an. Sie blies einen Kaugummiballon auf und ließ ihn platzen.

Sie schwenkte auf die Straße hinaus, fuhr sie entlang auf die Lichter der Stadt zu, fort von Geistern und Staub.

NACHWORT

Alle Geschichten dieses Buches sind irgendwo in der Welt von NINRAGON angesiedelt, beziehungsweise in den *Welten.*

Viel mehr will ich euch darüber aber auch gar nicht erzählen, denn das würde den Reiz des Entdeckens mindern.

Ich kann euch nur dazu verraten, dass alle Geschichten in diesem Band irgendwie mit den anderen meines NINRA-versums verbunden sind, so wie alle meine Geschichten miteinandern verbunden sind. Wie? Das dürfte sich für diejenigen, die meine Bücher gelesen haben, bereits teil-weise erschlossen haben. Einige Verknüpfungen fehlen noch, denn obwohl das große Bild in meinem Kopf und meiner Planung bereits steht, hatte ich nocht nicht die Gele-genheit, die entsprechenden Bücher dazu zu schreiben – in manchen Fällen sind sie zwar geschrieben, aber zum Erscheinungstermin dieses Buches bisher noch nicht veröf-fentlicht. Gerade jetzt, da ich dies schreibe, bin ich in meinem neuesten Buch dabei, einige wichtige Verbindungen zwischen den Strängen einzuweben.

Aber keine Angst – für den, der gerade einsteigt, ist das nicht weiter wichtig. Alle meine Serien, Reihen und

Romane stehen für sich und können ohne jede Vorkenntnis verstanden und genossen werden.

Hat dir dieses Buch gefallen?

Dann trage dich doch für meinen monatlichen Newsletter ein!

Dort erwarten dich Updates über Neuerscheinungen, Sonderpreis-Aktionen und anderes, was Leser meiner Bücher interessieren könnte.

Als kleines Dankeschön erhältst du das eBook „Elfenränke" mit einem Roman und einer Bonus-Prequel-Novelle.

Trage dich dafür hier ein und du kannst gleich loslesen:
http://eepurl.com/dEtt_5

Außerdem freue ich mich sehr über jede Bewertung und Rezension bei Amazon!

Dies hilft mir als Autor ungeheuer, neue Leser zu finden, weiterhin Geschichten zu erzählen, die euch fesseln, dabei immer besser zu werden und meine Bücher auch öfter und schneller nacheinander zu veröffentlichen. Gut für euch, gut für mich! Klare Win-win-Situation.

Eine Bewertung allein freut mich schon sehr. Eine Rezension noch mehr, denn so erfahre ich, was genau euch an meinen Geschichten besonders gefallen hat. Es ist absolut egal, ob kurz oder lang; eine Rezension kann ganz einfach sein – ein, zwei Sätze reichen schon.

Wir als Autoren und unsere Bücher leben von eurer Stimme als Leser!

Auf den nächsten Seiten gibt es eine Übersicht meiner weiteren Bücher.

Mehr Informationen über mich und meine Geschichten findest du auf meiner Homepage horus-w-odenthal.de, die du auch über ninragon.de erreichst.

Oder besuche meine Autorenseite auf Facebook: www.facebook.com/Horus.W.Odenthal. Dort gibt es wöchentlich Nachrichten über den Stand meiner Arbeit und aktuelle Meldungen zu Neuveröffentlichungen oder Aktionen. Außerdem stehe ich dort für alle Fragen zur Verfügung.

Auf Instagram bin ich unter https://www.instagram.com/horusw.odenthal regelmäßig mit Bildern, Neuigkeiten und Geschichten aus meinem Autorenalltag zu finden. X (Twitter) habe ich geXt und bin fort zu Threads. Dort poste ich derzeit ziemlich oft was, weil ich mehr mit Worten als mit Bildern zu sagen habe.

Ich freue mich immer, von meinen Lesern zu hören, über jedes Feedback und jede Anregung. Schreibe mir einfach, wenn du Lust hast, eine eMail unter horus@funkykraut.com.

NINRAGON

Weitere Bücher aus der Welt
von NINRAGON

Die Saga von Auric dem Schwarzen

– Die standhafte Feste
– Der Keil des Himmels
– Der Fall der Feste

Elfenränke

Die Novelle „Drachenblut" und der Roman „Homunkulus"
in einem Band

Niemandsland-Saga

– Der Pfad der Wolfsklingen
– Der Pfad der Vergeltung
– Der Pfad des Vollstreckers

Der Pfad des Magiers

– Das Kind der Vorsehung
– Der Gefangene der Nebelfeste
– Der schwarze Meister
– Das Feuer der Magie

- Die Eiserne Krone
- Die Saat der Schattenhexe
- Die Stadt der Elfen
- Das Rabentor
- Der Ort der Vorsehung – Teil 1
- Der Ort der Vorsehung – Teil 2

Der Ring der Elfen

- Zwergengroll
- Elfenfreund
- Geisterhexer
- Runenschmiede
(geplant:)
- Moratraneum
- Ringträger
- Runenschwert
- Zwingfeste
- Drachentochter

Verlorene Hierarchien

Das Rad der Welten
- Stadt des Zwielichts
- Ruf der Anderswelt
- Die Feuer Ragnaröks
Schwerter der Anderswelt
- Der Thron der Anderswelt
- Rauch über Skandhur
Das Rad der Schatten
- Das Wrack der Ikaro
- Die Festung der Genienschmiede
- Die Flamme im Stahl

Der Prophet und die Söldnerin

Geschichten aus der Welt von NINRAGON | Ein Roman
und drei Erzählungen

KARTE VON NEW ZION

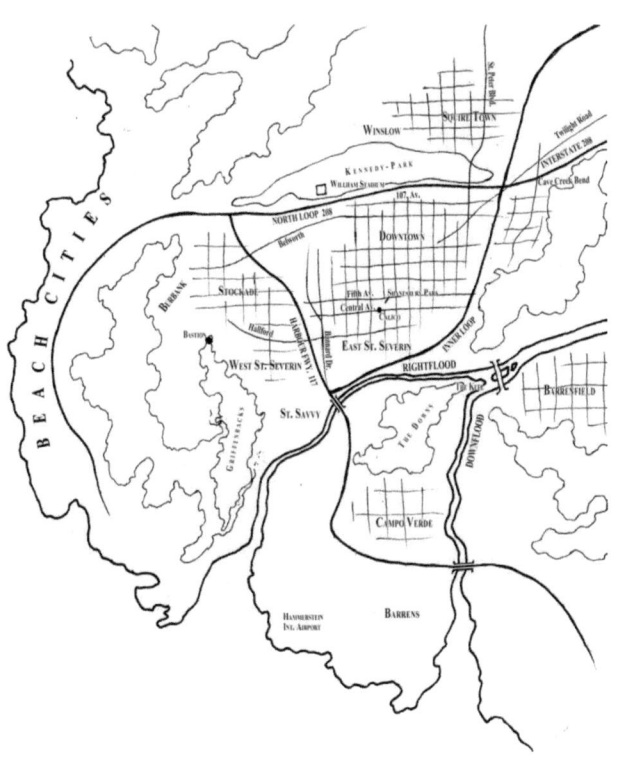

INHALT

ÜBER DEN AUTOR

Horus W. Odenthal schreibt phantastische Romane, meist Fantasy. Schon immer war es das Erzählen, das Horus im Blut lag. Schon immer war er davon besessen und konnte nicht dagegen an.

Sein erster Berufswunsch war es, Schriftsteller zu werden. Einmal als Kind „Der Schatz im Silbersee" gelesen, und alles war zu spät. Später kamen Conan und „Der Herr der Ringe" dazu.

Doch dann entdeckte er das Zeichnen und wurde mit seinen Comics unter dem Namen „Horus" in Deutschland und den USA bekannt. Trotz des Erfolges, trotz der Preise und Nominierungen für seine Werke, war er doch zunehmend unzufrieden mit den Geschichten, die er in diesem Medium erzählen und realisieren konnte. Comics schreiben und zeichnen war zwar schön, aber irgendetwas fehlte ihm dabei. Er hatte mehr und anderes zu erzählen, als für ihn in diesem Medium möglich war.

Als seine Frau ihn aufforderte „Dann schreib doch mal ein Buch.", war das für ihn ein Erweckungserlebnis. Von Stunde an war er süchtig nach dem Schreiben phantastischer Geschichten. Er hatte seine Berufung gefunden.

Gleich seine erste Fantasy-Trilogie wurde zweifach für den Deutschen Phantastik Preis nominiert, in den Kategorien „Bestes deutschsprachiges Romandebüt" und „Beste Serie".

Wenn er gerade nicht schreibt, liest er oder verbringt Zeit mit seiner Frau und seinen wundervollen Zwillingstöchtern.

Mehr über Horus und seine Bücher findest du auf:
horus-w-odenthal.de (oder über: ninragon.de)

facebook.com/Horus.W.Odenthal

instagram.com/horusw.odenthal

threads.net/@horusw.odenthal

tiktok.com/@horuswo